New York Titans

Liebesroman

Hände weg vom Quarterback

Poppy J. Anderson

Band 9

1. Auflage Juli 2014

Covergestaltung: Catrin Sommer rausch-gold.com

Unter Verwendung von © Maksim Šmeljov -
Fotolia.com

Korrektorat: SW Korrekturen e.U.

www.poppyjanderson.de

poppyj.anderson@googlemail.com

Besuchen Sie mich auf Facebook:

www.facebook.com/pages/Poppy-J-Anderson

Liebe Leserinnen und Leser,

mit „Hände weg vom Quarterback“ stelle ich Ihnen den bereits neunten Teil der New York Titans Reihe vor und kann kaum glauben, wie groß diese Familie bereits geworden ist.

Ihnen allen möchte ich herzlich für die wunderbare Unterstützung danken, die ich seit dem Erscheinen von „Touchdown fürs Glück“ erhalten habe.

Dass es mir möglich ist, das zu tun, was ich von Herzen liebe, ist ein wundervolles Geschenk, für das ich sehr dankbar bin.

Im Anschluss an diese Geschichte erfahren Sie nicht nur den Titel sowie den Klappentext des zehnten Bandes der New York Titans-Reihe, sondern können das erste Kapitel des Romans „Brandheiße Küsse“ lesen, der im August 2014 erscheinen und fernab von Footballspielern handeln wird.

Dieses Buch ist Myriam gewidmet.

Danke, dass du an all meinen Projekten teilhast, auch wenn deine Welt gerade stillsteht.

Prolog

Mitch Cahill trug das Rosenbouquet mit der Selbstsicherheit eines Mannes vor sich her, der wusste, dass er ein toller Fang war. Nicht einmal das leichte Humpeln minderte diesen Eindruck, schließlich war er ansonsten eine außergewöhnliche Erscheinung. Jahrelanges Footballtraining hatte seinen Körper zu einer ansprechenden Ansammlung von Muskeln werden lassen, die den Frauen gefiel. Gepaart mit einem braunen Wuschelkopf, einem breiten Grinsen und einer ordentlichen Portion Humor war es der baumlange Körper von knapp einem Meter neunzig, der ihn zu einem beliebten Flirtobjekt machte. Sein umgängliches Wesen schaffte es zudem, dass sich Frauen in seiner Gegenwart stets wohlfühlten und alle Vorsichtsmaßnahmen sowie Schutzschilder sogleich vernachlässigten.

Zwar gab es das Klischee von harten Footballspielern, wahren Bad Boys, die Frauen wie Schlampen behandelten und dennoch heiß begehrt waren, während die netten Kerle nie einen Groupie abbekamen, sondern leer ausgingen, aber Mitch hatte in den vielen Jahren seiner Karriere eine völlig andere Erfahrung gemacht.

Er war niemals ein Bad Boy gewesen, hatte niemals im betrunkenen Zustand eine Bar auseinandergenommen oder gar in eine Hotellobby gepinkelt und er hatte niemals Frauen als Schlampen bezeichnet, trotzdem hatte er sich vor eindeutigen

Angeboten nicht retten können. Selbst mit einem Ehering am Finger war er vor Groupies nicht sicher gewesen, die ihm ihre Höschen vor die Füße geworfen und ihre Telefonnummern zugesteckt hatten.

Zu seiner Schande musste er gestehen, dass er zwar kein rüpelhafter Bad Boy gewesen war, doch einige der Telefonnummern tatsächlich angerufen hatte. Natürlich hätte er von sich behaupten können, dass er heute nicht mehr wusste, warum er solch einen Mist verzapft hatte, aber das wäre gelogen gewesen. Die Einsamkeit von Hotelbetten, eine schmollende Ehefrau, die ihm übers Telefon die Hölle heiß machte, weil er ihren Jahrestag vergessen hatte, und eine anhaltende Langeweile hatten ihn Mist bauen lassen. Und das leider nicht nur einmal.

Seine Ehe war großartig gewesen, seine Ehefrau Kelly war ebenfalls großartig gewesen und ihr Sexleben war vielleicht nicht immer großartig, aber durchaus befriedigend gewesen. Mitch hatte Kelly mit achtundzwanzig Jahren geheiratet, nachdem sie bereits zwei Jahre lang ein Paar gewesen waren. Stets hatte er sie als die Liebe seines Lebens bezeichnet und die außerehelichen Aktivitäten während seiner Auswärtsspiele immer bereut. Um sie nicht zu verletzen und sie nicht zu verlieren, hatte er die Klappe gehalten und so getan, als hätte es die nackten Groupies in seinen Betten nie gegeben.

Natürlich hatte er sich beschissen gefühlt und war sich schäbig vorgekommen. Wer wäre das nicht, wenn man seine Frau, die man vom ganzen Herzen liebte, mit anderen Frauen betrog? Als seine Affären schließlich aufflogen, hatte sich das wie ein Tritt in die Eier angefühlt. Kellys Tränen, ihre Schluchzer und wütenden Vorwürfe hallten noch heute in seinen Ohren.

Mitch Cahill, der große Quarterback und Footballstar, war ganz klein mit Hut gewesen und hatte einsehen müssen, dass er sich wie der letzte Wichser des Planeten benommen hatte. Seine One-Night-Stands, die folgende Trennung und Scheidung waren die einzigen Fehlschläge seines Lebens gewesen. Dennoch hatte er sich nicht davon abhalten lassen, seinen Vertrag mit den Titans zu erfüllen.

Damals hatte Kelly ihm die Pistole auf die Brust gesetzt und erklärt, dass sie einen Neuanfang mit ihm starten wolle – in Chicago. Mitch hatte das rundheraus abgelehnt, schließlich war er der Quarterback und Kapitän der New York Titans gewesen. Es war niemals seine Art gewesen, alles hinzuwerfen und aufzugeben, selbst wenn ein talentierter Ersatzquarterback wie Brian Palmer darauf wartete, in seine Fußstapfen zu treten. Sein Vertrag war noch zwei Jahre gültig gewesen und er hatte nicht einsehen wollen, seinen Job früher als geplant an den Nagel zu hängen. Also war Kelly wutentbrannt nach Chicago gezogen, während Mitch in New York geblieben war.

Der Optimist in ihm hatte sich gesagt, dass er in zwei Jahren wieder mit Kelly zusammenkäme, denn sie kam nicht von ihm los, wie es schien. Und er nicht von ihr.

Wenn er in Chicago war, trafen sie sich, stritten sich, liebten sich und erklärten einander, dass sie noch immer verrückt nacheinander seien. Wenn sie ihn in New York besuchte, trafen sie sich, stritten sich, aber liebten sich nicht, weil Kelly ständig durchdrehte, sobald irgendeine Frau ihn ansah. Dann erklärten sie einander, dass der andere völlig verrückt sei, bevor Kelly in Tränen ausbrach und wieder abreiste.

Ein ganzes Jahr ging das so, bis Kelly plötzlich einen Freund hatte und Mitch am Boden zerstört war. Dass sie ihn ständig anrief, um sich bei ihm über ihren neuen Freund zu beklagen und ihr Herz auszuschütten, munterte ihn immer auf, da Kelly bei solchen Gelegenheiten in den Hörer flüsterte, dass sie ihn noch immer liebte. Als sie sich endlich von ihrem Freund trennte, grinste er den ganzen Tag. Ein paar Wochen später wurde er bei einem Spiel hart getackelt, landete im Krankenhaus und hörte einem betretenen Arzt zu, der ihm prophezeite, dass seine Karriere vorbei war.

Anstatt die Welt zu verfluchen, in Depressionen zu verfallen oder zur Flasche zu greifen, hatte er gelacht und Pläne geschmiedet, wann er nach Chicago ziehen und seine Exfrau zurückgewinnen könne. Er wollte sie ein wenig zappeln lassen, rief nicht mehr an und machte sich seelenruhig zur Reha auf, die nun vorbei war.

Heute würde er Kelly besuchen und ihr klarmachen, dass sie zusammengehörten. Nicht nur das duftende Rosenbouquet, sondern auch der Brillantring in seiner Brusttasche würden Kelly zeigen, wie ernst er es meinte. Er wollte einen Neuanfang mit ihr und all die alten Geschichten hinter sich lassen. Nie wieder würde er sie betrügen, sondern war sich sicher, dass er der beste Ehemann der Welt sein würde.

Und ein Vater.

Mitch wollte Babys mit ihr bekommen. Am besten ein ganzes Footballteam. Endlich war er erwachsen und klug genug, um zu erkennen, was wirklich wichtig im Leben war. Sie liebte ihn, das wusste er genau, also kam er gar nicht auf die Idee, dass sie ihn ablehnen würde. Eventuell ließe sie ihn ein wenig zappeln, aber darauf war er eingestellt.

Falls nötig, würde er sogar vor ihr auf die Knie fallen, auch wenn er hoffte, dass sie ihm dies ersparte, schließlich machte ihm seine Verletzung noch immer zu schaffen und er wollte nicht wie ein gehbehinderter Rentner vor ihr liegen, um dann mit der Eleganz eines Krüppels wieder auf die Beine zu kommen.

Lächelnd klopfte er an die Tür des gepflegten Hauses und setzte sein charmantestes Lächeln auf, mit dem er sie bedachte, als seine entzückende, blondhaarige und *schwangere* Exfrau in der Tür erschien.

Voller Entsetzen starrte er auf den deutlich gerundeten Babybauch vor sich und bemerkte einen Moment später den Ehering an ihrem Finger. In diesem Moment begriff Mitch, dass sein Leben ein Scherbenhaufen war.

1. Kapitel

„Haben Sie nicht verstanden, was ich bestellt habe?"

„Doch, Ma'am."

„Dann scheinen Sie den Unterschied zwischen *rare* und *medium rare* nicht zu kennen. Ich wollte mein Chateaubriand *rare* essen und nicht *medium rare*. Nehmen Sie das wieder mit und holen Sie mir den Geschäftsführer!"

„Jawohl, Ma'am."

„Es kann doch nicht so schwer sein, das Steak so zu servieren, wie ich es bestellt habe! Eine Frechheit, ein solches Stück Fleisch dem Gast andrehen zu wollen!"

Mitch wusste nicht mehr, wer ihm das Date mit Jasmine Miller vorgeschlagen hatte, aber er konnte sich erinnern, dass er noch vor einer Stunde gerätselt hatte, wie eine bildhübsche fünfunddreißigjährige Frau Single sein konnte, obwohl sie mit einem engelhaften Gesicht und einem geradezu teuflischen Körper gesegnet war. Jetzt wusste er es!

Äußerlich entsprach sie zwar all den Kriterien, die man an ein perfektes Blind Date stellte, trotzdem glühte sein Nacken vor Verlegenheit, dass er mit einer solch arroganten und überheblichen Furie an einem Tisch saß und sich seit einer halben Stunde anhören musste, wie sie den armen Kellner herunterputzte, weil der Weißwein zu warm, ihre Konsommee zu kalt, die Lüftung der Klimaanlage zu stark und die Bedienung zu lasch war.

Kurz gesagt: Mitch hatte die Schnauze voll.

Er war siebenunddreißig Jahre alt und saß einer Frau gegenüber, der er gerne eine schallende Ohrfeige gegeben hätte, damit sie endlich aufhörte, ihn und vermutlich auch alle anderen Gäste des exklusiven Restaurants in Midtown mit ihrem Gekeife zu belästigen. Da er jedoch noch nie die Hand gegen eine Frau erhoben hatte und auch nicht beabsichtigte, jetzt damit anzufangen, schwieg er verdrossen und schaufelte das Steak in sich hinein, während die Schwarzhaarige sich darüber ausließ, dass mexikanische Kellner frech und dreist seien und lieber abgeschoben gehörten.

Wunderbar! Eine Rassistin war sie auch noch.

Wehmütig dachte Mitch an seine gemütliche Couch und das Spiel der Lakers, das gerade lief und das er zu gerne verfolgt hätte, da er ein paar Scheinchen auf das Ergebnis gesetzt hatte. Doch die Aussicht auf ein nettes Date, das sich eventuell zu etwas Festem hätte entwickeln können, hatte ihn dazu veranlasst, seine gemütliche Trainingshose und sein Lieblingsshirt gegen einen unbequemen Anzug zu tauschen, nach Manhattan zu fahren und pro Person zweihundert Mäuse für ein Menü auszugeben, das seine Begleitung gerade als *minderwertigen Schweinefraß* bezeichnete. Der Abend hätte nicht besser laufen können.

Früher hätte es ihn vermutlich nicht einmal gestört, dass die hübsche Frau, die ihm bei romantischem Kerzenlicht gegenübersaß und das Gesicht auf diese schrecklich unsympathische Art zu einer hässlichen Fratze verzog, eine blöde Zicke war, weil Dates mit Abendessen für einen Mittzwanziger nichts anderes als Nahrungsaufnahme vor heißem, unverbindlichem Sex bedeutet hatten. Doch in seinem jetzigen Alter besaßen Dates einen völlig anderen Sinn. Abendliche Verabredungen waren mehr als das Versprechen auf eine Runde Sex, sondern dienten vor allem dem Austausch grundlegender Information und bedeuteten den verzweifelten Versuch, einen adäquaten Partner zu finden, bevor man alt, grau, faltig und einsam war.

Dieser Verzweiflung war es auch zu danken, dass Mitch sich auf hoffnungslose Dates einließ, anstatt sich auf seiner Couch zu räkeln, fettige Pizza zu essen und ein vielversprechendes Basketballspiel auf seinem Luxusfernseher zu schauen. Obwohl er sich mitten in Manhattan befand, in einem vollgestopften Restaurant mit unzähligen anderen Gästen saß und ein Date hatte, kam er sich so einsam wie schon sehr lange nicht mehr vor.

Nicht einmal das Leben in Montana hatte in ihm dieses Gefühl der absoluten Einsamkeit ausgelöst, was ihm zu denken gab. Seit seiner Sportverletzung, die ihn gezwungen hatte, seinen Job als Quarterback an den Nagel zu hängen und sich aus der NFL zurückzuziehen, hatte er das genügsame Leben eines Ranchers geführt, der sich den ganzen Tag darum gekümmert hatte, dass das Geschäft lief. Zwar hatte er nur wenig Ahnung von dem Betrieb seines Onkels gehabt, doch zu seinen Talenten hatte von jeher gehört, nicht nur einen Ball meisterlich zu werfen und die Taktik des gegnerischen Teams lesen zu können, sondern auch mit Zahlen umzugehen. Zusätzlich hatte ihm ein klassisches Betriebswirtschaftsstudium geholfen, den Viehbetrieb seines Onkels, den er unverhofft geerbt hatte, am Leben zu halten.

Mittlerweile lief die Ranch auch ohne seine Anwesenheit sehr gut, schließlich kümmerte sich ein äußerst fähiges Team darum, so dass er zurück nach New York hatte gehen können, als Teddy MacLachlan-Palmer ihn darum gebeten hatte.

Es war nicht so, dass er die Herausforderung in Montana nicht genossen hätte, aber sein Herz hing nun einmal am Football und an den New York Titans. Als Kind hatte er viele Sommer auf der Ranch seines Onkels verbracht und als heißblütiger Jugendlicher, der das Auto seines Nachbarn kurzgeschlossen und eine Spritztour mit seinen Kumpels unternommen hatte, waren ihm alle Flausen ausgetrieben worden, nachdem er ein halbes Jahr im Betrieb wie ein Ochse hatte mitschuften müssen. Ehrlicherweise war die Ranch ganz okay und in den vergangenen vier Jahren hatte die harte Arbeit ihn davon abgehalten, zu viel über sich, sein Leben und seine Fehler nachzugrübeln. Dennoch hatte er nicht mehr als eine Minute nachdenken müssen, um den Posten des Generalmanagers der Titans anzunehmen, als er den Anruf von Teddy bekommen hatte.

Teilweise war seine Entscheidung mit der Loyalität verbunden, die er dem Verein und Teddys Vater, dem verstorbenen Teambesitzer George MacLachlan, schuldete, aber im Großen und Ganzen hatte er den Job sofort angenommen, weil er New York, den Football und das Leben in einer Großstadt vermisst hatte.

Außerdem – und das gab er nicht einmal gerne vor sich selbst zu – hatte sich der Gedanke in seinen Kopf geschlichen, dass er in New York vielleicht eine nette Frau kennenlernen könnte, denn die

Abgeschiedenheit von Montana hatte an seinem Single-Status nichts geändert.

Voller Ironie sah er sich in dem geschmackvoll eingerichteten Restaurant um, bemitleidete die Kellner im Frack, ignorierte seine keifende Begleitung und ließ die vergangenen Jahre Revue passieren. Mit Anfang zwanzig war er ein Star an seinem College gewesen und hatte sich vor Talentscouts kaum retten können. Mit Mitte zwanzig hatte er bereits mehr Geld verdient als sein Vater, sein Großvater und alle männlichen Mitglieder seiner Familie zusammen. Gleichzeitig war sein Privatleben alles andere als langweilig gewesen, schließlich war er von einer Party zur nächsten getingelt, hatte heiße Models gedatet und sich in seinem Job sehr wohl gefühlt. Finanziell hatte er ausgesorgt, da er als Spieler sehr wertvoll und als Werbegesicht noch wertvoller gewesen war. Mit Ende zwanzig hatte er die Frau geheiratet, in die er sich rasend schnell verliebt hatte, war der Teamkapitän seiner Mannschaft gewesen und galt als einer der prestigeträchtigsten Spieler der NFL. Sein Leben war absolut perfekt gewesen.

Und nun saß er mit siebenunddreißig Jahren einer Frau gegenüber, die er auf den Tod nicht ausstehen konnte, und hatte vor wenigen Wochen von seiner Exfrau erfahren, dass sie wieder ein Baby erwartete – das mittlerweile dritte Kind eines Mannes, den Mitch ebenfalls nicht auf den Tod ausstehen konnte. Kellys Ehemann war ein näselnder Steuerberater mit Geheimratsecken, ohne Sinn für Humor und mit einem Manko, das es Mitch ganz unmöglich machte, ihn leiden zu können, denn der Hurensohn zog die

Kinder auf, die eigentlich ihn hätten Daddy nennen sollen. Wenn sich dieser schmierige Winzling nicht an seine Exfrau herangemacht und sie geschwängert hätte, müsste Mitch sich nicht mit zickigen Dates herumschlagen und sich fragen, ob er jemals in den Genuss kommen würde, seinem Sohn einen perfekten *Lob Pass* beizubringen oder seiner Tochter zu erklären, dass Cheerleading nichts für sie sei, weil ihr Dad aus eigener Erfahrung wusste, welche Moralvorstellung viele Cheerleader besaßen.

Jedes Mal, wenn er Kelly besuchte und auf ihren Mann Jason traf, kribbelte es in seinen Fingern, dem bedeutend kleineren Mann die Zähne einzuschlagen oder ihm wenigstens einen Football in die Weichteile zu werfen. Verdient hätte es der Mistkerl! Er hatte vor vier Jahren die großartige Versöhnung sabotiert, die Mitch für sich und Kelly geplant hatte. Damals hatte Kelly Mitch immer wieder versichert, dass sie ihn noch liebte und dass Jason höchstens ein Lückenbüßer sei, weil sie einsam war. Kurz nachdem sie sich von dem Steuerberater getrennt hatte, bemerkte sie, dass der Lückenbüßer es geschafft hatte, ihr ein Baby zu machen. Das Resultat war eine hastige Eheschließung, die Geburt der kleinen Mary sowie eine Ehe gewesen, die Mitch ein Dorn im Auge war. Er wünschte Kelly alles Glück dieser Welt, aber er sah es nicht gern, dass sie allein aus Vernunftgründen mit einem Steuerberater verheiratet war und die glückliche Ehefrau spielte. Nach Mary war Mason gekommen, ein kleiner Junge, der abgesehen von seinem bescheuerten Namen so niedlich und putzig war, dass Mitch ihn am liebsten nicht mehr hergegeben hätte, als er in den Genuss gekommen war, den Säugling im Arm zu halten.

Doch *Onkel Mitch*, wie er in Chicago genannt wurde, machte stets gute Miene zum bösen Spiel, brachte den Kindern seiner Exfrau Spielzeug und Süßigkeiten mit und versuchte sich in friedlicher Koexistenz mit dem Steuerberater, während Kelly ihm aufmunternde Blicke schenkte und mit ihm über sein nicht existentes Liebesleben reden wollte. Bei seinem letzten Besuch vor ein paar Monaten hatte sie ihm tatsächlich vorgeschlagen, zum Speeddating zu gehen, um eine Frau kennenzulernen. Zu gerne hätte er sie daran erinnert, dass sein Gesicht zu bekannt war, um sich einer solchen Peinlichkeit auszuliefern, aber Mitch hatte lieber die Klappe gehalten. Es kam nämlich vor, dass in ihrem Blick eine solche Wehmut lag, wenn ihre frühere Ehe zum Thema wurde, dass es sich für ihn wie ein Tritt in die Eier anfühlte. Seit sie herausgefunden hatte, dass sie mit Mary schwanger war, hatte sie ihm nie wieder gesagt, dass sie ihn noch liebte, aber Mitch fühlte, dass sie noch immer Gefühle für ihn hatte.

Was ihn betraf ... wäre er nicht ein solcher Idiot gewesen, der sich auf Groupies eingelassen hätte, dann müsste er sich nicht mit siebenunddreißig Jahren solchen stumpfsinnigen Dates aussetzen, sondern könnte seinen Kindern beim Spielen im Garten zusehen und mit der Frau, die er aus Liebe geheiratet hatte und die er noch immer liebte, auf der Veranda sitzen.

„Verstehen Sie, wie es dieses Restaurant in die New York Times geschafft hat? Der Gastronomiekritiker muss betrunken gewesen sein.“

Aus seinen Gedanken gerissen schaute Mitch auf und begegnete dem wütenden Blick seiner Begleitung. Da er gerade auf dem saftigsten und butterweichsten Fleisch herumkaute, das er jemals gegessen hatte, und ihre Meinung absolut nicht teilen konnte, nachdem er einen Hummersalat verspeist hatte, der ihm die Tränen der Glückseligkeit in die Augen getrieben hatte, zuckte er lediglich mit der Schulter und gab nicht einmal mehr vor, höflich sein zu wollen.

Für sich hatte Mitch beschlossen, sein teures Menü zu genießen und die Frau mit den abartig langen Fingernägeln und der keifenden Stimme zu ignorieren, bevor er sie in den Wind schoss und nach Hause fahren würde.

„Ich komme aus Boston, da würde es so etwas wie hier nicht geben. Nichts gegen New York, aber man sieht ja, wohin Integration und Kulturvermischung führen."

Beinahe hätte er das vorzügliche Fleisch vor lauter Schreck ausgespuckt. „Wie bitte?"

„Wenn schon irgendwelche Mexikaner unsere Bestellung annehmen, möchte ich nicht wissen, wer hinter dem Herd steht. Und wo bleibt eigentlich der Geschäftsführer?"

Sprachlos lehnte sich Mitch zurück und wusste nicht, was er darauf antworten sollte. Er räusperte sich und fragte gespielt interessiert: „Haben Sie etwas gegen Mexikaner?"

„Natürlich nicht", empörte sich die Frau und warf ihm einen Blick zu, als hätte er ihr Schlangenledertäschchen fallen gelassen. „Seit Jahren lasse ich mein Auto von einem Mexikaner reinigen.

Darauf verstehen sie sich blendend, aber als Kellner machen sie keine gute Figur. Das liegt vermutlich daran, dass sie unsere Sprache nicht richtig beherrschen. Der Mexikaner an sich hat ja gar nicht den Willen, sich in unser Land einzufügen."

„Ach."

Mehr wusste Mitch einfach nicht zu sagen und hörte stattdessen mit morbider Faszination zu, wie die Frau eine rassistische Bemerkung nach der nächsten vom Stapel ließ. Gerne wäre er ihr über den Mund gefahren, dennoch war er dazu gar nicht in der Lage, da er ihren Ausführungen sprachlos lauschte.

„Nehmen wir zum Beispiel meine Nageldesignerin: Sie ist Koreanerin und schafft es, kleine Kunstwerke zustande zu bekommen, weil das nun einmal ihrer Kultur entspricht, aber sie spricht kaum ein Wort Englisch. Tatsächlich scheint sie immer noch zu denken, dass sie in Peking lebt."

Mitch räusperte sich. „Peking liegt in China und nicht in Korea."

Sie blinzelte ihm zu. „Ist das nicht das gleiche Land?"

„Nein."

Seinen Einwand wischte sie mit einer saloppen Geste ihrer Hand beiseite. „Sind wir doch ehrlich: Die Asiaten sehen sowieso alle gleich aus und ihr Essen schmeckt eines wie das andere."

Um Himmels willen! Geradezu verzweifelt überlegte er, wer ihm bloß dieses Date eingebrockt hatte. Er hatte das Gefühl, der Vorsitzenden des Ku-Klux-Klans gegenüberzusitzen und sich die Rassenlehre der Nazis anhören zu müssen, als sie dazu überging, über Afroamerikaner herzuziehen und den schwarzen Rap als Wurzel von Kriminalität und Drogenhandel darzustellen. Mitch wartete nur darauf, dass sie das N-Wort in den Mund nahm, und schloss mit sich selbst eine Wette ab, wann es denn so weit wäre.

Normalerweise war er nicht auf den Mund gefallen und hätte ihr gerne erklärt, dass seine Großmutter mütterlicherseits zur Hälfte Cherokee war, aber das wäre vermutlich verlorene Liebesmüh gewesen, außerdem konnte er sie einfach nur sprachlos anstarren.

Gerade als er überlegte, wie er sich am besten verkrümeln konnte, fiel ein Schatten auf ihn und ein tiefes Räuspern erklang.

„Hi, Mitch."

Als er aufblickte und den gewaltigen Tackle Dupree Williams entdeckte, hätte er vor Freude und Erleichterung beinahe aufgelacht. Anscheinend war das Auftauchen des dunkelhäutigen Footballspielers an ihrem Tisch das einzig probate Mittel, um diese Zimtzicke von Begleitung verstummen zu lassen. Ein Blick sagte ihm, dass Jasmine den herzensguten, wenn auch finster wirkenden Dupree mit der Nervosität eines Chihuahuas betrachtete, der noch nicht stubenrein war. Es hätte ihn nicht gewundert, wenn die schwarzhaarige Keife augenblicklich ohnmächtig geworden wäre oder Fersengeld gegeben hätte.

„Hey, ihr beiden." Mit einem breiten Lächeln bedachte er Duprees Freundin, eine winzige Blondine, die am Arm ihres Freundes hing und wie eine vollauf zufriedene Frau wirkte, auch wenn sie kein Schlangenledertäschchen trug und von einem mexikanischen Kellner bedient worden war.

Oh Mann, warum geriet er eigentlich immer an solche Sumpfkühe?

Apropos Sumpfkuh. Jasmines Miene zuckte vor lauter Irritation, als sie nach besagtem Schlangenledertäschchen griff und sich hastig auf die Toilette verzog. Er glaubte nicht, dass sie pinkeln musste, sondern vermutlich nur ihre hässliche Tasche, für die eine unschuldige Schlange hatte sterben müssen, in Sicherheit bringen wollte. Tja, Dupree Williams wirkte nun einmal wie ein Mann, der ganz versessen darauf war, überkandidelten Tussis die Taschen zu entreißen.

„Hast du ein Date, Mitch?“ Sarah schien hocherfreut zu sein und nicht bemerkt zu haben, weshalb sich Jasmine so plötzlich verkrümelt hatte.

„Ein Date?“ Hastig schüttelte er den Kopf. „Gott bewahre!“

„Sondern?“

Seine Mundwinkel fielen herab. „Mieses Karma, Süße. Eine höhere Macht scheint mich bestrafen zu wollen.“

Sarah kicherte amüsiert, während ihr Freund ein undefinierbares Grummeln von sich gab, was ganz sicher damit zu tun hatte, dass Mitch seine Freundin *Süße* genannt hatte. Der bärenstarke Footballspieler mit dem jungenhaften Gesicht schien von der eifersüchtigen Sorte zu sein.

„Also stören wir dich nicht?“

„Überhaupt nicht“, bekräftigte er und legte den Kopf fragend zur Seite. „Was hat euch beide hergeführt?“

„Das Essen“, erwiderte Sarah und sah geradezu anbetungsvoll zu ihrem Freund auf, der eine Hand auf die schmale Hüfte der zierlichen Blondine legte und mit seiner saloppen Kleidung, die aus einem Poloshirt sowie Baggypants und Turnschuhen bestand, in dem teuren Restaurant mit seinen elitären Gästen deplatziert gewirkt hätte, wenn es sich bei ihm nicht um einen der erfolgreichsten Spieler der NFL gehandelt hätte. „Dupree weiß, dass ich eine Schwäche für frischen Fisch habe, daher hat er mich heute ausgeführt.“

Die beiden waren so niedlich miteinander, dass sich selbst Mitch, einem abgeklärten Scheidungsopfer, ein Lächeln auf die Lippen stahl. „Hast du es gut.“

„Das denke ich auch.“

Dupree Williams stieß ein kurzes Schnauben aus und deutete mit dem Kopf in die Richtung, in der Jasmine verschwunden war. „Ist das etwa das Date, von dem du vor ein paar Tagen erzählt hast?“

Unbehaglich nickte er. „Leider. Wenn ich gewusst hätte, was mich erwartete, wäre ich lieber zuhause geblieben.“

„Oh? So schlimm?“

„Schlimmer“, ächzte er und lehnte sich auf seinem Stuhl zurück.

„Wenn du Claire vor ein paar Monaten nicht versetzt hättest, müsstest du dich jetzt womöglich nicht auf solche Dates einlassen“, erklärte Sarah mit zuckersüßer Stimme und grinste ihn an.

Mit einem trockenen Lachen fuhr er sich durch sein Haar. Seine ehemaligen Teammitglieder sowie die aktuellen Spieler, mit denen er selbst niemals auf dem Platz gestanden hatte, versuchten ihn seit seinem Umzug nach New York vor einigen Monaten zu verkuppeln. Die beste Freundin von Liv Scott war ein solcher Verkupplungsversuch gewesen. Dummerweise hatte er sie versetzt, weil er in ein falsches Lokal gegangen war, und bereute dies schon seit einiger Zeit, da Claire im Gegensatz zu all den durchgeknallten Frauen, mit denen er sich von Zeit zu Zeit traf, amüsant, interessant und sehr nett erschienen war. Zudem gehörte sie zu den Frauen, bei denen man sofort zu sabbern anfing, doch auch dieser Versuch gehörte der Vergangenheit an, weil sie mittlerweile das Baby eines anderen Mannes erwartete.

Oh ja, Karma war ein Arschloch. Und was für eins!

Um ihn herum schien einfach jeder ein funktionierendes Privatleben zu haben und entwickelte sich weiter, nur er selbst trat auf der Stelle herum und musste sich mit Frauen treffen, die rassistische Kommentare über mexikanische Kellner oder koreanische Nageldesignerinnen vom Stapel ließen.

„Jetzt lass den Mann in Ruhe“, erklärte Dupree gutmütig und drückte seiner Freundin einen Kuss auf den Kopf. „Siehst du nicht, dass er bereits am Boden ist?“

„Danke, Dupree“, erwiderte Mitch ironisch und seufzte. „Du hast leicht reden, schließlich kannst du dich nicht beklagen.“

„Das stimmt“, erwiderte Sarah anstelle ihres Freundes und lachte. „Dupree ist ein Glückspilz.“

Mit einem übertrieben süßlichen Seufzen fragte Mitch nach: „Wo habt ihr euch kennengelernt? Vielleicht sollte ich es mal auf eure Weise probieren.“

Dupree zeigte zwei Reihen blendend weißer Zähne. „In einer Bar.“

Sofort winkte Mitch ab und verzog das Gesicht. „Die Zeiten sind für mich vorbei. In meinem Alter lernt man nette Frauen nicht mehr in Bars, sondern in Töpferkursen oder in Selbsthilfegruppen für Arthritisgeplagte kennen.“

„Das klingt ja, als hättest du einschlägige Erfahrungen mit Barbekanntschaften gemacht.“

Er schenkte der blonden Sarah ein lässiges Lächeln. „Schätzchen, wenn du wüsstest.“

Augenblicklich räusperte sich der gigantische Dupree und blickte Mitch derart einschüchternd und mörderisch an, dass einem Mann, der nicht Jahre seines Lebens damit verbracht hatte, solche Blicke zu ignorieren, wenn er sich an die Line of Scrimmage wagte, Hören und Sehen vergangen wäre. Aber so hatte er lediglich einen Funken Belustigung für die Drohgebärde seines Kumpels übrig.

„Ich glaube, Sarah und ich machen uns auf die Socken.“

Grinsend nickte Mitch und hatte die Schrapnelle, die sich im Schleichtempo dem Tisch näherte und ihm den Abend vermiest hatte, beinahe vergessen. „Schlaf dich ordentlich aus, mein Lieber. Bald beginnt das Trainingslager und soviel ich weiß, hat sich euer Yogalehrer für morgen angesagt.“

„Bist du sicher, dass du nicht auch ein bisschen Training vertragen könntest, alter Mann?“, stichelte Dupree und half seiner Freundin dabei, in ihre Jacke zu schlüpfen, während er der stoisch wirkenden Jasmine ein freundliches Lächeln schenkte. Diese reagierte darauf überhaupt nicht, sondern setzte sich stocksteif auf ihren Stuhl und umklammerte ihr Schlangenledertäschchen mit der Inbrunst einer Frau, die befürchtete, dass man ihr das ordinäre Ding jeden Moment aus den Krallen reißen konnte. Ihr Misstrauen dem dunkelhäutigen Dupree gegenüber ging Mitch gehörig auf den Sack. Innerlich schnaubte er und schwor sich, in Zukunft die Finger von Frauen zu lassen, die ihren Schlangenledertaschen Namen gaben.

„Lass das mal meine Sorge sein", erwiderte er lässig und winkte ab. „Während du dich beim Yoga betatschen lässt, muss ich mich um wichtigere Dinge kümmern."

„Nur kein Neid." Dupree grinste breit und fragte anschließend interessiert: „Schaust du morgen beim Training zu?"

„Mal sehen. Du kannst Brian ausrichten, dass sein Zuspiel zu wünschen übrig lässt. Vielleicht liegt es an seinen schlaflosen Nächten, aber er bewegt sich so lustlos auf dem Spielfeld wie ein Hund kurz nach seiner Kastration."

„Klar", schnaubte Dupree und legte seinen Arm lässig auf die Schulter seiner Freundin. „Das richte ich ihm sehr gerne aus, schließlich findet er Kritik an seinem Spiel ganz besonders nett und reagiert darauf extrem freundlich."

„Gott, ihr seid solche Primadonnen!"

„Wer im Glashaus sitzt ..."

Sarah unterbrach ihren Freund und zupfte an seinem Shirt herum. „Poppy und Pippa warten, Liebling."

Angesichts der leicht besorgten Miene des Tackles, als seine Freundin ihn an die beiden kleinen Bulldoggen erinnerte, hätte Mitch am liebsten losgelacht, doch unterließ dies, sobald er den sauertöpfischen Ausdruck im Gesicht seiner Begleitung wahrnahm.

„Stimmt. Der Hundesitter wartet." Dupree nickte der stoischen Jasmine weiterhin freundlich zu. „Noch einen schönen Abend wünschen wir."

Zähneknirschend dachte Mitch, dass sein weiterer Abend alles andere als schön sein würde.

Es war bereits drei Uhr nachmittags, aber Mitch hatte bisher nicht mehr als einen einzigen Bissen von seinem Thunfischsandwich nehmen können, das seit geschlagenen drei Stunden neben ihm auf dem Schreibtisch lag und mittlerweile einen Geruch verströmte, den er lieber nicht weiter ergründen wollte. Da er keine Zeit dafür hatte, einen Abstecher in die Kantine zu machen, um sich etwas zu essen zu holen, musste sein Magen wohl oder übel weiter knurren, denn für eine Magenverstimmung hatte er leider keine Zeit. Missmutig ließ er das Sandwich, dessen Ecken sich bereits nach oben zu wölben begannen, in den Papierkorb fallen, bevor er der Versuchung erlag, vor lauter Kohldampf doch noch eine Magenverstimmung zu riskieren.

Seit er um kurz vor acht Uhr morgens im Büro aufgeschlagen war, klingelte beinahe ununterbrochen sein Telefon oder jemand steckte seinen Kopf zur Tür hinein, um seine Unterschrift zu bekommen oder ihm den letzten Nerv zu rauben, wie unlängst geschehen, als sein Kumpel und ehemaliger Coach John beschlossen hatte, seine Pause bei ihm zu verbringen und ihn völlig entspannt nach dem gestrigen Date gefragt hatte. Dabei war Mitch auch wieder eingefallen, dass es John gewesen war, dem er die rassistische Trulla zu verdanken hatte, die den Nerv besessen hatte, ihn nach einem zweiten Date zu fragen, als er sich nach dem katastrophalen Abend verabschieden wollte.

John hatte seinen Verkupplungsversuch nicht im mindesten bedauert, sondern die Frechheit besessen, schallend über Mitchs Erzählungen zu lachen. Dass er Mitch ins Gedächtnis rief, dass Jasmine seine Nachbarin war und er sie vermutlich auf Johns Partys wiedersehen würde, hatte seine Laune nicht wirklich gehoben.

Mit seiner Arbeit hinkte er hinterher, es gab Probleme mit den Auflagen für das neue Sicherheitskonzept der NFL und aus irgendeinem Grund war seine Sekretärin den halben Tag unauffindbar, weshalb die Hälfte der Anrufe gleich bei ihm landete und er sich nicht verleugnen lassen konnte. Das Ergebnis dieses enervierenden Tages waren ein durchgeschwitztes Hemd und leichte Kopfschmerzen hinter seiner Stirn. Wie es aussah, durfte er bis in die Nacht hinein arbeiten und konnte sich ein vernünftiges Essen abschminken.

Da er Klimaanlagen hasste, hatte er das Fenster geöffnet und musste zusehen, wie ein Stapel Papiere durch die Luft flog, als seine Tür nach einem kurzen Klopfen geöffnet wurde.

Wütend blaffte er los und beugte sich aus seinem Stuhl hinunter, um die Vertragsunterlagen für einen TV-Sender aufzuheben.

„Was?!"

Die Antwort auf seine pissige Frage bestand aus einem weiblichen Räuspern, das ihn veranlasste, den Kopf zu heben.

Wäre er nicht dermaßen genervt und wütend gewesen, hätte er dem dunkelblonden Lockenkopf einen interessierten Blick geschenkt, doch in seiner jetzigen Verfassung zeugte seine Miene von absoluter Ungeduld. Leider verließ ihn jede Geistesgegenwart, wenn er hungrig war, was eine Schande war, denn die Frau mit dem herzförmigen Gesicht und den vollen Lippen sah selbst in ihrem langweiligen Hosenanzug extrem heiß aus.

Die Frau räusperte sich ein weiteres Mal völlig unbeeindruckt von seiner miesen Laune und schaute ihn unverwandt an. „Entschuldigen Sie, dass ich einfach hereinplatze, aber Ihr Vorzimmer ist unbesetzt und ..."

Grob unterbrach er sie und sortierte die Papiere. „Ja, ja ... wie kann ich Ihnen weiterhelfen?"

„Ich habe ein Vorstellungsgespräch und ..."

Mitch seufzte tief auf. „Dann sind Sie hier falsch. Außerdem sind die Vorstellungsgespräche längst beendet."

Ihre Stimme schwankte nicht einen Moment, als sie fest erwiderte: „Ich habe einen Termin mit einem Mr. Cahill.“

„Das bin ich.“ Stirnrunzelnd beäugte er sie näher und schüttelte sofort den Kopf. „Und ich bin mir ziemlich sicher, dass wir keinen Termin haben.“

Verwirrt blinzelte sie ihm zu. „Da müssen Sie sich irren. Ich bin hier um fünfzehn Uhr mit Ihnen verabredet.“

Verärgert lehnte er sich vor und legte beide Hände auf die Tischplatte, während das Telefon schrill zu klingeln begann. „Wenn wir einen Termin hätten, wüsste ich das sicher! Abgesehen davon fällt es nicht in meinen Zuständigkeitsbereich, Sekretärinnen einzustellen.“

Angesichts seines Tons schnappte sie nach Luft. „Mr. Cahill ...“

Indem er die Hand hob und mit der anderen nach dem Hörer griff, unterbrach er sie. Natürlich war ihm klar, dass er sich nicht besonders höflich benahm, aber in Hinblick auf seine momentane Verfassung brachte er alle Geduld auf, die er besaß.

Aus dem Augenwinkel bemerkte er, dass der Lockenkopf nicht verschwand, sondern unverwandt stehengeblieben war, während er mit der Rechtsabteilung telefonierte, die irgendwelche Papiere verlangte, die er noch nicht bearbeitet hatte. Während er sich bemühte, seinen Gesprächspartner nicht anzubrüllen, weil dieser ihm falsche Unterlagen zugeschickt hatte, checkte er kurz seinen Terminkalender und sah befriedigt, dass er tatsächlich keinen heutigen Termin hatte.

Da sein Magen nun hörbar knurrte und der Schmerz hinter seiner Stirn schlimmer wurde, hoffte er, dass sein ungebetener Gast schnell das Weite suchte. Hätte er heute mehr Zeit und sehr viel bessere Laune gehabt, wäre er um einiges umgänglicher gewesen und hätte vielleicht sogar mit ihr geflirtet, doch dank seiner anhaltend schlechten Laune, die sich nach seinem gestrigen Date eingestellt hatte, lag dies außerhalb seiner Möglichkeiten. Abgesehen davon wirkte die Frau mit den dunkelblonden Locken und den zusammengepressten Lippen nicht besonders zuvorkommend.

Sobald er sein Telefonat beendet hatte, schaute er sie durchdringend an. „Hören Sie, es tut mir leid, dass Sie umsonst gekommen sind, aber alle Einstellungen sind bereits vorgenommen worden. Außerdem habe ich weder mit dem Servicepersonal noch mit den Verwaltungsangestellten etwas zu tun."

„Aber ..."

Anscheinend war sie schwer von Begriff, weshalb er überdeutlich erklärte: „Ich stelle weder Küchenhilfen noch Bürohilfen ein. Da müssen Sie sich an die Personalabteilung wenden."

„Ich fürchte, Sie unterliegen einem Irrtum", erwiderte sie hörbar verärgert und blitzte ihn an.

„Ganz sicher nicht." Weil er kein Arsch sein wollte, zückte er seinen Stift und sah sie auffordernd an. Bildete er sich das ein oder funkelten ihre hellgrauen Augen vor Ärger? „Vielleicht braucht die PR-Abteilung noch eine Sekretärin. Geben Sie mir Ihren Namen, dann kann ich sehen, was ich für Sie tun kann."

Prompt verschränkte sie die Arme vor der Brust und schnaubte. „Mein Name ist Lancaster."

Ungeduldig hob er den Kopf. „Lancaster?"

„Dr. Avery Lancaster", blaffte sie los.

„*Dr*. Avery Lancaster?" Mitch runzelte die Stirn und musterte die Frau von unten bis oben. Dank des konservativen Anzugs und des Aktenkoffers, den sie in einer Hand hielt, wirkte sie wie ein Versicherungsvertreter.

„Ja!" Sie kam auf den Schreibtisch zu und ließ den ledernen Aktenkoffer auf den Besuchersessel fallen, während sie sich vor ihm aufbaute. „Dr. Avery Lancaster. Ärztin", entgegnete sie finster und schien ihn mit ihren Augen erdolchen zu wollen.

„Wie schön für Sie." Mitch hatte keine Ahnung, was sie von ihm wollte, und lehnte sich fragend zurück. „Und was kann ich für Sie tun?"

„Die Frage ist doch eher, was ich für Sie tun kann."

Leicht scherzhaft zuckten seine Mundwinkel in die Höhe. „Mit meiner Gesundheit steht alles zum Besten, das kann ich Ihnen versichern."

„Mr. Cahill, ich bin nicht hergekommen, um mich von Ihnen auf den Arm nehmen zu lassen", fuhr sie ihn unbeherrscht an, woraufhin Mitch die Augen zusammenkniff.

„Vielleicht könnten Sie mir sagen, weshalb Sie überhaupt hergekommen sind, denn ich habe keinen blassen Schimmer, was Sie von mir wollen", erklärte er am Rande seiner Geduld.

Auch ihr Tonfall ließ darauf schließen, dass sie kurz davor war, an die Decke zu gehen. „Ich bin hier, weil wir einen Termin haben ..."

„Miss Lancaster ...“

„Dr. Lancaster“, gab sie ruppig zurück. „Wenn Sie mich zu Wort kommen lassen würden, Mr. Cahill, könnte ich Ihnen sagen, dass ich mit Ihrer Chefin gesprochen habe. Sie hat diesen Termin ausgemacht.“

„Mit meiner Chefin?“ Verständnislos neigte er den Kopf zur Seite.

„Genau.“

„Aber warum das denn?“

Avery Lancaster öffnete den obersten Knopf ihrer Anzugjacke und erklärte schroff: „Teddy MacLachlan-Palmer hat mir gesagt, dass die Titans einen neuen Teamarzt brauchen. Deshalb bin ich hier.“

2. Kapitel

Avery Lancaster ignorierte die gerunzelte Stirn ihres Gegenübers und lehnte den Kaffee, den er ihr andrehen wollte, mit einem Kopfschütteln ab, während sie ihn dabei beobachtete, wie er krampfhaft versuchte, sich seine Verärgerung nicht ansehen zu lassen. Gleichzeitig las er ihren Lebenslauf, oder er gab nur vor, diesen zu lesen. Gewundert hätte es sie nicht.

Worüber war dieser überhebliche Mistkerl überhaupt verärgert? Schließlich war er es nicht gewesen, der erst für eine Sekretärin gehalten und gleich darauf abgekanzelt worden war. Eigentlich hätte er sich für sein arrogantes Benehmen entschuldigen müssen, stattdessen hatte er ihr widerwillig einen Platz angeboten und damit begonnen, ihre Unterlagen zu studieren, wobei er ihr durch die Blume zu verstehen gegeben hatte, dass er eigentlich keine Zeit für ein Gespräch mit ihr hatte.

Wunderbar! Sie könnte ihre Zeit ebenfalls sinnvoller verbringen, als hier zu sitzen und sich wie ein Bittsteller zu fühlen. Immerhin war sie es gewesen, die um ein Gespräch gebeten worden war! Ihre Praxis mitten in Manhattan lief außerordentlich gut und sie hatte keinen Grund auf der Welt, auf diesen Job hier angewiesen zu sein. Wäre ihr Mentor und alter Freund nicht gewesen, der den Kontakt zur Vereinsbesitzerin hergestellt hatte, hätte Avery einen Teufel getan und über die Betreuung von Footballspielern nachgedacht. Da Rupert ein alter

Bekannter der Familie MacLachlan war, hatte er sie gebeten, sich mit der jungen Vereinsbesitzerin zu unterhalten, die auf der Suche nach einem neuen Mannschaftsarzt war, nachdem der alte in Rente gegangen war.

Aufgrund ihrer eigenen Erfahrung mit überheblichen Sportfanatikern hatte Avery diese Bitte rundheraus abgelehnt, doch Rupert war hartnäckig gewesen, bis sie zugesagt hatte, es auf ein Telefonat ankommen zu lassen. Teddy MacLachlan-Palmer war so sympathisch und aufgeschlossen gewesen, dass sich Avery wider besseren Wissens dazu hatte überreden lassen, sich mit dem Generalmanager über eine mögliche Anstellung zu unterhalten.

Jetzt hatte sie den Salat, da sie einem schlecht gelaunten Mann gegenübersaß, der sich vermutlich für den Nabel der Welt hielt, weil er in der Vergangenheit Bälle über ein Spielfeld geworfen und Milchtüten für Werbespots in die Kamera gehalten hatte. Zwar war es nicht so, dass Avery per se etwas gegen Sportler hatte, schließlich zählten einige Leichtathleten zu ihren Patienten, doch Typen wie Mitch Cahill waren ihr nicht fremd. Solche Sportler hielten Rücksichtslosigkeit für Siegeswillen und gingen für ihren Erfolg über Leichen. Männer seiner Sorte kannte sie zu Genüge, schließlich war sie mit einem ähnlichen Exemplar verheiratet gewesen.

Sein Tonfall klang ein wenig gelangweilt, als er das Wort an sie richtete, ohne den Blick zu heben. „Dr. Lancaster, Teddy mag schon Recht haben, dass unser Mannschaftsarzt in Rente gegangen ist, aber zu unserem medizinischen Betreuungsstab gehören noch andere Ärzte ...“

Da sie es satt hatte, sich von ihm wie ein unmündiges Kleinkind behandeln zu lassen, unterbrach sie seinen Redefluss. „Ich bin bestens informiert, Mr. Cahill. Dr. Campbell ist zwar Sportmediziner, führt jedoch lediglich die Leistungsdiagnostik durch und kümmert sich um alle nicht-orthopädischen Maßnahmen, während Dr. Miller der Mannschaftspsychologe ist. Verzeihen Sie mir meine Offenheit, aber Ihrem medizinischen Betreuungsstab fehlt ganz eindeutig ein kompetenter Orthopäde, der sich mit Muskelverletzungen auskennt."

Endlich hob er den Kopf und schaute sie an. Zwar gab seine Miene nicht viel preis, doch seine grünen Augen glänzten verärgert.

Gut, dachte sich Avery, dann haben wir wenigstens etwas gemeinsam.

„Und Sie halten sich für kompetent genug, um diesen Job zu übernehmen?"

Ihr Gesicht verhärtete sich, während sie sich steif aufrichtete und die Augen zusammenkniff. „Ihre Chefin hätte mich sicherlich nicht kontaktiert, wenn sie anderer Meinung wäre."

„Teddy ist außergewöhnlich gescheit und ein Finanzgenie, aber das heißt nicht, dass sie sich mit der medizinischen Betreuung von Footballspielern auskennt."

Provokant hob sie beide Augenbrauen in die Höhe. „Aber Sie kennen sich damit aus?"

Mit tiefster Befriedigung sah sie, wie sich sein Gesicht vor Zorn rötete. „Dr. Lancaster, vielleicht wissen Sie das nicht, aber ich war erfolgreicher Quarterback ..."

„Gut, dann kennen Sie sich damit aus, auf der Pritsche zu liegen und sich behandeln zu lassen, aber Sie haben keine Ahnung davon, eine Diagnose zu stellen oder einen Footballspieler medizinisch zu betreuen."

Nachlässig ließ er ihre Unterlagen auf den Tisch fallen und starrte sie durchdringend an.

Avery merkte zwar, wie ihr Herz vor Anspannung hart gegen ihren Brustkorb schlug, aber sie wäre lieber gestorben, als dem Blick dieses arroganten Aufschneiders auszuweichen. Mit der Selbstsicherheit einer Frau, die genau wusste, dass starke Sportler zu heulen anfingen, wenn man ihnen eine Spritze in den Allerwertesten gab, starrte sie zurück und setzte ihre finsterste Miene auf.

„Vielleicht bin ich kein studierter Kittelträger, dennoch kann ich lesen, Dr. Lancaster. Zu Ihren Patienten zählen Bodenturner und Gewichtheber, aber keine Footballspieler. Bei allem nötigen Respekt, aber inwiefern qualifiziert Sie das zur Mannschaftsärztin der Titans?"

„Bei allem nötigen Respekt, aber das ist Schwachsinn."

„Schwachsinn?" Der braunhaarige Ex-Footballspieler schien nicht glauben zu können, dass sie ihm gegenüber einen solchen Ton anschlug.

Sie reckte das Kinn nach vorne. „Ein Muskelfaserriss ist ein Muskelfaserriss."

„Ach?"

„Abgesehen davon, dass einige Sportler ein größeres Ego als andere haben, Mr. Cahill, gibt es kaum einen Unterschied zwischen der Verletzung eines Footballspielers oder eines Bodenturners."

Gespielt freundlich setzte sie hinzu: „Auch wenn der eine mehr jammert als der andere."

„Sie wollen doch nicht allen Ernstes Bodenturner mit Footballspielern vergleichen." Er sah sie an, als hätte sie den Verstand verloren.

Avery schüttelte den Kopf und war stolz darauf, wie fest ihre Stimme klang. „Dass ich bisher Patienten hatte, die andere Sportarten betreiben, heißt nicht, dass ich nicht fähig bin, Footballspieler zu betreuen, Mr. Cahill. Wie Sie sehen, habe ich nicht nur eine orthopädische Ausbildung, sondern bin auch Sportmedizinerin und auf Muskelverletzungen spezialisiert, die durch Hochleistungssport entstehen."

„Und Sie haben eine eigene Praxis."

Sie fragte sich ernsthaft, ob er einfach nur ein Idiot war, der hier den großen Macker heraushängen lassen wollte, oder ob er etwas gegen Frauen hatte. Vermutlich gehörte er zu der Kategorie, die beides unter einen Hut bekam.

„Ja", erwiderte sie in einem Tonfall, der deutlich machte, wie bescheuert sie die ganze Diskussion fand. „Zusammen mit einem Partner. Ist das irgendein Problem?"

Obwohl er mit der Schulter zuckte, kaufte sie ihm sein gespielt lässiges Gebaren nicht ab, mit dem er sie aufs Glatteis führen wollte. Dafür waren seine Lippen viel zu hart aufeinandergepresst und seine Kinnmuskulatur zu sehr nach vorne geschoben. Avery bemerkte deutlich, dass Mitch Cahill weder Lust noch Interesse daran hatte, sie als Ärztin für das Team der New York Titans einzustellen.

„Ich frage mich nur, ob Sie überhaupt die Zeit haben, als unser Mannschaftsarzt ... pardon, als unsere Mannschaftsärztin zu arbeiten. Sie müssten mit auf Auswärtsspiele kommen und an den Wochenenden bereitstehen. Außerdem gibt es noch das Trainingslager in wenigen Wochen."

„Das lassen Sie mal meine Sorge sein. Nachdem ich mit Ihrer Chefin", oh ja, sie genoss es außerordentlich, ihm unter die Nase zu reiben, dass sein direkter Vorgesetzter und Arbeitgeber eine Frau war, „telefoniert habe, hatte ich den Eindruck, dass der Verein ziemlich dringend eine neue sportliche Betreuung benötigt."

Die Hagerkeit seines Gesichts trat deutlich zutage, als er beinahe grob erwiderte: „*Das* wiederum lassen Sie mal meine Sorge sein!"

„Aber ..."

„Nur weil unser Mannschaftsarzt in Rente gegangen ist, Dr. Lancaster, heißt das nicht, dass wir irgendjemanden nehmen. Diese Entscheidung hat Teddy nicht allein zu treffen, vor allem dann nicht, wenn ich hier als GM fungiere. Sie haben sicherlich Verständnis dafür, dass wir uns nach weiteren Kandidaten umsehen, die mehr Erfahrung vorzuweisen haben als Sie."

Avery atmete tief durch, ballte beide Hände zu Fäusten und bemerkte zähneknirschend: „Zuerst stellen Sie meine Qualifikation sowie meine Kompetenzen infrage und jetzt haben Sie auch noch den Nerv, mich als Bittsteller darzustellen? Ich habe um dieses Gespräch nicht gebeten, das war Ihre Chefin."

„Fein. Auch ich habe um dieses Gespräch nicht gebeten und werde mich bei Teddy dafür ganz sicher nicht bedanken."

„Kann es sein, Mr. Cahill, dass Sie ein Problem mit Frauen haben?“

Wie es schien, hatte sie ihn einen Moment sprachlos gemacht, bevor er rot anlief und sich in seinem Sessel zu voller Größe aufrichtete. „Wie bitte?“

„Entweder akzeptieren Sie meine Bewerbung nicht, weil Sie ein kompletter Idiot sind oder weil Sie frauenfeindlich sind. Suchen Sie es sich selbst aus!“

„Was erlauben Sie sich ...“

Aufgebracht wedelte sie mit einer Hand vor ihrem Gesicht herum. „Was erlauben Sie sich?“

„Ich habe Ihnen völlig angebrachte Fragen innerhalb eines Vorstellungsgespräches gestellt, Dr. Lancaster“, wütete er los.

Sie schnaubte abfällig. „Vorstellungsgespräch? Dass ich nicht lache! Sie beleidigen mich die ganze Zeit ...“

„Wenn Sie meine Kommentare bereits als Beleidigung auffassen, bekämen Sie einen Schlaganfall, sobald die Spieler Ihnen gegenüber die Klappe aufreißen. Wie es scheint, sind Sie für diesen Job wirklich völlig ungeeignet.“

„Ich habe es nicht nötig, hier zu sitzen und mich von einem abgehalfterten Ex-Footballspieler über meinen Job belehren zu lassen“, schimpfte sie und sprang aus ihrem Sessel auf.

„*Wie* haben Sie mich genannt?“

„Ich empfehle Ihnen den Gang zu einem HNO-Arzt, wenn Sie nicht verstanden haben, dass ich Sie einen abgehalfterten Ex-Footballspieler genannt habe.“ Sie funkelte ihn an und schnappte sich ihre Aktentasche.

Entweder war er tatsächlich schwerhörig oder ihre kurze Ansprache hatte ihn sprachlos gemacht. Avery jedenfalls war kurz davor, Feuer zu speien, warf ihm einen vernichtenden Blick zu und rauschte aus seinem Büro, bevor sie die Tür hinter sich zuknallte.

Normalerweise fiel jeglicher Alltagsstress von Avery ab, sobald sie zuhause ankam und in ihre Jogginghose schlüpfte. Doch heute war dies nicht der Fall. Der heutige Tag rangierte auf ihrer persönlichen Liste aller beschissenen Tage sehr weit oben. Da sie bereits so einige beschissene Tage erlebt hatte, hieß das etwas!

Völlig entnervt hing sie über dem Badewannenrand und schrubbte wie verrückt, um die Dreckkruste zu lösen, die sich dort gebildet hatte, weil sich Seth eingebildet hatte, seine Wachsmalstifte anderweitig zu gebrauchen, als damit lediglich auf Papier zu kritzeln. Sie hätte ihn erwürgen können, immerhin war er sieben Jahre alt und damit zu alt, um so einen Quatsch zu machen. Von Kleinkindern erwartete man, dass sie Tapeten anmalten oder mit Essen um sich warfen, aber Siebenjährige waren definitiv zu alt, um ihre Mütter zu zwingen, hartnäckige Wachsreste in allen Farben des Regenbogens von der weißen Emailleoberfläche der Badewanne zu kratzen. Anstatt ihren Abend damit zu verbringen, auf allen vieren zu hocken und Seths Chaos zu beseitigen, hatte sich Avery eigentlich auf einen gemütlichen Abend auf der Couch gefreut, um sich mit ihrem Sohn eine Komödie anzuschauen und Pizza zu essen. Eventuell hätte sie sich sogar ein Glas Rotwein gegönnt und sich die Zehennägel lackiert, doch das musste jetzt ausfallen.

Kein Rotwein für sie.

Keine neue Farbe für ihre Nägel.

Und keine Pizza für Seth.

Seths Gequengel darüber, dass er keine Pizza bekam, und sein Wutanfall hatten sie dermaßen auf die Palme gebracht, dass sie sich fünf Minuten lang allein in die Garage ihres Hauses verkrochen, die Musik aufgedreht und geschrien hatte, bis sie nach Luft hatte schnappen müssen. Zu ihrem Glück hatte ihr noch gefehlt, dass Seth eindrucksvoll bewies, dass er ganz nach seiner Mom kam, die auch ein Faible dafür hatte, Türen hinter sich zuzuwerfen. Obwohl sie auf hundertachtzig gewesen war, als Seth die Tür zu seinem Kinderzimmer geknallt hatte, war sie nicht wutschnaubend hinterhergerannt, sondern hatte sich in die Garage verkrümelt. Ein Streit mit ihrem Sohn war das Letzte, was sie heute noch gebrauchen konnte.

Anschließend war sie wieder ins Haus gegangen und hatte sich daran gemacht, die Badewanne zu putzen, denn auf ein langes Schaumbad wollte sie heute nicht verzichten.

Der Schweiß lief ihr den Rücken hinunter, kleine Strähnen ihrer Locken hatten sich aus dem praktischen Pferdeschwanz gelöst und klebten nun an ihrer verschwitzten Stirn, während der Geruch des Putzmittels in ihrer Nase brannte. Außerdem waren ihre Hände, die in furchtbar engen Putzhandschuhen steckten, beinahe wundgescheuert und ihre Knie schmerzten höllisch, nachdem sie seit geschlagenen zehn Minuten neben der Badewanne kniete. Sie putzte und putzte, aber davon verschwand weder der furchtbare Dreck noch die Wut in ihrem Bauch, die sich explosionsartig ausbreitete, sobald sie an die beiden Gespräche dachte, die sie heute über sich hatte ergehen lassen.

Das Gespräch mit Mitch Cahill, seines Zeichens Arschloch vom Dienst, hatte das Fass zum Überlaufen gebracht.

Avery hasste nichts so sehr wie überhebliche Männer, die sie wie eine Vollidiotin hinstellten, die keine Ahnung von der Welt hatte. Sie war eine dreiunddreißigjährige Ärztin, die für sich und ihren siebenjährigen Sohn sorgen konnte, die ihre Steuern bezahlte, schuldenfrei war und die es schaffte, ihr selbst finanziertes Eigenheim sauber zu halten, auch wenn ihr Sohn sie in ihren Bemühungen gerne sabotierte. Da hatte sie es nicht nötig, von einem Fachfremden zu hören, dass sie nicht die nötigen Kompetenzen besaß, um den Job einer Mannschaftsärztin zu übernehmen.

Verdammt!

Wütend zog sie sich am Badewannenrand hoch, streifte die widerlichen Putzhandschuhe ab und warf sie in die Wanne, die leider noch immer nicht sauber war. Mit einem dumpfen Seufzer sank sie auf die Kante der Badewanne und massierte sich die schmerzenden Knie, während sie für einen kurzen Moment die Augen schloss.

Tatsächlich war sie mit ihrer Arbeit in der Praxis mehr als zufrieden. Sie hatte feste Arbeitszeiten, war ihr eigener Boss und verstand sich mit ihrem Compagnon blendend. Dennoch war es weder besonders spannend, Bandscheibenvorfälle übergewichtiger Bürohengste zu behandeln, noch reizte es sie, von alternden Patienten in den Po gezwickt zu werden, die wegen ihrer fortschreitenden Arthrose vorstellig wurden. Die wirklich interessanten Fälle waren die Profisportler, die in ihre Praxis kamen, um Muskelverletzungen aller Art behandeln zu lassen. Die Praxis erfüllte den Zweck, ihren Lebensunterhalt zu sichern, doch sie schaffte es nicht, Averys Ehrgeiz oder ihr Interesse zu wecken. Sie sagte sich selbst, dass sie ihre Extraausbildungen nicht absolviert hatte, um nun altersbedingte Verschleißerscheinungen zu behandeln, doch sie musste auch an andere Dinge als an ihre eigenen Wünsche denken.

Seth stand ganz oben auf ihrer Prioritätenliste. Er war das Wichtigste in ihrem Leben und würde es auch immer bleiben. Bereits jetzt hatte sie ein schlechtes Gewissen, dass sie ihn nicht immer von der Schule abholen konnte und auf ihre Ex-Schwiegermutter zurückgreifen musste, die sich um den Siebenjährigen kümmerte, wenn sie in der Praxis oder im Stau festsaß. Welcher Teufel hatte sie überhaupt geritten, mit dem Gedanken zu spielen, einen zusätzlichen Job als Mannschaftsärztin eines NFL-Teams anzunehmen? Wochenendeinsätze und Auswärtsspiele inklusive.

Vielleicht war es ganz gut, dass sie sich auf Anhieb nicht mit Mitch Cahill verstanden hatte. Hätte sie den Job tatsächlich angenommen, hätte sie Seth kaum noch zu Gesicht bekommen. Sollten die chauvinistischen Männer in ihrer Sportdomäne doch bitte unter sich bleiben und glücklich werden! Avery hatte es nicht nötig, auf deren Gnade angewiesen zu sein. Seit sechs Jahren war sie glücklich von einem chauvinistischen Sportmanager geschieden, der ähnlich wie Mitch Cahill der Meinung war, unersetzbar und unerreichbar zu sein.

Beim Gedanken an ihren Exmann und Vater ihres Sohnes ballte sich ihr Magen zu einem schmerzhaften Knoten zusammen. Das Telefonat, das sie mit ihm noch vor dem Frühstück geführt hatte, war vermutlich auch der Auslöser für das Wachsmalstift-Attentat auf die wehrlose Badewanne gewesen. In letzter Zeit verwandelte sich Seths Enttäuschung immer öfter in Wut und sie wusste nicht, was sie tun konnte, um ihren Sohn aufzufangen. Es tat Avery in der Seele weh, wie sehr er unter der Zurückweisung seines Vaters litt, und am liebsten hätte sie Keith dafür einen gehörigen Tritt verpasst, doch ihr war klar, dass dies nichts an seiner Einstellung geändert hätte.

Sie wusste, dass man von ihm nichts erwarten konnte, aber Seth wusste das nicht und wurde immer wieder enttäuscht, wenn sein Dad Verabredungen nicht einhielt oder erst gar nicht versprach, sich seine Aufführung im Schultheater anzusehen oder zum Vatertag in Seths Pfadfindergruppe zu kommen.

Früher hatte sie die Selbstsicherheit, mit der Keith durchs Leben gegangen war, und sein Auftreten bewundert. Er hatte sich einfach genommen, was er gewollt hatte, und war damit sehr erfolgreich gewesen. Heute konnte sie seine Art nicht mehr ausstehen. Zwar mochte er in seinem Beruf erfolgreich sein, dafür ging ihm jedes Gefühl ab und er war ein selbstverliebter, egozentrischer Bastard, der sich einen feuchten Dreck darum kümmerte, was er seinem eigenen Sohn mit diesem Verhalten antat.

Erschöpft fuhr sich Avery über das Gesicht und erhob sich seufzend, bevor sie das Badezimmer verließ und sich auf den Weg zum Kinderzimmer ihres Sohnes machte. Sie wollte keine Mutter sein, die ihrem Sohn alles durchgehen ließ, weil er ein Scheidungskind war, dennoch regte sich in ihrer Brust ein großer Funke Mitleid, sobald sich Seths Gesicht verzog und seine Augen traurig wurden, weil sein Vater schon wieder ein Treffen abgesagt hatte. Sie verstand ihn und wusste, woher seine Wutanfälle kamen, auch wenn sie anscheinend nichts tun konnte, um ihm zu helfen. Vermutlich hätte sie konsequenter sein sollen und Seth ein wenig schmollen lassen, doch nach dem heutigen Tag wollte sie keinen verärgerten Siebenjährigen ins Bett stecken, sondern lieber seine Quasselstimme hören, während er ihr von seinem Tag berichtete und dabei auf einem Stück Pizza herumkaute.

Als sie an seine Tür klopfte, atmete sie kurz durch und trat anschließend ein.

Seth lag auf seinem Bett und schaute mit dem tragischen Gesichtsausdruck eines viktorianischen Helden auf, bevor sich sein hübsches Gesicht bockig verzog und er den Blickkontakt wieder abbrach. Sie musste ihm zugute halten, dass sein Zimmer wie geleckt aussah und seine Schultasche ordentlich gepackt neben dem Schreibtisch stand, über dem unzählige Zeichnungen hingen, mit denen er sich ständig voller Eifer beschäftigte. Obwohl er erst sieben war, zeichnete er bei weitem besser, als seine

Mom es jemals getan hatte. Sie fand es wunderbar, dass er sich stundenlang mit sich allein beschäftigen konnte und so kreativ war, dennoch hallte eine Stimme immer wieder durch ihren Kopf, dass er unbedingt eine Vaterfigur brauchte, damit er nicht nur mit Frauen zusammen war.

Keith hatte ihr mehr als einmal vorgeworfen, dass sie aus ihm einen Waschlappen machte, weil er sich nicht für typisch männliche Hobbys interessierte. Jedes Mal war sie ausgeflippt und hatte ihren Exmann beschimpft. Seth hätte zu gerne gelernt, wie man vernünftig Softball spielte oder wie man eine Angelrute benutzte, doch da niemals ein Vater anwesend war, der ihm solche Dinge hätte beibringen können, verlegte er sich darauf, das zu tun, was er allein tun konnte und wobei er keine Hilfe von außen benötigte. Für Avery war nichts Verwerfliches daran, dass er gerne zeichnete, aber Keith schien der festen Überzeugung zu sein, dass das Hobby seines Sohnes das erste Zeichen dafür war, dass er ein schwuler Transvestit werden könnte.

Sobald sie merkte, dass sie innerlich wieder vor Wut kochte, schob sie alle Gedanken an ihren Exmann beiseite und klopfte demonstrativ an die offene Tür.

Natürlich reagierte Seth nicht, sondern starrte weiterhin vor sich hin, während sich Avery stöhnend fragte, wie sie seine Pubertät überleben sollte.

„Jemand zuhause?“

„Nö.“

Halbwegs amüsiert lehnte sich Avery gegen den Türrahmen und räusperte sich. „Hunger?“

„Nö.“

„Zu schade“, erklärte sie leichthin und betrat das ordentliche Zimmer, bevor sie sich kommentarlos zu ihm aufs Bett legte und ihm einen Kuss auf die dunkelblonden Locken gab.

„Mom“, protestierte er ungehalten und starrte mit hellgrauen Augen, die ihren zum Verwechseln ähnlich sahen, zu ihr auf.

„Was?“

„Du sollst mich doch nicht küssen“, meckerte er los und runzelte die kleine Stirn.

„Hey“, beschwerte sie sich. „Abgemacht war nur, dass ich dich nicht mehr vor der Schule küsse.“

Er stöhnte theatralisch auf. „Wenn’s sein muss.“

Avery verdrehte die Augen und machte es sich neben ihm gemütlich. Dass er sich ebenfalls zu entspannen schien, wertete sie als gutes Zeichen und legte den Kopf zur Seite, um seinen Scheitel betrachten zu können. Lächelnd vergrub sie ihre Nase in seinen Locken und legte einen Arm um seine Schulter, während sein Magen knurrte.

„Aha“, erklärte sie fröhlich. „Es ist ganz schön beschissen, nicht zugeben zu wollen, dass man Hunger hat, oder?“

Strafend schüttelte er den Kopf. „Mom! Das sagt man nicht.“

„Schon gut, du Miesepeter.“ Amüsiert streckte sie die Beine von sich. „Wehe, du petzt bei Grandma.“

„Wenn du wüsstest, was Grandma manchmal sagt ...“

Das konnte sie sich zu gut vorstellen, schließlich verbrachte sie mehr Zeit mit ihrer ehemaligen Schwiegermutter als mit ihrer eigenen Mom. Der

Versuch, ihrem Sohn einen weiteren Kuss auf den Kopf zu drücken, war einfach zu verlockend. Dieses Mal protestierte Seth nicht einmal.

Stattdessen fragte er: „Wie war die Arbeit?“

Seufzend rümpfte sie die Nase und suchte nach Worten. „Mein Tag war wirklich, wirklich ...“

Vorsichtig lugte er nach oben und gebrauchte das Wort, das sie kurz zuvor noch benutzt hatte und das in diesem Haus normalerweise tabu war. Anscheinend nutzte der kleine Komiker die Gunst der Stunde. „Beschissen?“

„Genau.“ Federleicht streichelte sie über seine schmale Schulter. „Dein Tag scheint aber auch nicht besonders toll gewesen zu sein.“

Als er nicht antwortete, hob sie den Kopf an und schaute von oben auf sein nachdenkliches Gesicht.

„Seth? Wie lief es in der Schule?“

„Es war okay“, antwortete er lustlos.

Behutsam durchkämmte sie sein Haar. „Habt ihr die Mathearbeit schon zurückbekommen?“

„Nein, Mrs. Davis meinte, dass wir sie morgen zurückbekommen.“

„Ich drücke dir die Daumen, mein Schatz“, flüsterte sie und zog ihn an sich.

Seufzend erklärte er: „Es tut mir leid, Mom. Ich wollte die Badewanne nicht schmutzig machen. Ich ... ich war nur so wütend ...“

„Schon gut.“ Avery tätschelte behutsam seinen Rücken und bemerkte nur am Rande, wie aus dem Tätscheln ein sanftes Streicheln wurde.

Unglücklich verzog sich sein kleiner Mund. „Ich wollte dich nicht zum Schreien bringen ... ehrlich.“

„Na ja“, schränkte sie ein. „Manchmal tut es ganz gut, wenn man seine Wut hinausbrüllt.“

Als sie ihm ins Gesicht sah und das breite Grinsen bemerkte, hätte sie ihm an liebsten eine Kopfnuss gegeben. Der kleine Schwindler!

„Ich habe dich in der Garage schreien hören, Mom.“

„Dann ist es ja gut, dass die Nachbarn nicht die Polizei gerufen haben.“

Seth stieß ein deutliches Schnauben aus. „Die schreien doch selbst immer rum.“

„Auch wieder wahr“, gluckste Avery. „Können wir uns darauf einigen, dass du beim nächsten Mal in die Garage gehst, wenn du wütend bist?“

„Okay.“

Trocken ergänzte sie: „Dann ist ja gut. Ich fürchte, dass die Badewanne einen zweiten Angriff mit deinen Stiften nicht überstehen würde.“

Ihr Sohn grummelte einen Augenblick, sagte jedoch nichts mehr dazu, sondern schwieg eine Weile. Da Seth ein eher ruhiges Kind war, das selten negativ auffiel, wollte Avery nichts mehr zu dem Thema sagen. Außerdem hatte sie nicht die Absicht, ihn weiterhin daran denken zu lassen, dass sein Dad schon wieder ein Versprechen gebrochen hatte.

„Wie wäre es mit Pizza?“

Nach einer halben Minute Schweigen brach es aus ihm heraus. „Mom, Dad hat gesagt, dass er nicht zum Besuchstag in die Schule kommt.“

Seufzend drückte sie ihre Lippen auf seine Stirn. „Ich weiß.“

„Alle Klassenkameraden bringen ihre Väter mit, nur mein Dad wird nicht da sein!“

Avery schluckte angesichts der Verzweiflung ihres Sohnes. Wenn sie sich nicht vor langer Zeit geschworen hätte, vor Seth kein schlechtes Wort über Keith zu verlieren, hätte sie ihrem Sohn gerne mitgeteilt, dass sein Vater ein Arsch war, doch das half weder ihm noch ihr weiter. Dennoch wollte sie ihren Exmann auch nicht in Schutz nehmen, denn das wäre Seth gegenüber erst recht unfair gewesen.

„Da wäre ich auch wütend geworden."

„Ja", bekräftigte er und holte zitternd Luft. „Ich wollte ihm meine Schule zeigen, Mom. Außerdem veranstalten wir einen Dreibein-Lauf mit unseren Dads. Da werde ich jetzt nicht teilnehmen können."

„Vielleicht ist das ein schwacher Trost", murmelte Avery nach ein paar Augenblicken. „Aber im Dreibein-Lauf war ich unschlagbar."

„Ich ... ich weiß, aber ... aber du bist kein Dad. Du bist meine Mom."

Verständnisvoll nickte sie. „Ach, Schatz ..."

„Jeder wird mit seinem Dad antreten, Mom."

Und er würde das nicht. Avery brach es beinahe das Herz, weil sich ihr siebenjähriger Sohn um solche Dinge Gedanken machen musste. Das war nicht fair. „Soll ich Onkel Peter fragen, ob er mit dir am Dreibein-Lauf teilnehmen will?"

Mit einem Schulterzucken nickte Seth kurz. „Von mir aus."

„Na, also." Aufmunternd drückte sie ihn. „Das wird sicher ein toller Tag."

„Aber es ist nicht dasselbe."

„Nein, das ist es nicht", gab sie leise zu.

Als er sein Gesicht an ihrer Brust vergrub, hätte sie ihm gerne gesagt, dass er sich keine Sorgen machen sollte, weil sein Dad ihn lieb hatte, aber Avery war sich nicht sicher, ob das nicht gelogen gewesen wäre, also verlegte sie sich darauf, das Thema zu wechseln.

„Ich sterbe vor Hunger. Warum bestellst du uns nicht eine Pizza mit doppeltem Käse, mhh?“

3. Kapitel

„Sie hat dich *wie* genannt?“

Brians wieherndes Gelächter trug nicht unbedingt dazu bei, dass sich Mitch besser fühlte oder dass seine Wut verrauchte.

„Das ist überhaupt nicht komisch, Brian!“

„Doch“, widersprach der schwarzhaarige Mann, der an seinem Küchentisch saß und herzhaft in ein Sandwich biss, das ihm seine Frau soeben gereicht hatte. Feixend neigte er den Kopf zur Seite. „Aber *abgehalfterte* Ex-Footballspieler wie du haben nun einmal keinen Humor.“

„Wir können gerne vor die Tür gehen, dann zeig ich dir, dass ein abgehalfterter Ex-Footballspieler wie ich dir den Arsch aufreißen kann.“

„Jungs!“ Teddy warf ihnen über ihre Schulter einen genervten Blick zu. „Wenn ihr so weitermacht, werfe ich euch raus. Euer Testosterongequatsche geht mir tierisch auf die Nerven.“

„Du hast die Herrin des Hauses gehört“, gluckste Brian schmatzend und musste so laut lachen, als er in Mitchs Gesicht sah, dass er sich an seinem Sandwich verschluckte und ihm Tränen aus den Augenwinkeln liefen.

„Gott, Brian.“ Teddy schlug ihrem Göttergatten erbost auf den Rücken. „Iss nicht immer wie ein Schwein! Vor allem nicht vor den Babys.“

Ein Blick auf die Zwillinge, die in ihren Wippen saßen und ihren Vater dabei beobachteten, wie er einem Erstickungstod entging, sagte Mitch, dass weder George noch Scott Wert darauf legten, wie ihr Vater sein Sandwich aß. Da sich die beiden zum Verwechseln ähnlich sahen, wusste er nicht, welcher der beiden Fratze wer war, er konnte nur sagen, dass einer friedlich vor sich hindöste, während der andere seinen Fuß in den Mund steckte und konzentriert die Augen dabei schloss.

Die stolzen Eltern waren gerade damit beschäftigt gewesen, ihre Wohnung kindersicher zu machen, als Mitch wütend auf ihrer Matte gestanden hatte. Obwohl die Winzlinge mit ihren fast vier Monaten noch keine Anstalten machten, das Krabbeln zu erlernen, schien der überfürsorgliche Vater nicht davon abzubringen zu sein, die Wohnung kindersicher zu machen. Mitch war nichts anderes übrig geblieben, als mit anzupacken und alle Steckdosen mit Kindersicherungen zu versehen.

Diese Zeit hatte er zwar genutzt, um seine Wut abzukühlen, doch jetzt bemerkte er, dass er wieder rasend wurde, wenn er an sein Gespräch mit Dr. Avery Lancaster dachte. Abgesehen davon hätte er Teddy gerne deutlich die Meinung gegeigt, doch da sie gerade dabei war, auch ihm ein Sandwich zuzubereiten, wartete er lieber einen Augenblick ab, schließlich war ihm vor Hunger schon ganz schlecht.

Seinem Kumpel schien aufgefallen zu sein, dass er schlechter Stimmung war, da er ihn fragte: „Dein gestriges Date muss beschissen gelaufen sein, wenn du so eine Miene aufsetzt.“

Augenblicklich schob er frustriert das Kinn nach vorne. Es reichte nicht, dass sein Tag eine Katastrophe gewesen war, jetzt wurde er auch noch an das Horrordate von gestern erinnert. „Kein Kommentar."

„So schlecht also?" Brian verzog den Mund. „Wohin hast du sie denn ausgeführt?"

Obwohl er keine Lust hatte, vor Brian, Teddy und den Zwillingen von der Schlangentäschchen-Tussi zu reden, erzählte er knapp: „Wir waren bei diesem Franzosen in Midtown."

„Oh ja, den Schuppen kenne ich", erwähnte Brian amüsiert. „Dorthin habe ich früher meine Dates ausgeführt, um Eindruck zu schinden und sie anschließend ins Bett zu bekommen."

Normalerweise hätte Mitch damit gerechnet, dass Teddy bei der Erwähnung früherer Dates ihres Mannes ausgeflippt wäre, doch die junge Teambesitzerin reagierte auf den Kommentar ihres feixenden Göttergatten mit einer nachlässig in die Höhe gezogenen Augenbraue. „Ich kann mich nicht daran erinnern, dass du mich jemals dorthin ausgeführt hast."

„Das war bei dir nicht nötig, mein Schatz. Du bist auch ohne ein teures Abendessen mit mir ins Bett gegangen." Als müsste er seinen früheren Teamkollegen in jedes Detail der Beziehung zu seiner Ehefrau einweihen, fügte er an Mitch gewandt hinzu: „Ich habe sie mit einem Ginger Ale aus der Minibar eines Hotelzimmers herumgekriegt. Beim zweiten Mal waren es asiatische Nudeln, die ich selbst gekocht hatte."

„Das sind definitiv zu viele Informationen, Rabbit." Mitch kratzte unbehaglich über seine Schulter.

„Abgesehen davon lässt dich deine Erinnerung im Stich, Brian“, ächzte Teddy, die in dieser Situation eine überraschende Ruhe verströmte. „Nicht du warst es, der mich rumgekriegt hat, sondern ich habe dich mit einem Ginger Ale ins Bett bekommen, schließlich war es *mein* Hotelzimmer und *meine* Minibar.“

„Touché, Baby.“

Er grinste Mitch an, während Teddy ihnen den Rücken zukehrte und sich wieder um die Zubereitung der Sandwiches kümmerte.

„Sie konnte noch nie die Finger von mir lassen.“ Großspurig nickte der Kapitän der Titans.

„Brian?“

„Ja, mein Schatz?“

„Du bist eine Plage.“

„Ich weiß.“

Mitch hätte am liebsten die Augen verdreht, so beließ er es jedoch dabei, als stummer Beobachter der ehelichen Harmonie darauf zu warten, mit etwas Essbarem versorgt zu werden. Sobald Teddy ihm einen Teller hinhielt, auf dem ein Sandwich mit einer saftig wirkenden Truthahnscheibe lag, krallte er es sich ohne großes Federlesen und stopfte es mit zwei riesigen Bissen in sich hinein.

„So viel dazu, dass Footballspieler Tischmanieren wie Schweine haben“, ätzte seine Chefin und verdrehte die Augen.

„Hey“, beschwerte sich Brian. „Wer im Glashaus sitzt, sollte nicht mit Steinen werfen, oder darf ich dich daran erinnern, wer hier ein Lätzchen beim Essen braucht?“

Teddys Blick hätte nicht erhabener sein können, wenn sie die Queen von England gewesen wäre. „Natürlich sprichst du von den Zwillingen."

Brians Schnauben troff vor Ironie. „Dann erwähne ich lieber nicht, wie dein Shirt aussieht, nachdem du Burritos gegessen hast."

„Was?"

„Kennst du den Film *Der Schlächter von Chicago*?", wollte Brian spöttisch wissen. „Sobald du etwas mit Salsasauce isst, fühle ich mich daran erinnert ..."

Bevor das Ehepaar eine Grundsatzdiskussion über die Essgewohnheit des anderen beginnen konnte, schluckte Mitch den letzten Bissen des Sandwiches hinunter und stemmte anschließend beide Hände in die Hüften.

„Wieso hast du mir nicht gesagt, dass du dich bereits nach einem Mannschaftsarzt erkundigt hast? Ich stand wie der letzte Idiot da!"

„Das ist doch nichts Neues", erklärte Brian grinsend und zog seinem Sohn den Fuß aus dem Mund.

„Halt die Klappe", wies ihn seine Frau zurecht, verschränkte die Arme vor der Brust und lehnte sich gegen die Spüle, während sie Mitch ihre völlige Aufmerksamkeit schenkte. „Ich habe Marcy gesagt, dass du einen Termin hast."

„Marcy leidet an partieller Vergesslichkeit, seit sie diese neue Diät macht", knurrte er los. „Du hättest mit mir persönlich darüber reden müssen, Teddy!"

Mitch hatte den Eindruck, dass sein Nachfolger langsam, aber sicher zu einem Hausmann mutierte und seine Weiblichkeit entdeckte, da er seine blauen

Augen interessiert auf ihn richtete. „Macht Marcy diese kohlenhydratarme Diät, von der sie mir erzählt hat? Wie viel hat sie denn schon abgenommen?“

Fassungslos schüttelte Mitch den Kopf, bevor er sich an Teddy wandte. „Was hast du bloß mit dem Mann gemacht? Jetzt fehlt nur noch, dass er in deiner Unterwäsche herumläuft!“

„Nur dass du es weißt“, kommentierte der Quarterback der Titans seelenruhig und steckte seinem Sohn einen Schnuller in den Mund. „Ich trage keine Unterwäsche. Teddy auch nicht.“

„Danke, Brian“, grummelte seine Frau. „Hoffentlich kommst du nicht auf die Idee, Mitch Beweise liefern zu wollen und die Hosen runterzulassen.“

Bevor Mitch die Diskussion der Eheleute beenden konnte, erklärte Brian gleichmütig: „Schatz, Mitch weiß, wie ich nackt aussehe, und ich weiß, warum der Zeugwart ihm immer den größten Tiefschutz geben musste.“

Aus unerfindlichen Gründen schoss Mitch die Röte ins Gesicht, als seine Chefin ihm einen amüsierten Blick zuwarf.

Grimmig rümpfte er die Nase. „Könnten wir bitte beim Thema bleiben?“

„Seit wann ist es dir peinlich, über deine Ausstattung zu reden?“

Er funkelte Brian an und fuhr sich entnervt durchs Haar. „Kann es sein, dass du eifersüchtig bist, weil der Zeugwart nicht dir den größten Sackschutz gegeben hat?“

Nun war es an Teddy, ein lautes Stöhnen von sich zu geben. „Bitte, meine Herren. Kein Schwanzvergleich vor meinen Kindern."

„Dein Mann hat angefangen", verteidigte sich Mitch empört und deutete auf den feixenden Brian, der seelenruhig die Hände hinter seinem Kopf verschränkte.

„Du weißt doch, wie er ist." Teddy schüttelte den Kopf. „Ich hatte Marcy schon vor einer Woche gesagt, dass sie das Vorstellungsgespräch in deinen Terminplaner eintragen soll."

„Es geht doch nicht darum, dass Marcy den Termin nicht eingetragen hat", erwiderte er mühsam beherrscht und atmete tief durch. „Du hast mich nach New York geholt, damit ich den Verein manage, solange du außer Gefecht bist. Und ich respektiere, dass du das Zepter nicht einfach aus der Hand geben willst, aber bei so wichtigen Entscheidungen kannst du mich nicht einfach übergehen."

„Mitch, hör mal ..."

Brian unterbrach seine Frau. „Da muss ich ihm Recht geben."

Finster wanderte ihr Blick zwischen beiden Männern hin und her, bevor sie Mitch fixierte. „Wir brauchen einen Mannschaftsarzt, Mitch. Das weißt du selbst."

„Und deshalb hast du gedacht, dass du einfach losziehst und mir einen Termin besorgst, von dem ich keine Ahnung hatte? Teddy, ich war absolut unvorbereitet und habe Dr. Lancaster für eine Sekretärin gehalten!"

„Hoffentlich hast du dich nicht wie ein Arsch benommen“, seufzte seine Chefin schwer. „Dr. Lancaster ist die perfekte Kandidatin.“

Aufgebracht grollte er los: „Darüber müssen wir uns auch noch unterhalten, aber mir geht es einfach darum, dass du mich in eine unmögliche Situation gebracht hast!“

Beschwichtigend atmete sie aus. „Mitch ...“

„Ich meine es ernst! Hast du eine Ahnung, wie ich mir vorkam? Ich war völlig ahnungslos und muss wie ein Idiot erschienen sein, der nicht wusste, was in seinem Verein los ist.“

„Vielleicht war es etwas nachlässig, dass ich dir nicht persönlich von dem Termin erzählt habe“, gab sie fast schon widerwillig zu.

„Bevor du dich auf die Suche nach einem neuen Mannschaftsarzt machst, hätten wir das mit unseren anderen Betreuern besprechen müssen ...“

Stöhnend unterbrach sie ihn. „Ein Freund meiner Mutter hat mir Dr. Lancaster empfohlen, Mitch. Die Frau ist eine erstklassige Orthopädin, die unter Sportlern ein sehr gutes Renommee hat. Deshalb habe ich sie angerufen, aber alles andere wollte ich dir überlassen. Ehrlich.“

Was sollte er seiner Chefin darauf antworten? Er konnte sie schlecht anbrüllen und seinen Frust an ihr auslassen, zumal ihr Mann interessiert den Disput verfolgte und sicherlich Gewehr bei Fuß gestanden hätte, sobald man seiner Teddy gegenüber die Stimme erhoben hätte. Natürlich hätte sie nicht derart eigenmächtig handeln dürfen und ihr Vorgehen war sicherlich alles andere als professionell, aber Mitch hatte nicht die Absicht, nun auf ihr herumzuhacken, schließlich wollte er die Geschichte so schnell wie möglich vergessen.

„Okay, okay.“ Er lächelte knapp. „Wenn du mir die Verantwortung für den Verein überträgst, möchte ich meinen Job gut machen.“

„Das tust du doch. Ich verspreche, dass ich mich nicht mehr einmischen werde.“

„Wer’s glaubt, wird selig“, grunzte Brian.

Mitch schenkte dem Quarterback der Titans keine Beachtung, sondern verschränkte die Arme vor der Brust und senkte den Kopf, um geschäftsmäßig zu erklären: „Dennoch hattest du Recht damit, dass wir uns nach einem neuen Mannschaftsarzt umsehen müssen. Morgen werde ich ein paar Telefonate führen und nach passenden Kandidaten Ausschau halten. Vielleicht können wir uns schon Ende der Woche zusammensetzen und besprechen, wen wir zu einem Vorstellungsgespräch einladen sollen.“

Teddy blinzelte verwirrt. „Dr. Lancaster ist eine vortreffliche Wahl, Mitch.“

Kopfschüttelnd entgegnete er: „Keine Chance.“

„Und warum bitte nicht?“

Abgesehen davon, dass die Frau ihn wie einen Idioten angefahren und einen abgehalfterten Ex-Footballspieler genannt hatte, war er der Meinung, dass sie nicht zum Team passte. Die Spieler brauchten einen Arzt, dem sie vertrauen konnten und vor dem sie sich nicht schämten, wenn es ans Eingemachte ging. Eine Frau als Mannschaftsärztin? Oh ja, er konnte sich lebhaft vorstellen, was einige der Spieler – allen voran der Runningback Blake O’Neill – dazu sagen würden. Außerdem wollte er dem Team niemanden zumuten, der keine Ahnung davon hatte, ein NFL-Team zu betreuen. Wie er das sah, behandelte die gute Frau allerlei Wehwehchen alter Männer oder zartbesaiteter Sportler, doch das machte sie keineswegs zur richtigen Person, um sich um die medizinischen Belange der Titans zu kümmern.

Ein Blick in die fragenden Augen seiner Chefin sagte ihm jedoch, dass er das Argument, dass eine Frau nicht zur Mannschaftsärztin taugte, lieber unerwähnt ließ.

„Die Frau hat keine Erfahrung als Mannschaftsärztin“, erklärte er sachlich.

Teddy verdrehte als Antwort lediglich die Augen. „Mitch, sie ist erst dreiunddreißig Jahre alt und hat dennoch enorme Erfahrungen vorzuweisen. Ich glaube, dass eine junge Ärztin sehr gut zum Team passen wird. Außerdem hängt sie nicht irgendwelchen antiquierten Behandlungsmethoden hinterher.“

„Antiquierte Behandlungsmethoden?“

„Jawohl“, entschlossen nickte sie. „Ich investiere nicht einen Haufen Geld in meine Spieler, um sie dann *gesund* spritzen zu lassen und sie kurz darauf in Rente zu schicken. Es gibt genügend Beispiele, in denen Footballspieler mit irgendwelchen schädlichen Mitteln behandelt wurden, damit sie für das nächste Spiel fit waren, und die danach irreparable Verletzungen aufwiesen. Langfristig ...“

„Niemand hat gesagt, dass wir irgendeinen Kurpfuscher anstellen werden“, unterbrach er sie, bevor sie sich in Rage reden konnte. „Auch der Doc hat niemanden von uns jemals *gesund* gespritzt.“

Teddy nickte bestätigend. „Dr. Lancaster vertritt eine ganz ähnliche Meinung, Mitch. Ich habe mich lange mit ihr darüber unterhalten und wir waren uns einig, dass es langfristig für den Verein und den Spieler am besten ist, auf eine geeignete Regeneration anstatt auf irgendwelche Wundermittel zu setzen."

„Zwar ist es schön, dass ihr euch einig seid", erwiderte er trocken und leicht sarkastisch. „Dennoch hat Dr. Lancaster nicht die nötige Erfahrung für den Job."

Als sie ihn ansah, als zweifelte sie an seinem Geisteszustand, grollte er los: „Wir können nicht irgendwen auf unsere Spieler loslassen."

„Hast du dir mal angesehen, wer ihr Mentor war? Der Mann ist eine Legende und hat seit Anfang der sechziger Jahre mehr Olympiateilnehmer behandelt als sonst jemand."

„Football ist keine olympische Disziplin", warf Brian ein und schien die Diskussion zwischen dem Generalmanager und der Teambesitzerin mit Begeisterung zu verfolgen.

Teddy runzelte ungeduldig die Stirn. „Darum geht es doch gar nicht."

„Brian hat Recht. Dr. Lancaster ist kein Fachmann für Footballverletzungen." Mitch war froh, dass wenigstens Brian auf seiner Seite zu stehen schien. Was ihn anging, konnte Dr. Lancaster weiterhin Bodenturner behandeln, solange sie die Finger von seinen Spielern ließ. Auf die Arbeit mit einer derart zickigen Frau hatte er nun wirklich keine Lust!

„Wieso seid ihr bloß so verbohrt?"

Mitch zuckte mit der Schulter. „Wir sind nicht verbohrt, sondern überlegen rein praktisch, Teddy. Die Frau scheint nicht kompetent genug zu sein."

„Dann solltest du dir mal die Mühe machen, ihren Lebenslauf zu lesen“, gab Teddy bissig zurück, was ihren Mann dazu veranlasste, dreckig zu kichern.

„Pass auf, Mitch, wie es scheint, stehst du kurz davor, dir eine Ohrfeige einzuhandeln.“

Seufzend verzog sich sein Mund. „Teddy ...“

„Dr. Lancaster hat ihre praktische Ausbildung an der Mayo Klinik in Minnesota absolviert, mein Lieber. Die müsste sogar dir etwas sagen!“

„Mein Gott“, stöhnte er genervt auf und hätte sich zu gerne das Haar gerauft. „Ich habe ihren Lebenslauf gelesen ...“

„Anscheinend nicht gut genug, sonst wüsstest du, dass sie eine erstklassige Kandidatin für den Posten ist.“

Nun blitzten auch seine Augen auf. „Wenn ich mehr Zeit gehabt hätte, meine Liebe, dann hätte ich Erkundigungen einziehen können, aber so muss ich mich auf mein Gefühl verlassen.“

„Und dein Gefühl sagt dir ... was?“

Angesichts ihres ablehnenden Tons schwoll ihm der Kamm. Es war ihm egal, dass Brian anwesend war, als er Teddy anblaffte. „Hast du dir mal einen Moment überlegt, wie die Jungs auf eine weibliche Ärztin reagieren werden, die überhaupt keine Ahnung von der Behandlung von Footballspielern hat?“

„Aha!“ Triumphierend zeigte sie mit dem Finger auf ihn. „Da liegt der Hund begraben! Du lehnst Dr. Lancaster ab, weil sie eine Frau ist.“

„Scheiße, nein!“

Teddy MacLachlan-Palmer, die einen Bruchteil seines Gewichts wog und den Kopf in den Nacken legen musste, um ihm in die Augen zu sehen, verzog abfällig das Gesicht und schüttelte tadelnd den Kopf. „Ich hätte nicht gedacht, dass du ein Macho bist, Mitch!“

Das wollte er nicht auf sich sitzen lassen und setzte seine grimmigste Miene auf, um sie finster anzustarren. „Macho? Dass ich nicht lache!“

„Hey, ihr beiden“, unterbrach Brian ihr Blickduell. „Sagt mir bitte Bescheid, bevor ihr die Messer zückt ...“

Doch Teddy schien ihren Mann gar nicht wahrzunehmen. „Du hast doch selbst zugegeben, dass du gegen sie bist, weil sie eine Frau ist!“

„Unsinn! Ich habe gesagt, dass die Spieler nicht positiv darauf reagieren werden, wenn wir ihnen einen weiblichen Mannschaftsarzt vorsetzen. Aber das heißt nicht, dass ich ein Macho bin!“

„Es ist völlig egal, ob unser Mannschaftsarzt ein Mann oder eine Frau ist ...“

Mitch unterbrach sie mit einem verächtlichen Schnauben. „Das ist doch nicht dein Ernst!“

„Natürlich ist es das“, rief sie nicht minder leise und stemmte beide Hände kämpferisch in die Hüften. „Für mich zählt allein, dass sie die beste medizinische Betreuung bekommen, Mitch!“

„Abgesehen davon, dass ich nicht der Meinung bin, dass Dr. Lancaster die nötige Erfahrung hat, um das Team zu betreuen, weißt du genauso gut wie ich, welche Mimosen Footballspieler sein können ...“

„Hey!“

Sowohl Teddy als auch er selbst kanzelten Brian mit einem wutschnaubenden *Klappe* ab, bevor Mitch immer noch aufgebracht argumentierte: „Sie werden bis zum Umfallen protestieren, bevor sie vor einer

Ärztin die Hosen runterlassen, um sich untersuchen zu lassen, Teddy!"

Die bedeutend kleinere Frau schnaubte los. „Jetzt komm mir nicht damit an! Die meisten Spieler haben mehr Frauen ihren nackten Arsch gezeigt als ein Chippendale! Apropos Strippen ... darf ich dich an das eine Auswärtsspiel in Florida vor ein paar Jahren erinnern, bei dem die Sicherheitsleute des Stripclubs dich und andere Spieler hinauswerfen mussten, weil ihr die Bühne gestürmt, euch ausgezogen und eine Show vor den völlig verwirrten Tänzerinnen abgezogen habt?"

„Himmel, da waren wir besoffen! Das ist doch etwas völlig anderes."

Der jetzige Quarterback starrte ihn mit ehrfurchtsvollen Augen an und zeigte ihm den nach oben gereckten Daumen. „Scheiße, Mitch! Wenn ich gewusst hätte, dass man mit dir so viel Spaß haben kann, hätten wir öfter weggehen sollen."

Teddys Gesicht wurde derart drohend, dass ihr Mann sofort beide Hände in die Höhe hielt und eine unschuldige Miene aufsetzte. Doch das hielt seine Frau nicht davon ab, ihm den Kopf zu waschen. „Gerade du solltest die Klappe halten, mein Freund, schließlich kann man dich selbst kaum davon abhalten, deine Kleidung zu verlieren."

Mitch war müde, immer noch hungrig, frustriert und sehnte sich nach einer Kopfschmerztablette, weshalb er diese unsinnige Diskussion so schnell wie möglich beenden wollte. „Teddy, bei aller Liebe und allem Verständnis, aber du musst doch einsehen, dass sich die Jungs nicht wohlfühlen werden, wenn ihnen eine Ärztin vorgesetzt wird."

„Von wegen! Wenn ich daran denke, wie schnell einige von denen sich alle möglichen Wehwehchen einfallen lassen, um sich von einer Ärztin betatschen zu lassen, denke ich, dass Dr. Lancaster beide Hände voll zu tun haben wird.“

„Blake würde es zu Anfang vermutlich komisch finden, Dr. Lancaster den Allerwertesten zu präsentieren, aber wenn der erste Spaß vorbei ist, haben wir das Problem.“

„Die Jungs haben auch mich akzeptiert“, protestierte sie vehement. „Es sind nicht solche Sexisten, wie du mir gerade weismachen willst.“

„Das hat doch nichts mit Sexismus zu tun“, seufzte er schwer. „Die Jungs werden sich vor einer weiblichen Ärztin nun einmal genieren.“

„Komm mir nicht so“, brummte Teddy. „Erstens wird Dr. Lancaster sicherlich keine urologischen Untersuchungen vornehmen und zweitens muss ich euch bestimmt nicht erklären, dass auch wir Frauen uns etwas Schöneres vorstellen können, als von einem Gynäkologen begutachtet zu werden.“

„Erwähne das bitte nicht vor Blake“, mischte sich Brian in das Gespräch ein. „Er ist schon so neidisch genug auf Dr. Muschi.“

Obwohl Mitch mitten in einer wichtigen Diskussion steckte und sich völlig auf sein Anliegen konzentriert hatte, konnte er nicht anders, als bei diesem Begriff zusammenzuzucken. „Dr. *was*?!“

„Dr. Muschi“, lachte Brian ausgelassen und nahm einen seiner Söhne aus der Wippe heraus, nachdem dieser ununterbrochen mit seinen Ärmchen hin und her gerudert hatte.

„Wovon zum Teufel redest du bloß?“

An seiner Stelle antwortete Teddy, auch wenn ihr Tonfall davon zeugte, dass sie mehr oder weniger genervt von ihrem Mann war. „Claires Freund ... also der Vater ihres Babys ist Frauenarzt. Blake findet das so faszinierend, dass er ihn Dr. Muschi getauft hat, was ich ganz und gar nicht komisch finde", erwiderte sie mit einem vernichtenden Blick auf ihren Mann.

„Es würde mich nicht wundern, wenn Blake auf die Idee käme, bei Claires Dr. Muschi ein Praktikum zu machen." Der gutgelaunte Quarterback hielt seinen vor Vergnügen krähenden Sohn in die Höhe und lachte schallend. „Vielleicht sattelt er auch noch um und lässt das Footballspielen sein, um selbst ein Dr. Muschi zu werden."

Mitch schüttelte die verstörenden Gedanken ab, die Brian in ihm ausgelöst hatte, und räusperte sich laut. „Teddy, du vergleichst Äpfel mit Birnen."

„Und du übertreibst, mein Lieber. Auch wenn Blake ein schräger Vogel ist, ist er Profi, der seinen Job ernst nimmt und sich von Dr. Lancaster behandeln lassen wird ..."

„Was ist mit Dupree?"

„Was soll mit ihm sein?"

Angesichts ihres Unwillens, auf seine Argumente einzugehen, verdrehte er die Augen. „Dupree ist dafür bekannt, nicht einmal vor seinen Teamkollegen die Hosen herunterzulassen. Wie soll das erst bei einer Ärztin sein?"

„Wieso seid ihr so fixiert darauf, vor einer Ärztin die Hosen herunterzulassen?" Auch Teddy machte ihrem Ärger Luft. „Dr. Lancaster ist auf Muskelverletzungen spezialisiert und wird sich Knie, Schultern, Handgelenke und Knöchel ansehen. Sie ist nicht dafür da, eure Hintern zu bewundern oder zu messen, wer den größten Schwanz hat, verdammt noch mal!"

„Haltet euch die Ohren zu, Jungs", rief Brian vergnügt. „Mommie nimmt versaute Worte in den Mund."

Mitch wollte Brian nicht daran erinnern, dass er derjenige gewesen war, der in einer Tour den Begriff *Dr. Muschi* in den Mund genommen hatte, sondern hielt den Blickkontakt zu Teddy aufrecht, als er ruhig erwiderte: „Männern fällt es nun einmal schwer, vor einer Frau zuzugeben, dass sie Schmerzen haben."

„Gott, ihr seid wirklich solche Weicheier!"

„Hast du eine Ahnung, was es für ein Gefühl ist, vor den Augen von zehntausenden Fans vom Spielfeld getragen zu werden, weil dein Knie zertrümmert wurde? Ich sage dir eins, Teddy, du reißt dich so lange zusammen, bis die Kameras und die Zuschauer verschwunden sind, aber sobald du im Behandlungszimmer liegst und sich der Arzt deine Verletzung ansieht, heulst du wie ein Kleinkind. Davon kann ich ein Lied singen und ich will nicht, dass die Jungs in einer solchen Situation meinen, den harten Mann markieren zu müssen, weil ihr Arzt eine Frau ist."

Glücklicherweise löste sich die aufgeladene Spannung auf und auch Teddy atmete kurz durch. „Okay, Mitch. Das kann ich alles verstehen, aber mir ist es wichtiger, dass meine Spieler bestmöglich behandelt werden, als Rücksicht auf ihre Befindlichkeiten zu nehmen."

„Ist das dein letztes Wort?"

„Ich habe nicht die Absicht, die autoritäre Tussi heraushängen zu lassen, Mitch.“

„Aber?“

Ungelenk zuckte sie mit der Schulter. „Aber ich möchte Dr. Lancaster einstellen.“

„Fein!“ Er schnaubte wütend auf und hätte beinahe auf den Tisch gehauen, wenn ein Blick auf den friedlich schlafenden Säugling ihn nicht davon abgehalten hätte. „Tu das! Aber dann stellst *du* sie ein und hältst diese Furie von mir fern!“

4. Kapitel

„Sie müssen nicht nervös sein, Dr. Lancaster.“

Geistesgegenwärtig erklärte Avery: „Sagen Sie doch bitte Avery zu mir, Mrs. MacLachlan-Palmer.“

Die jüngere Frau, die einen Zwillingskinderwagen vor sich herschob, lachte vergnügt auf. „Dann sagen Sie bitte Teddy zu mir. Sie werden schnell herausfinden, wie familiär der Verein ist.“

Scherzhaft verzog Avery das Gesicht. „Das haben Sie bereits gesagt, als wir zum ersten Mal telefoniert haben.“

„Oje.“ Die Teambesitzerin, die ein Paar orientalisch gemusterter Haremshosen sowie ein winziges Top trug, mit denen sie besser zu einem Hippie-Festival anstatt zu einem NFL-Team gepasst hätte, schenkte ihr einen amüsierten Blick. „Da lobe ich unser Team in den höchsten Tönen und Sie bekommen den geballten Frust unseres GMs ab.“

Auch wenn Avery das unerfreuliche Zusammentreffen mit Mitch Cahill verdrängt hatte, musste sie sich langsam Gedanken darüber machen, wie sie dem Mann, den sie nicht leiden konnte und der anscheinend auch sie nicht sonderlich zu mögen schien, begegnen sollte, wenn sie sich zum zweiten Mal trafen, was sicherlich nicht mehr allzu lange auf sich warten ließ. Immerhin lief sie gerade mit Teddy MacLachlan-Palmer durch das Gebäude der New York Titans, um dem Team vorgestellt zu werden.

Wie es dazu gekommen war, dass sie sich nach dem ganzen Stress der vergangenen Woche und ihrer Auseinandersetzung mit dem GM doch noch dazu bereiterklärt hatte, die neue Mannschaftsärztin des Footballteams zu werden, wusste sie selbst nicht so genau. Zwar hatte sie sich geschworen, die Jobofferte abzulehnen und keinen Gedanken mehr an eine Anstellung als Mannschaftsärztin der Titans zu verschwenden, trotzdem war sie jetzt hier und hatte vor wenigen Minuten ihren Vertrag unterschrieben.

Leichte Nervosität und Übelkeit vermischten sich mit dem überwältigenden Gefühl, eine absolute Idiotin zu sein, die sich einer solchen Situation aussetzte. Sie hätte glücklich und zufrieden sein sollen mit dem, was sie sich aufgebaut hatte, anstatt sich noch mehr Arbeit, Verantwortung und Stress auszusetzen – von einer Horde testosterongesteuerter Footballspieler ganz zu schweigen.

Räuspernd drehte sie den Kopf nach rechts, um ihre neue Chefin fragend anzuschauen. „Was meinen Sie mit Frust? Mr. Cahill kam mir nicht sonderlich frustriert vor.“

„Der Ärmste hatte am Tag zuvor ein furchtbares Date“, gluckste die Frau mit dem unerhört riesigen Klunker am Ringfinger, der nicht wirklich zu ihrer saloppen Aufmachung zu passen schien. Als alteingesessene New Yorkerin wusste Avery, dass die für ihre Exzentrik bekannte Teddy MacLachlan-Palmer dem Frauenhelden und Quarterback der Titans erlaubt hatte, ihr den Diamantring über den Finger zu schieben, als sie im letzten Jahr geheiratet hatten. Das pausbäckige Zwillingspaar im Kinderwagen, das auf dem Weg in den Besprechungssaal ständig von unzähligen Mitarbeitern abgeknutscht wurde, war vor ein paar Monaten gefolgt und hatte es bis auf die Titelseiten aller hiesigen Zeitungen geschafft, als der Verein Fotos der Säuglinge mit ihren Eltern veröffentlicht hatte.

Mit einem trockenen Schnauben erwiderte Avery: „Angesichts seiner Laune muss das Date furchtbar gewesen sein.“

„Das glaube ich auch. Tatsächlich ist Mitch eine Seele von Mensch, leider hatte er einen schlechten Tag. Sie dürfen ihm seinen Ausraster nicht böse nehmen. Normalerweise ist er der perfekte Gentleman.“

Gentleman?

Um ihrer frischgebackenen Chefin nicht zu widersprechen, sagte Avery lieber nichts dazu, sondern fragte ehrlich interessiert: „Mr. Cahill schien nicht besonders begeistert gewesen zu sein, als ich mich vorstellen wollte. Wieso hat er seine Meinung geändert?“

Das hastige Senken ihrer Augenlider sowie ihr nervöses Kichern verrieten Teddy MacLachlan-Palmer.

Avery seufzte schwer. „Er ist noch immer nicht sonderlich begeistert, richtig?“

„Er ist ein Mann und damit ein Sturkopf ...“

Mit einem Stöhnen blieb Avery stehen und fuhr sich über die Lippen, bevor sie die Arme vor der Brust verschränkte. Sie hätte auf ihr Gefühl hören und die Bitte der anderen Frau ignorieren sollen, als diese sich bei ihr für das Missverständnis entschuldigt hatte. Aber nein, anstatt höflich zu erklären, dass sie kein Interesse an einer Zusammenarbeit hatte und sowieso schon ausgelastet genug war, hatte sie sich mit der Teamchefin getroffen und keinen Gedanken daran verschwendet, warum der GM nicht zugegen gewesen war. Jetzt hatte sie ihre Antwort.

Mitch Cahill war bei dem Gespräch nicht dabei gewesen, weil er dagegen war, sie einzustellen. Na wunderbar! Auf die Zusammenarbeit freute sich Avery bereits jetzt!

„Hören Sie, Teddy, Ihr Glaube in mich schmeichelt mir wirklich, aber ich denke, dass die Situation katastrophal sein wird, wenn Ihr GM etwas gegen mich hat."

„Mitch hat nichts gegen Sie, Avery."

Das war so dreist gelogen, dass sie beinahe gelacht hätte, stattdessen musterte sie die andere Frau ironisch. „Ach nein? Ich kann Ihnen versichern, dass wir nicht in friedlicher Koexistenz auseinandergegangen sind."

„Dass Sie ihn einen abgehalfterten Ex-Footballspieler genannt haben, fand ich zu gut", erwiderte Teddy lachend.

Peinliche Röte schoss ihr ins Gesicht, als sie sich an ihre hitzigen Worte erinnerte und ihr bewusst wurde, dass ihre neue Chefin wusste, was sie dem ehemaligen Quarterback der Titans an den Kopf geworfen hatte.

Stammelnd fügte sie hinzu: „Er ... er hat meine Kompetenz infrage gestellt. Normalerweise würde ich nie ..."

„Schon gut", grinste Teddy breit. „Selbst wenn ich nicht vorher mit Ihnen telefoniert hätte, wäre mir spätestens bei Mitchs Erzählung klar gewesen, dass Sie genau die Richtige für den Job sind."

„Ach?“ Erstaunt blinzelte sie.

Die junge Mutter nickte ernsthaft und beugte sich in den Kinderwagen, um einen Blick auf ihren Nachwuchs zu werfen. „Wer keine Angst hat, sich mit Mitch Cahill anzulegen und ihm von allen Beleidigungen ausgerechnet die an den Kopf wirft, die ihn am meisten treffen muss, wird auch seinen Mann vor der Mannschaft stehen.“

„Ich weiß nicht, ob mir gefällt, wie Sie mich gerade beschreiben“, murmelte sie unsicher. „Das klingt beinahe so, als müssten die Spieler Angst vor mir haben.“

„Besser so, als hätten Sie Angst vor ihnen.“

„Um ehrlich zu sein, ist mir tatsächlich etwas mulmig zumute“, gab sie zu und atmete kurz durch. „Wenn Ihr GM sich dagegen sperrt, mich als Mannschaftsärztin zu akzeptieren, fürchte ich, dass der Job nichts für mich ist, Teddy. Ich habe wirklich keine große Lust, an mehreren Fronten zu kämpfen.“

„Darüber sollten Sie sich keine Sorgen machen, Avery. Warum Mitch ein solches Fass aufgemacht hat, kann ich Ihnen leider auch nicht sagen. Er ist wirklich einer der umgänglichsten Menschen, die ich kenne. Wenn sie beide erst einmal warm geworden sind, werden Sie das auch sehen.“

Da hatte Avery berechtigte Zweifel. In Hinblick auf ihre hitzige Auseinandersetzung, in deren Verlauf sie alles andere als höflich geblieben war und in der sich Mitch Cahill wie das letzte Arschloch verhalten hatte, vermutete sie eher, dass es noch viele Gelegenheiten geben würde, in denen sie sich in die Haare bekommen würden.

Teddy schien ihr Zögern zu bemerken, weil sie einen tiefen Seufzer ausstieß. „Hunde, die bellen, beißen nicht. Mitch wird sich mittlerweile wieder beruhigt haben und sicherlich wird es ihm leidtun, wie er Sie angefahren hat."

„Denken Sie wirklich, dass er mit mir zusammenarbeiten wird, nachdem ich ihn einen abgehalfterten Ex-Footballspieler genannt habe?" Zweifelnd musterte sie die andere Frau.

„Och, Mitch wird schon ganz andere Dinge von Frauen gehört haben!"

Unsicher hob Avery eine Hand und ließ sie gleich darauf wieder sinken, bevor sie an ihrer Bluse herumzupfte. Verdammt, sie war eine gestandene Frau und hatte trotzdem eine geschlagene Stunde vor ihrem Kleiderschrank verbracht und gefühlte einhundert Outfits anprobiert, bis sie sich für einfache Jeans und eine weiße Freizeitbluse entschieden hatte, die locker genug war, um lässig zu wirken, und die dennoch nicht den Eindruck erweckte, dass sie eine Sekretärin war. In einem strengen Hosenanzug hätte sie sich vor einem Haufen Sportler nicht wohlgefühlt und hoffte, dass ihre jetzige Aufmachung den Männern zeigte, dass sie keine überkandidelte Tussi war. Normalerweise lernte sie ihre Patienten kennen, wenn sie einen Kittel trug, was heute mehr als albern ausgesehen hätte.

Der Kittel verlieh dem Träger glücklicherweise genug Respekt und Kompetenz, so dass keiner der Sportler, der sie in ihrer Praxis aufsuchte, jemals auf den Gedanken gekommen wäre, ihre Arbeit infrage zu stellen. Doch bei einer Veranstaltung wie heute sah das leider anders aus. Vor allem dann, wenn im

Hintergrund ein Strippenzieher wie Mitch Cahill gar nicht glücklich darüber war, dass sie von nun an seine Spieler betreuen würde.

Sie verfluchte ihre Hand, als diese leicht zitterte, sobald sie sich durch die Locken fuhr. „Für einen professionellen Umgang miteinander ist es jetzt vermutlich zu spät."

„Da unterschätzen Sie ihn. Mitch ist sehr engagiert und hat nur das Wohl des Teams im Sinn. In kurzer Zeit wird sich alles geregelt haben. Sie dürfen sich bloß nichts anmerken lassen, falls jemand einen Spruch ablassen sollte." Entschuldigend zuckte sie mit der Schulter.

„Dass ich ein paar Sprüche einstecken muss, habe ich mir schon gedacht. Als ich noch Ärztin im Praktikum war, wurde ein verletzter Eishockeyspieler eingeliefert, bei dem ich die Anamnese machen musste. Sie glauben nicht, was ich da zu hören bekommen habe."

Glucksend deutete die Frau auf ihren Ehering. „Als ich der Mannschaft vorgestellt wurde, besaß mein lieber Mann den Nerv, mich nach meiner Qualifikation zu fragen, bevor er mit mir eine Wette einging, deren Einsatz ein Striptease war."

Das hatte Avery nicht gewusst, obwohl die Beziehung der Teambesitzerin und des Quarterbacks ständig in den Schlagzeilen gelandet war. Überrascht öffnete sie den Mund. „Ach! Und trotzdem haben Sie ihn geheiratet?"

„Natürlich", erklärte Teddy MacLachlan-Palmer mit einem breiten Lächeln. „Schließlich habe ich die Wette gewonnen und mit eigenen Augen gesehen, wie er nackt aussah."

Avery konnte nicht anders und lachte trotz ihrer Nervosität und Zweifel laut auf. Wenn der restliche Verein nur halb so locker und unkompliziert wie die junge Besitzerin war, könnte ihr dieser Job sogar Spaß machen.

„Also denken Sie daran: Hinter den Großmäulern stecken recht umgängliche Männer. Im Rudel sind sie am schlimmsten, aber allein können sie charmant und zuvorkommend sein."

„Damit komme ich schon klar", entgegnete Avery fest, während ihre Mundwinkel zuckten. „Ich bin mit drei älteren Brüdern aufgewachsen und weiß, wie ich mich zu verteidigen habe."

„Das höre ich gerne." Teddy deutete auf den Flur und schob den Kinderwagen wieder an, aus dessen Tiefen fröhliches Kreischen ertönte.

Neugierig warf Avery einen Blick hinein und musste angesichts der süßen Babys lächeln. Die beiden schienen wahre Herzensbrecher zu sein, die jedes Mitglied des Vereins zu becircen schienen. Angesichts der schlanken Teddy, die mit einer beinahe knabenhaften Figur neben ihr herlief, fragte sich Avery, wie sie es geschafft hatte, zwei solcher Prachtexemplare zu gebären, denn die pausbäckigen Babys strotzten vor Gesundheit und schienen sehr gut im Futter zu sein. Da sie jedoch Fotos der hochschwangeren Titans-Besitzerin gesehen hatte, musste sie zugeben, dass die junge Frau eine gewaltige Kugel vor sich hergeschoben hatte.

„Die beiden scheinen sehr friedliebend zu sein."

„Och ... das täuscht." Sie verdrehte die Augen. „Komischerweise wissen sie bereits in diesem Alter, wann sie sich zu benehmen haben. Auf dem Weg hierher haben sie gebrüllt und gekreischt, aber sobald wir das Gebäude betreten, sind sie kleine Sonnenscheine."

„Da kann ich ein Lied von singen", stöhnte Avery und dachte an ihren gestrigen Streit mit Seth, weil er sich weigerte, das Sommercamp zu besuchen. Normalerweise hätte sie nachgegeben, schließlich wusste sie, weshalb er der Ferienveranstaltung mit Magenschmerzen entgegensah, aber da zu der Zeit das Trainingslager der Titans stattfinden würde, hatte sie keine andere Wahl, als ihn dorthin zu schicken.

Rasch schüttelte sie diesen Gedanken ab und lächelte Teddy entschuldigend an. „Mein Sohn hat diese Masche mit seinen sieben Jahren ebenfalls perfekt drauf."

„Na, da steht mir ja noch einiges bevor."

Avery hatte mit vielem gerechnet, aber nicht damit!

Sobald sie hinter Teddy MacLachlan-Palmer den Besprechungssaal betrat, sah sie mit an, wie ein einschüchternd wirkender Haufen Footballspieler aufgeregt auf den Kinderwagen zusteuerte und in Begeisterungslaute ausbrach. Ein regelrechter Wettkampf schien sich zu entfachen, als jeder der Anwesenden die Babys aus dem Zwillingskinderwagen heben wollte.

„Du warst beim letzten Mal dran", maulte ein hünenhafter Mann mit beinahe kahl rasiertem Kopf.

„Nichts da, Al", schnaubte ein Schwarzhaariger abwehrend, der ein T-Shirt mit der Aufschrift *Ich leide an GPS: Gigantischer Penis-Syndrom* trug und einen der Säuglinge vorsichtig aus dem Kinderwagen hob. „Du durftest Scott beim letzten Mal füttern. Außerdem sind das meine Patensöhne, also habe ich besondere Rechte!"

„Das ist nicht fair!"

„Scheiß drauf." Der Spieler grinste breit und drückte dem pausbäckigen Baby einen Kuss aufs Köpfchen, bevor er einem anderen Spieler den Mittelfinger zeigte, als dieser ihm das Baby wieder abnehmen wollte.

Der Kapitän, Quarterback und Vater der Babys stieß einen frustrierten Laut aus, als er einen seiner Söhne auf den Arm nehmen wollte und von seinen Mannschaftskameraden daran gehindert wurde.

„Hey, das sind *meine* Kinder und sie kommen *mich* besuchen!"

„Du hast sie den ganzen Tag", beschwerte sich der Mann, den Avery als Dupree Williams identifizierte, während er den anderen Säugling an seine Schulter kuschelte.

„Dozer, du hattest ihn jetzt lange genug", rief einer seiner gigantischen Teamkollegen. „Wir wollen die Mini-Rabbits auch mal halten."

Mit hochgezogenen Augenbrauen beobachtete Avery, wie die glucksenden Babys von einem Footballspieler zum nächsten gereicht wurden, während sich die Gesichter der Männer, die sie eigentlich nur mit Kriegsbemalung aus Fernsehübertragungen kannte, zu fröhlichen Grimassen verzogen, um die beiden Säuglinge zum Lachen zu bringen.

Ein Blick auf die stolze Mutter sagte ihr, dass das Verhalten der Spieler anscheinend der Normalfall war. Beinahe hätte sie aufgeatmet und ihre eigene Aufregung vergessen, denn – mal ehrlich – wie hätte sie sich vor Männern ängstigen sollen, die sich dermaßen liebenswert gaben, indem sie schmatzende Küsse auf Babybacken drückten und wie verrückt kicherten. Doch ein Blick zur anderen Seite des Raums ließ sie ihre kurzzeitig aufgetretene Erleichterung vergessen.

Mitch Cahill lehnte gegen eine Wand, hatte die Arme vor der Brust verschränkt und starrte mit finsterer Miene zu ihr hinüber. Automatisch straffte sie die Schulter und hob das Kinn, damit er nicht auf den Gedanken kam, dass sie sich durch ihn in irgendeiner Weise eingeschüchtert fühlte. Sie hatte keine Ahnung, was er für ein Problem mit ihr hatte, aber sie würde einen Teufel tun und sich von ihm verunsichern lassen. Sie war zu den Titans gekommen, um das Team zu betreuen, wenn ihm das nicht passte, sollte er selbst damit klarkommen.

Anders als bei ihrer ersten Begegnung trug er keinen Anzug, sondern wirkte in seinen Jeans und dem grünen Poloshirt genauso salopp wie die Spieler, die sich gerade tierisch amüsierten, weil eines der Babys auflachte. Wäre er nicht ein solcher Griesgram gewesen, dessen Miene finster und beinahe bedrohlich wirkte, hätte man ihn für einen gutaussehenden Mann halten können, der ein anziehendes Gesicht mit einem Paar unglaublich grüner Augen und einen braunen Wuschelkopf besaß. So fiel ihr jedoch nur auf, dass ihm eine Laus über die Leber gelaufen sein musste.

Nicht dass Avery auf seine Attraktivität etwas gegeben hätte, aber sie musste zugeben, dass sie übertrieben hatte, als sie ihn einen abgehalfterten Ex-Footballspieler genannt hatte. Die Muskelberge, die er durch seine verschränkten Arme eindrucksvoll unter Beweis stellte, sprachen dafür, dass der Mann auch nach seinem Karriereende vor einigen Jahren noch immer aktiv war und keineswegs faul auf der Couch lag. Abgesehen davon wirkte seine Körpergröße einschüchternd genug und Avery war froh, dass sie bei ihrem ersten Gespräch nicht bemerkt hatte, wie groß der Mann war, weil sie ansonsten vermutlich vor lauter Scheu keinen Ton herausgebracht hätte.

Glücklicherweise lenkte ein Räuspern sie von ihren verstörenden Gedankengängen ab und sie drehte den Kopf nach rechts, um das amüsierte Gesicht des Cheftrainers zu bemerken, der mit einem übertriebenen Seufzer in Richtung seiner Spieler deutete.

„Keine Sorge, sie benehmen sich nicht bei allen Besuchern so."

„Gut zu wissen", erwiderte sie grinsend und schenkte ihm ihre Aufmerksamkeit. „Ich habe schon Schlimmes befürchtet."

Er schüttelte den Kopf und zeigte ein Paar Grübchen. „Sie müssen lediglich dumme Kommentare befürchten, bis die Jungs sich an Sie gewöhnt haben."

„Das habe ich schon öfter gehört", gab sie zu und vergrub die Hände in den Taschen ihrer Jeans.

Der blonde Coach beugte sich näher zu ihr und flüsterte im vertraulichen Ton: „Sie sollten dem ersten, der ihnen einen Spruch drückt, ordentlich Kontra geben. Danach wird es leichter. Abgesehen davon haben die Jungs seit ein paar Jahren einen schwulen Yogalehrer, der einen Heidenspaß daran hat, die Spieler zu betatschen, weil er weiß, wie nervös die dann werden. Also, nur Mut!"

Wenigstens schien es einen ehemaligen Quarterback in dem Verein zu geben, der auf ihrer Seite stand, überlegte sie verzagt und nannte sich ein weiteres Mal eine komplette Vollidiotin, weil sie diesen Job angenommen hatte.

Bislang hatte sie die anderen medizinischen Betreuer sowie den Trainingsstab kennengelernt. Alle waren entsetzlich freundlich und zuvorkommend gewesen. Selbst der amtierende Quarterback hatte sich ihr bereits vorgestellt und versichert, dass sie sich keine Sorgen machen müsste. Nur Mitch Cahill verzog sein Gesicht, als hätte man ihn gezwungen, in einem Cheerleaderoutfit durch das ausverkaufte Stadion zu rennen und die Pompons zu schwingen.

Die Aufregung der Footballspieler über den Besuch der Babys wurde eingedämmt, als der eindrucksvolle Trainer ein grollendes Räuspern von sich gab. Er schritt wie Moses höchstpersönlich durch die Reihen seiner Spieler, die ihm augenblicklich Platz machten, und nahm dem großmäuligen Runningback Blake O'Neill das Baby ab.

„Hinsetzen, Jungs! Wir sind hier nicht bei einer Pinkelparty."

Trotz seines grimmigen Befehls schnitt auch er Grimassen für das Baby und erzählte dem kleinen Jungen, dass Onkel John ihn zu seiner Mommie bringen würde, während der erleichtert aussehende

Kapitän einem anderen Spieler das zweite Baby aus dem Arm nahm und sich mit ihm an der Schulter auf einen Stuhl setzte.

Avery blieb neben Teddy stehen, die dem Coach ihren Sprössling abnahm, und beobachtete, wie sich John Brennan gleich darauf vor die Spieler stellte, die es sich auf den Stühlen gemütlich machten. Lediglich das Quaken des Babys, das seinen Vater vollzusabbern schien, unterbrach die eintretende Ruhe im Besprechungsraum.

„Ich finde es wirklich herzerwärmend, wie sehr ihr euch immer freut, wenn Scott und George zu Besuch kommen, aber falls ihr es vergessen habt, wir haben ein paar Dinge zu besprechen und es wird zwei Neuigkeiten geben, die euch sicherlich interessieren werden."

„Heißt das, dass die Cheerleader endlich neue Trikots bekommen?"

Ein kollektives Stöhnen ging durch den Raum. „Gott, Blake!"

„Hey", verteidigte sich dieser und streckte beide Beine lässig von sich. „Nichts für ungut, Jungs, aber mich interessiert momentan am meisten, ob Teddy meinen Vorschlag zu den neuen Trikots umgesetzt hat."

Die Teamchefin rümpfte frustriert die Nase und schüttelte den Kopf. „Erstens werden unsere Cheerleader keine Miniatur-Pompons an ihren Oberteilen tragen und zweitens gehen dich weder die Cheerleader noch deren Trikots etwas an, Blake."

„Na ja", unterbrach ihr Mann sie lautstark. „Eigentlich sollte er ja seine Finger von den

Cheerleadern lassen, aber anscheinend klappt das nur mit mäßigem Erfolg."

Der Runningback grinste großspurig. „Teddy, eines muss man unseren Pomponschwingerinnen lassen: Sie alle sind extrem gelenkig, wenn du verstehst, was ich meine."

Das großspurige Lächeln verging ihm, als Dupree Williams, der hinter ihm saß, ihm einen Schlag auf den Hinterkopf verpasste.

Die aufkeimende Rangelei wurde durch die lautstarke Stimme des Trainers unterbunden.

„O'Neill! Willst du beim nächsten Spiel auf der Bank sitzen, oder was? Anstatt dich auf die Cheerleader zu konzentrieren, solltest du dir lieber Gedanken um den anstehenden Leistungstest machen."

Dieser schnaubte missmutig. „Bevor ich mir darüber Gedanken mache, sollte lieber Eddies Gewichtsproblem angesprochen werden."

Eddie Goldberg, ein Bär von einem Mann, schien mit der Aussage seines Mitspielers nicht einverstanden zu sein, da eine hitzige Diskussion entbrannte, die Avery mit großen Augen verfolgte. Von Sekunde zu Sekunde steigerte sich ihre Anspannung, als sie sah, wie Stühle zur Seite geschoben wurden, um die beiden Kontrahenten, die sich Nase an Nase gegenüberstanden und sich Beleidigungen an den Kopf warfen, auseinanderzuhalten. Nervös rieb sie ihre schweißnassen Hände an den Hosenbeinen ihrer Jeans trocken und schluckte gegen das enge Gefühl in ihrer Kehle an. Das konnte ja noch lustig werden!

Erstaunlicherweise löste sich die Beinahe-Prügelei auf und beide Footballspieler setzten sich im friedlichen Einvernehmen wieder hin, als die Teambesitzerin einen Pfiff hören ließ, der durch den Raum hallte. Beide Babys mussten daran gewöhnt sein, da sie sich von dem Brimborium um sie herum nicht stören ließen.

John Brennan fuhr sich stöhnend übers Gesicht. „Wenn ihr endlich aufhören würdet, euch wie Höhlenmenschen zu benehmen, könnte ich euch mitteilen, dass wir einen neuen Wide Receiver bekommen. Ian Carlisle hat einen Drei-Jahres-Vertrag bei den Titans unterschrieben und wird beim Trainingslager zu uns stoßen."

„Teddy, musstest du dein Sparbuch schröpfen, um Carlisle nach New York zu locken?"

„Mach dir darum keine Sorgen, Tom", erwiderte sie lässig dem blondhaarigen Cornerback Tom Peacock und winkte mit der Hand. „Da du großzügigerweise auf die Hälfte deines Gehalts verzichtet hast, konnten wir uns den Neuzugang leisten."

„Autsch!" Der Spieler lachte fröhlich und klopfte seinem Kapitän auf den Rücken. „Seit wann ist deine Frau so garstig?"

„Seit Rabbit sie nachts nicht mehr weckt, weil er scharf ist, sondern um ihr zu sagen, dass es nach einer vollen Windel riecht", grölte jemand in den Raum hinein.

„Hey, ich habe mehr Sex als ihr alle zusammen!"

Teddy MacLachlan-Palmer stöhnte laut und verzweifelt auf, während sie John, der sichtlich amüsiert war, einen hilflosen Blick zuwarf. „Kannst du ihnen nicht mal Manieren beibringen?“

„Das Gleiche wollte ich dir vorschlagen, schließlich hast du einen von ihnen geheiratet.“

„Ja, ja, ich weiß.“

Nichtsdestotrotz unterband der Trainer jede weitere Diskussion um das Sexleben der Spieler und besprach detailliert, wie er sich die Zusammenarbeit mit dem neuen Wide Receiver vorstellte.

Avery hatte währenddessen die Gelegenheit, die Footballspieler zu mustern, die sich hier versammelt hatten und einen gemütlichen Kaffeeklatsch abzuhalten schienen. Sie alle beeindruckten allein durch ihre körperlichen Erscheinungen, die – wie Avery zugeben musste – sich von denen der Durchschnittsmänner unterschieden. Da ihr Beruf jedoch damit zu tun hatte, gegnerische Mannschaften zu blocken und mit Hilfe von Kraft und Geschicklichkeit Footballspiele zu gewinnen, war es nur natürlich, dass sie anders als Büroangestellte, die den ganzen Tag am Computer saßen, gestählte Muskeln vorwiesen. Außerdem gab es unter den Spielern gewisse Unterschiede. Beispielsweise wirkten Spieler wie der Quarterback oder die Wide Receiver sehr viel athletischer, während Tackle und Center auf der anderen Seite vor allem durch ihre bulligen Körper bestachen. Avery hatte sich in den vergangenen Tagen in die Physiognomie und Verletzungsrisiken von Footballspielern eingearbeitet, wobei sie froh gewesen war, bereits verletzte Eishockeyspieler behandelt zu haben. In beiden Sportarten kam es zu Vollkörperkontakten und zu heftigen Aufprallen, wodurch sich die Verletzungen in diesen Bereichen ähnelten. Mochte Mitch Cahill darüber gespottet haben, dass sie Bodenturner und Leichtathleten behandelte, doch auch Muskelzerrungen der unteren Extremitäten von Sprintern und Ballfängern beim Football waren nahezu identisch.

Auch wenn sie momentan einen ziemlichen Respekt davor empfand, einem Footballteam von mehreren dutzend Männern gegenüberzustehen, musste sie zugeben, dass ihre zukünftigen Aufgaben sie ungemein reizten. Die Möglichkeit, ein ambitioniertes und erfolgreiches Team wie die Titans zu betreuen, bekam man nicht alle Tage und Avery stellte sich gerne der Herausforderung.

Alles wäre in Butter gewesen, wenn der griesgrämige GM nicht ein dermaßen verbohrter Typ gewesen wäre, der ihr bei ihrer ersten Begegnung auf den Kopf zugesagt hatte, dass er sie nicht für kompetent genug hielt, als Mannschaftsärztin zu arbeiten. Sie fragte sich ganz ernsthaft, wie sich die Zusammenarbeit mit ihm gestalten würde.

Avery bekam einen kleinen Einblick in das, wovor Teddy MacLachlan-Palmer, der Quarterback und der Coach sie gewarnt hatten, als Blake O'Neill ihr plötzlich einen neugierigen Blick zuwarf und seinen Kapitän unterbrach, der sich in die Ansprache des Trainers eingeklinkt hatte, um über Ian Carlisle zu reden.

„Hat Abby endlich ausgedient und wir bekommen eine neue Yogalehrerin?"

„Wie wunderbar, dass du so eine schöne Überleitung gefunden hast, O'Neill", ätzte der Coach und verzog missbilligend den Mund. „Heute macht ihr euch wirklich unmöglich, aber das ist ja nichts Neues. Jedenfalls hat Dr. Lancaster bereits einen tollen ersten Eindruck von euch. An eurer Stelle würde ich ihr gegenüber kleine Brötchen backen, da sie von nun an für eure medizinische Betreuung zuständig ist."

Als sich mehr als einhundert Augen auf sie richteten, von denen ungefähr die Hälfte bestürzt und die andere Hälfte neugierig wirkten, kämpfte Avery gegen eine zittrige Stimme an und nickte bestätigend.

„Hallo zusammen."

„Dr. Lancaster übernimmt den Job unseres Docs und wird sich darum kümmern, dass ihr fit und heil bleibt." John Brennan sah sie aufmunternd an und lächelte breit. „Wie sieht es aus, Doc? Möchten Sie sich selbst ein bisschen vorstellen?"

„Aber sicher." Souverän trat sie einen Schritt vor und zwang sich dazu, in einige der unzähligen Augenpaare zu schauen, als sie mit rasendem Herzen erklärte: „Wie der Coach schon gesagt hat, bin ich die neue Mannschaftsärztin und heiße Avery Lancaster. Da ich aus New York stamme, bin ich mit den New York Titans bestens vertraut und freue mich auf die Arbeit hier. In Manhattan betreibe ich eine Praxis, die auf orthopädische Unfälle und sportmedizinische Verletzungen spezialisiert ist. Zu meinen bisherigen Patienten zählen einige Hochleistungssportler, weshalb Sie bei mir in besten Händen sind."

Nach einigen Momenten des Schweigens räusperte sich der Runningback Blake O'Neill, von dem Avery heute bereits genug gehört und gesehen hatte, um zu wissen, dass sie sich nun auf einen der bereits angesprochenen Sprüche gefasst machen musste. Ihr sträubte sich beinahe das Nackenfell, als sie ihm ins Gesicht sah, und sie dachte hastig darüber nach, wie sie am besten kontern konnte.

„Hey, Doc, bekommen wir nach der Behandlung auch einen Lutscher ... ich meine natürlich einen Lolli?“

Obwohl brennende Röte in ihre Wangen stieg und einige empörte sowie genervte Laute von allen Seiten ertönten, setzte Avery zu einem Spruch bezüglich seines T-Shirts an, als sich zu ihrem absoluten Erstaunen Mitch Cahill von der Wand löste und den Runningback mit einem mörderischen Blick fixierte. „O'Neill, wenn du nicht willst, dass ich aus deinem Schädel mein Frühstücksmüsli esse, hältst du von jetzt an die Klappe. Haben wir uns verstanden?“

Keineswegs eingeschüchtert nickte der schwarzhaarige Footballspieler vergnügt. „Jawohl, Sir.“

„Das gilt für euch alle.“ Der GM nickte in die Runde. „Sollte mir zu Ohren kommen, dass sich Dr. Lancaster durch euch belästigt fühlt, bekommt ihr es mit mir zu tun.“

Sprachlos vor Entsetzen hörte sie nur mit einem Ohr zu, wie der Coach gleich darauf die Versammlung auflöste, und bemerkte, wie die Spieler sich von ihren Stühlen erhoben.

Zum Teufel nochmal! Sie stand wie der letzte Idiot da! Schlimmer ... Sie hatte sich mit diesem Auftritt keinen Respekt erworben, da Mitch Cahill sich dazu entschieden hatte, sich vor sie zu stellen und als hilfsbedürftig und schwach darzustellen. Wunderbar – der Start hätte nicht schlimmer laufen können.

Als Teddy MacLachlan-Palmer sie in einen Small Talk verwickeln wollte, versuchte Avery sich zu beruhigen, doch ein Blick in das verschlossene Gesicht des Generalmanagers, der den Raum verlassen wollte und den Ausgang anstrebte, brachte sie dazu, sich bei der Teambesitzerin zu entschuldigen und dem breitschultrigen Mann in den Flur zu folgen.

„Mr. Cahill." Selbst in ihren Ohren klang ihre Stimme schrill, aber das war ihr gerade piepegal.

„Ja, Dr. Lancaster", erwiderte er mit einem genervten Ton, während er sich demonstrativ langsam zu ihr umdrehte und seine anscheinend beliebteste Pose einnahm, was in seinem Fall hieß, dass er die Arme vor der Brust verschränkte und ihr einen ungeduldigen Blick schenkte. „Was kann ich für Sie tun?"

„Sie könnten mir sagen, was das eben sollte!"

„Was sollte was?"

„Das wissen Sie genau", zischte sie und deutete in Richtung des Besprechungsraumes. „Sie haben meine Autorität untergraben."

„Ich wollte Ihnen lediglich einen Gefallen tun."

Erbost kniff sie die Augen zusammen und starrte in seine grünen Pupillen, während sie die zornige Falte zwischen seinen Augenbrauen bemerkte. „Unsinn. Sie haben mich absichtlich als schwache kleine Frau dargestellt, die nicht in der Lage ist, sich gegen eine Mannschaft von Footballspielern zu behaupten."

„Hören Sie, Dr. Lancaster ..." Er schüttelte den Kopf. „Ich brauchte Sie nicht als schwache kleine

Frau darzustellen, das haben Sie auch ohne meine Hilfe bestens hingekriegt."

Sie holte tief Luft. „Machen Sie mal halblang. Ich habe keine Ahnung, wie Sie darauf kommen, dass ich mir wegen Ihnen oder Ihrer Spieler in die Hose machen könnte. Sie können mir glauben, dass ich schon mit Männern ganz anderen Kalibers umgegangen bin."

Abfällig schnaubte er auf. „Blake lässt einen einzigen Spruch los und Sie sehen aus, als würden Sie jeden Moment in Ohnmacht fallen, und bekommen einen knallroten Kopf, Dr. Lancaster. Ich hatte die Befürchtung, dass Sie vor den Spielern in Tränen ausbrechen, und daher wollte ich mich nicht der unterlassenen Hilfeleistung schuldig machen."

Nun verschränkte auch sie die Arme vor der Brust und funkelte ihn an. „Hätten Sie mir einen winzigen Moment Zeit gegeben, um zu reagieren, hätte ich Blake O'Neill oder jeden anderen Spieler in seine Schranken verwiesen!"

„Geben Sie es doch zu! Sie können sich nicht durchsetzen. Wenn ich daran denke, wie sich Footballspieler benehmen können, schwant mir Böses ..."

Genervt musste sich Avery davon abhalten, dem arroganten Kerl eins auf die Nase zu geben. „Eigentlich dachte ich, dass wir unseren holprigen Start vergessen könnten, aber da Sie zu der nachtragenden Sorte gehören, können wir das ja vergessen."

„Nachtragend?"

Sie ignorierte seinen gespielt sanften Ton und bekräftigte ihre Aussage mit einem heftigen Nicken.

„Nachtragend, überheblich und uneinsichtig. Wenn Sie nicht mit mir kooperieren wollen, lassen Sie mich wenigstens meine Arbeit machen und sabotieren Sie diese nicht!“

„Jetzt machen *Sie* einmal halblang“, verlangte er. „Ich bin weder nachtragend noch überheblich oder uneinsichtig, Dr. Lancaster. Außerdem mache ich aus meinem Herzen keine Mördergrube. Ja, ich bin der Meinung, dass Sie zu wenig Erfahrung haben, um unsere Mannschaftsärztin zu sein, und ich denke auch, dass die Spieler sich schwertun werden, eine Frau als medizinische Betreuerin zu akzeptieren, aber das wird mich nicht dazu bringen, Sie zu sabotieren.“

„Vielen Dank für Ihre Offenheit“, schnauzte sie ihn an.

„Gern geschehen“, erwiderte er großmütig und verdrehte gleichzeitig die Augen. „Teddy wollte Sie haben, also versuchen Sie Ihr Glück und gewöhnen sich lieber daran, dass die Jungs nicht zurückhaltend sein werden. Sobald Sie das Handtuch werfen, habe ich sowieso einen anderen Kandidaten für Ihren jetzigen Job im Auge.“ Lässig tippte er sich an die Stirn und ließ sie stehen.

Avery sah ihm hinterher und hätte ihn gerne dahin getreten, wo es richtig weh tat.

5. Kapitel

Der Telefonhörer klemmte Mitch zwischen Ohr und Schulter, während er sich einen Kaffee einschenkte und gleichzeitig seiner Exfrau lauschte, die ihm von dem langweiligen Familienfest ihrer Eltern erzählte und ihm damit seine Mittagspause versüßte.

Er dachte lieber nicht daran, wie sehr er sich immer freute, wenn er Kellys Stimme hörte und wie sich ein schmerzhaftes Ziehen in seiner Brust breit machte, sobald er ihren Namen auf seinem Telefondisplay sah. Es hieß, dass die Zeit alle Wunden heilte, aber seiner Meinung nach musste irgendein Trottel diesen Spruch erfunden haben, der keine Ahnung davon hatte, wie beschissen man sich fühlte, wenn man vergangenen Zeiten hinterhertrauerte, die unwiederbringlich vorbei waren. Auch wenn Kelly und er mittlerweile befreundet waren und ohne Streitereien oder Vorwürfe miteinander umgehen konnten, blieb ein schaler Geschmack auf seiner Zunge, sobald sie auflegten und das Gespräch beendeten. In solchen Situationen nannte er sich ein Arschloch, das es geschafft hatte, seine Frau zu vergraulen, weil er nicht in der Lage gewesen war, seinen Schwanz in der Hose zu lassen.

„Ach, das habe ich ganz vergessen zu erwähnen ...“ Ihre fröhliche Stimme unterbrach seine düsteren Gedankengänge. „Sandy hat es endlich geschafft, ihren Freund von einer Hochzeit zu überzeugen.“

„Das wird deine Eltern sicherlich gefreut haben, oder?“ Automatisch gab er etwas Süßstoff in die Tasse und hob diese anschließend an seine Lippen.

„Ich denke, dass Dad eher an die Finanzierung der Hochzeit denkt“, gluckste sie und zauberte Mitch automatisch ein Lächeln auf die Lippen.

Er kannte kaum einen Menschen, der so fröhlich war und so oft lachte wie Kelly.

„Aber deine Mom war bestimmt aus dem Häuschen.“

„Sie war eher erleichtert, nachdem Sandy und Bob schon seit fünf Jahren ein Paar sind. Apropos Paare ...“

„Kelly“, seufzte er schwer und machte jemandem Platz, der sich ebenfalls am Kaffeeautomaten bedienen wollte. „Nicht schon wieder dieses Thema, ich bitte dich!“

„Nur weil dein letztes Date ein Reinfall war, kannst du dich nicht ewig verkriechen, Mitch.“

„Ich verkrieche mich auch nicht, sondern ersticke in Arbeit.“ Er zuckte kurz zusammen, da der Kaffee brühend heiß war. „Das ist etwas anderes.“

Seufzend drang ihre Stimme an sein Ohr. „Deine Freunde sind alle verheiratet und müssten doch eine vernünftige Frau kennen, mit der sie dich verkuppeln können! So eine schlechte Partie bist du schließlich nicht.“

„Vielen Dank.“ Er grinste breit und hockte sich auf die Kante eines Sessels, der im Empfangsbereich der obersten Etage stand. „Beinahe klingt das so, als würdest du mich verschachern wollen.“

„Wer weiß ... vielleicht will ich auch einfach nur verhindern, dass dein Genörgel gigantische Ausmaße annimmt und uns allen auf den Keks geht.“

„Zu gütig.“ Er wusste, dass er einen Fehler machte, als er sich räusperte und betont lässig erklärte: „Vielleicht habe ich einfach das Pech, keine Frau zu finden, die eine so gute Lasagne macht wie du.“

Als sie nicht darauf antwortete, sondern verlegenes Schweigen eintrat, hätte er sich am liebsten geohrfeigt.

Seine Stimme klang belegt, als er seinen Fauxpas wiedergutmachen wollte. „Kelly ...“

„Mitch, hör mal“, unterbrach sie ihn, um gleich darauf gedämpft zu erklären: „Mary, Mommie telefoniert gerade, Schatz. Ja ... sehr schön. Ich schaue mir das in einer Minute an.“

Geduldig wartete er, während Kelly auf ihre Tochter einredete und kurze Zeit später in den Hörer seufzte. „Die Kinder vermissen dich, Mitch. Wann kommst du uns wieder besuchen?“

Elegant hatte sie das unangenehme Thema umschifft und Mitch nahm den Themenwechsel dankbar an, auch wenn ein unbefriedigtes Gefühl in ihm zurückblieb. Eigentlich hatte er keine Lust, ständig so zu tun, als wäre es kein Problem für ihn, dass Kelly wieder verheiratet war und ein neues Leben begonnen hatte. Aber was hätte er tun sollen? An der Vergangenheit war nichts zu ändern und er konnte einfach nur versuchen, sich so gut wie möglich damit zu arrangieren.

„Ich weiß nicht“, erwiderte er ausweichend. „Hier läuft alles auf Hochtouren, daher kann ich das momentan nicht sagen. Wir stecken mitten in der Saisonvorbereitung und das Trainingslager beginnt bald.“

„Übernimm dich bloß nicht“, mahnte sie ihn wie eine überfürsorgliche Mutter.

Mitch nickte Julian Scott zu, der den Flur entlanglief und ebenfalls auf den Kaffeeautomaten zusteuerte. „Mach dir keine Sorgen.“

„Tue ich aber. Hör zu, Mitch, Mary und Mason haben sich in den Haaren und ich muss zwischen ihnen schlichten. Kann ich dich in den nächsten Tagen anrufen?“

„Natürlich. Pass auf dich auf.“

„Und du auf dich.“

Als er das Handy in seiner Jeanstasche verschwinden ließ, sah er zum blondhaarigen Wide Receiver, der ihn neugierig beobachtete.

„Harter Tag, Mitch?“

„Das Wetter geht mir auf den Keks. Diese Schwüle macht mich wahnsinnig!“ Ungelenk fuhr er sich durchs Haar und runzelte die Stirn. „Müsstest du nicht beim Training sein?“

„John hat das Training um eine Stunde nach hinten verlegt.“ Julian zuckte mit der Schulter und langte nach einem der Mini-Donuts, die neben dem Kaffeeautomaten darauf warteten, von den gefräßigen Mitarbeitern des Vereins verspeist zu werden. Mitch ging davon aus, dass sich viele der Footballspieler in schöner Regelmäßigkeit in diese Etage verirrten, weil sie wussten, dass dienstbeflissene Sekretärinnen, die ein goldenes Herz für leere Mägen und niedrige Insulinspiegel hatten, immer dafür sorgten, dass die Mini-Donuts oder schokoladenüberzogenen Muffins nicht ausgingen. Daher resultierte vermutlich auch Eddies Gewichtsproblem, das in den vergangenen drei Wochen unter den Jungs ziemlich oft Thema gewesen war.

„Warum das?“ Auch Mitch griff sich einen Donut und warf sich diesen hinter die Kiemen.

„Soviel ich verstanden habe, wollte er mit Dr. Lancaster die Ergebnisse der Ausdauertests durchgehen und brauchte dafür etwas mehr Zeit.“

Mitch musste ein Schnauben unterdrücken und dachte daran, dass er mit Avery Lancaster in den vergangenen drei Wochen kaum ein Wort gewechselt hatte. Wie es schien, war sie nicht gut auf ihn zu sprechen und versuchte ihn durch Nichtbeachtung zu bestrafen. Ihm sollte es recht sein, da er erstens genug mit dem baldigen Saisonbeginn zu tun hatte und zweitens nicht sonderlich scharf darauf war, mit ihr eine Unterhaltung zu führen. Netterweise hatte er zu all den Dingen, um die er sich kümmern musste, und zu allen Problemen, die tagtäglich anfielen, auch noch im Hinterkopf, dass sie ohne Mannschaftsarzt dastehen könnten, sobald ihre Ärztin in den Sack haute.

Manchmal ertappte er sich dabei, dass er sich fragte, ob er nicht zu hart mit ihr ins Gericht gegangen war, schließlich hatte sie nicht einmal eine Chance gehabt, sich zu beweisen, doch dann kam ihm wieder in den Sinn, dass Profifootball nicht der richtige Platz war, um praktische Erfahrungen zu sammeln. Dr. Avery Lancaster mochte sich mit verletzten Bodenturnern und Stabhochspringern auskennen, doch die Härte des Footballs kannte sie nicht. Mitch war Profi genug, um die Risiken zu erkennen, die eine überforderte Mannschaftsärztin besaß.

Abgesehen davon verstand er keinen Spaß, wenn man ihn einen abgehalfterten Ex-Footballspieler nannte.

Betont gleichgültig hob er den Kopf und fragte mit einem knappen Lächeln auf den Lippen: „Lässt Blake immer noch die Hosen vor ihr runter?“

„Nach dem dritten Mal hat er es gelassen.“ Julian schüttelte amüsiert den Kopf.

„Woran lag’s? Normalerweise zieht er etwas durch, wenn er es sich in den Kopf gesetzt hat.“

Beide sprachen von Blakes grandioser Idee, die Mannschaftsärztin in Verlegenheit zu bringen, indem er die Hose herunterlassen wollte, sobald er von ihr untersucht wurde. Da in den vergangenen drei Wochen einige dieser Untersuchungen angestanden hatten, war Avery Lancaster vermutlich oft in den Genuss gekommen, Blake O’Neill im Adamskostüm betrachten zu dürfen.

Eigentlich hatte Blake seine Teamkollegen animieren wollen, es ihm gleichzutun, doch die meisten von ihnen hatten bessere Dinge zu tun, als bei Blakes kindischen Streichen mitzuspielen. Für Blake war dies jedoch kein Grund, seine Idee nicht in die Tat umzusetzen. Mitch hätte zu gerne das verlegene Gesicht der zickigen Ärztin gesehen, als sie Blake in seiner ganzen Pracht hatte betrachten dürfen.

„Vielleicht hatte es etwas mit der Broschüre zu tun, die Dr. Lancaster ihm vor den Augen unserer Cheerleader gegeben hat.“

Interessiert sah Mitch von seiner Kaffeetasse auf. „Broschüre?“

„Ich vermute, dass sie keine Lust mehr hatte, Blakes nackten Anblick zu ertragen, was ich ihr nicht verübeln kann. Vor gut einer Woche stand Blake mit ein paar der neuen Cheerleader auf dem Trainingsplatz und flirtete auf Teufel komm raus, als Dr. Lancaster ihm eine Broschüre in die Hand drückte." Julian lachte schallend auf. „Du hättest Blakes Gesicht sehen sollen, als er die Broschüre anstarrte, die ein Mittel gegen Erektionsstörungen anpries, und er ins Stottern geriet. Die Cheerleader suchten das Weite und kicherten wie blöd."

„Aha."

„Ich habe keine Ahnung, was sie ihm sonst noch sagte, aber er wurde feuerrot und hat seitdem die Hosen oben gelassen."

Mitch legte den Kopf schief und nickte dem gutgelaunten Footballspieler zu. „Was hältst du von ihr?"

Dieser zuckte mit der Schulter und erwiderte salopp: „Sie ist nett, scheint kompetent zu sein und kennt meine Krankengeschichte aus dem FF. Sonst kann ich noch nichts zu ihr sagen."

„Und die Jungs? Was sagen sie dazu, dass ihr eine Ärztin und keinen Arzt habt?"

„Nach dem ersten Schock haben es alle sehr gut verdaut. Ich dachte, dass Dupree Zicken machen würde, aber er war der Erste, der Blake angeschnauzt hat, damit dieser endlich damit aufhörte, sich vor ihr zu entblättern." Julian goss sich noch einen Schluck Kaffee in den Becher. „Wir haben dich lange nicht mehr beim Training gesehen. Warum kommst du nicht vorbei und schaust uns zu? Heute will John das kurze Zuspiel trainieren und du weißt, dass sich Brian und Blake dabei immer in die Haare kriegen."

Stöhnend verdrehte er die Augen. „Ich kann es kaum erwarten."

Eine Stunde später schlenderte Mitch hinunter zum Trainingsgelände und war nicht überrascht, neben einigen Fans, die am Rand des Übungsfeldes standen und dem Training zuschauten, auch ein paar Mitarbeiter zu entdecken, die ihre Mittagspause bei Sonnenschein und sommerlichen Temperaturen im Freien verbrachten.

Seit seiner Ernennung zum Generalmanager hatte er nur selten die Zeit dafür gehabt, dem Training zuzuschauen und seine Mittagspause ohne Telefonate oder Meetings zu verbringen. Außerdem war es nun einmal ein merkwürdiges Gefühl, nicht mehr auf dem Übungsgrün zu stehen, sondern von außen zuzusehen, wie andere für ihren Einsatz trainierten. Er hatte sein Karriereende niemals bereut, da er Realist war und bereits als Rookie gewusst hatte, dass er nicht ewig Footballspieler bleiben konnte. Zwar empfand er kein Bedauern über seinen Rückzug aus dem Profifootball, doch das hieß nicht, dass er ein Dasein als Zuschauer beim regulären Training genießen konnte. Sobald er einen Football sah, kribbelte es in seinen Fingerspitzen, diesen aufzuheben und in einer perfekten Spirale über das Feld zu werfen.

Mit einem Blick auf das vor ihm liegende Übungsgelände erfasste er die Situation, in der sich die Spieler aufwärmten, während der Trainingsstab zusammenstand und sich besprach.

Eigentlich wäre er zu John und Roy, dem Assistenztrainer, geschlendert, um mit ihnen zu fachsimpeln, doch ein Blick auf Avery Lancaster, die mit einer Akte bewaffnet und einer Sonnenbrille auf der Nase neben John stand, hielt ihn davon ab.

Mitch vergrub die Hände in den Taschen seiner Hose und runzelte automatisch die Stirn, während er die enervierende Frau musterte, die den Luftikus Blake anscheinend mundtot gemacht hatte. Beinahe hätte er gegrinst, da er sich nur allzu gut vorstellen konnte, wie Blake auf den Vorwurf von Erektionsstörungen reagiert hatte. Nachdem er vor einigen Monaten dank zweideutiger Fotos, die ihn vor einem Flitzer kniend gezeigt hatten, das Pin-up der Schwulenvereinigung geworden war, hatte sich der Runningback zu einem regelrechten Sensibelchen entwickelt. Dass er nun seine eigene Medizin zu schmecken bekam, fand Mitch erfrischend.

Wie es schien, hatte Blake seine Meisterin gefunden, auch wenn dieser Zustand sicherlich nicht besonders lange anhalten würde. Zwar hätte Mitch der guten Frau Doktor gar nicht einen solchen Schneid zugetraut, doch er glaubte daran, dass sie über kurz oder lang das Handtuch werfen würde, weil die Betreuung von dermaßen vielen großmäuligen Footballspielern nun einmal anstrengend war. Im Moment machte sie vielleicht einen relativ entspannten Eindruck, wie sie in lässigen Jeans, einem sommerlichen Shirt und hochgebundenen Haaren auf dem Übungsgelände stand, doch wenn erst einmal die Saison gestartet war, würde das sicherlich ganz anders aussehen.

Innerlich zuckte Mitch mit der Schulter und wandte sich ab, als sein Blick auf eine Bank in der Nähe fiel, auf der ein Junge im Schneidersitz saß und dem Geschehen um ihn herum keine Beachtung schenkte. Er hatte seinen blonden Lockenkopf über ein Comicheft gebeugt und schien keinerlei Interesse an dem Footballtraining direkt vor seiner Nase zu haben.

Allein das fand Mitch merkwürdig, standen doch etliche Fans – darunter viele Jungs in seinem Alter – am Spielfeldrand und warteten sehnlich darauf, dass einer der Spieler ihnen einen Blick schenkte oder womöglich ein Autogramm gab. Doch der blondgelockte Junge hatte lediglich Augen für sein Comicheft.

Außerdem wunderte sich Mitch darüber, dass der Junge allein war. Auf den ersten Blick schätzte er ihn auf sechs oder sieben Jahre, also eindeutig zu jung, um unbeaufsichtigt hier zu sitzen. Ein wenig erinnerte ihn der Junge an sich selbst in diesem Alter, da auch Mitch ein langer Lulatsch mit knöcherigen Knien und schlaksigen Gliedern gewesen war. Angesichts der sauberen Kleidung des Jungen, die beinahe faltenfrei und von bester Qualität zu sein schien, musste er Eltern haben, die sich sehr gut um ihn kümmerten. Abgesehen davon sagte es Mitch, dass der Junge nicht zu denen gehörte, die draußen herumtollten, sich schmutzig machten oder sportlich waren.

Räuspernd blieb er neben der Bank stehen und beobachtete, wie der Junge den Kopf hob und ihm zublinzelte.

„Hi!“ Mit einem kleinen Lächeln nickte er ihm zu. „Was liest du denn da?“

Große graue Augen starrten zweifelnd in seine, während der Junge seine Stupsnase rümpfte. „Ich darf nicht mit Fremden reden.“

Mühsam unterdrückte Mitch seine Belustigung. „Das finde ich sehr gut.“ Er hangelte nach dem Ausweis, den er sich in die hintere Tasche seiner Hosen gesteckt hatte, und hielt sie vor das Gesicht des hübschen Jungen, der einen überraschend intelligenten Blick hatte. „Mein Name ist Mitch und ich arbeite hier.“

„Meine Mom arbeitet auch hier“, erklärte der Junge, nachdem er einen prüfenden Blick auf den Ausweis geworfen hatte. „Ich warte hier, bis sie fertig ist.“

„Und wie heißt du?“

„Seth.“ Angelegentlich schob er das Kinn vor.

„Hast du keine Lust, dir das Training anzusehen, Seth?“

„Nö.“ Schmale Schultern zuckten ungelenk unter einem T-Shirt, auf dem ein Superman-Emblem abgedruckt war. „Ich mag Footballspielen nicht.“

„Ach? Warum nicht?“

Die grauen Augen blitzten für einen kurzen Moment traurig auf, bevor der Junge gespielt lässig den Kopf schüttelte. „Da geht es nur darum, einen Ball über ein Feld zu werfen. Das ist doch voll blöd.“

Belustigt legte Mitch den Kopf zur Seite und steckte den Ausweis zurück in die Hosentasche. „Findest du?“

Seth machte ein leicht trotziges Gesicht und nickte. „Grandma sagt, dass Footballspieler nichts können müssen, außer mit einem Ball unter dem Arm über ein Feld zu rennen, und dass sie Trottel sind, die viel zu viel Geld verdienen. Sie sagt auch, dass ich lieber gut in der Schule aufpassen soll, um einen richtigen Job zu bekommen.“

Beinahe hätte sich Mitch verschluckt, konnte seinen Lachanfall jedoch mit einem trockenen Husten tarnen. Noch immer schaute Seth leicht kämpferisch in sein Gesicht, als erwartete er den Anschiss seines Lebens.

Courage hatte der Kleine, das musste man ihm lassen.

Sichtlich amüsiert fragte er nach: „Und was sagt deine Mom dazu?“

Seufzend verdrehten sich graue Augen, als der Junge ihm anvertraute: „Sie schimpft mit Grandma und sagt, dass Footballspieler vielleicht Trottel sind, aber dass sie ihre Brötchen bezahlen.“

Mitch konnte nicht anders und lachte los, was der Junge mit einem Grinsen erwiderte. Der Kleine hatte nicht nur Courage, sondern schien ein witziger Zeitgenosse zu sein, der für sein Alter sehr aufgeweckt war. Er merkte, wie die trübsinnigen Gedanken von ihm abfielen, als er dem Kleinen ins Gesicht sah und das Grinsen erwiderte, bei dem Seth eine Zahnlücke entblößte.

„Du kannst deiner Grandma von mir ausrichten, dass Football auch Spaß machen kann.“

„Das kann ich machen, aber sie wird mir sowieso nicht glauben.“

Belustigt fuhr er sich über die Lippen. „Und was sagt dein Dad dazu?“

Augenblicklich verschwand der fröhliche Ausdruck aus dem Gesicht des Jungen. „Ich weiß nicht. Dad wohnt nicht bei uns.“

Scheiße, da war er ja wunderbar ins Fettnäpfchen getreten.

Um das Thema zu wechseln, zeigte Mitch auf das Comicheft, das ausgebreitet auf dem Schoß des Kindes lag. „Worum geht es in deinem Comic?“

Endlich zeigte er einen Funken Begeisterung, als er überschwänglich erklärte: „Die Serie heißt *Guardians of tomorrow* und spielt in einer Schule. Eine Gruppe von Strebern wird von den coolen Kids ständig gemobbt, dabei sind sie eigentlich Superhelden und bestreiten zusammen Abenteuer. In diesem Heft kämpfen sie zusammen gegen Monsteraliens.“

„Cool“, antwortete Mitch. Zwar hatte er keine Ahnung von Comics, doch für einen Jungen dieses Alters, der nach allem, was er von ihm gehört hatte, nicht unbedingt ein Sportfreak war, klangen solche Geschichten wirklich cool. Er selbst war als Junge von früh bis spät draußen gewesen, hatte sich mit seinen Kumpels gebalgt, Buden gebaut und war eigentlich immer verdreckt und mit Schürfwunden versehen nach Hause gekommen. Mit Büchern oder Heftchen, in denen er etwas hätte lesen müssen, hätte man ihn jagen können.

„Das ist meine Lieblingsserie. Meine Mom kauft mir immer ein neues Heft, wenn ich ihr bei der Gartenarbeit helfe oder mit ihr das Auto wasche. Einmal habe ich auch ein Heft bekommen, nachdem ich eine Spinne gekillt habe.“ Vertraulich flüsterte er ihm in der Lautstärke eines Kanonenrohrs zu: „Mom hat nämlich Angst vor Spinnen.“

„Dann hoffe ich für dich, dass bei euch eine Spinnenplage ausbricht.“

„Das wäre echt total cool“, bekräftigte Seth mit glänzenden Augen.

Leider klingelte in diesem Moment Mitchs Handy. Ein Blick auf seine Armbanduhr sagte ihm, dass er viel zu viel Zeit vertrödelt hatte, auch wenn die kleine Pause und das Kennenlernen mit dem blondhaarigen Seth seinen Tag versüßt hatten.

„Ich muss wieder los. War schön, dich kennenzulernen, Seth."

Der Junge nickte mit einem leicht melancholischen Blick. „Tschüss, Mitch."

„Seth, daran kann ich nichts ändern. Es tut mir wahnsinnig leid, aber ..."

„Ich will nicht ins Sommercamp!"

„Ich weiß, schließlich brüllst du mir das schon seit Minuten entgegen." Avery bemühte sich darum, nicht die Fassung zu verlieren, und warf durch den Rückspiegel einen Blick auf ihren Sohn, der mit trotzig vor der Brust verschränkten Armen auf dem Rücksitz ihres Wagens saß. „Was soll ich denn machen, Seth?"

„Das ist mir egal! Ich will nicht ins Sommercamp, Mom!"

Beißende Übelkeit stieg in ihr hoch, während sie sich darauf konzentrierte, das Auto durch Queens zu steuern, ihrem Sohn zuzuhören, der zum wiederholten Mal lamentierte, dass er sich weigerte, das von ihm verhasste Sommercamp zu besuchen, und ihren dröhnenden Kopf zu ignorieren. In fünf Minuten wären sie zuhause und Avery hatte für den Rest des Abends nichts geplant, außer Seth und sich etwas zu essen zu machen, ihn ins Bett zu bringen, das Wohnzimmer und die Küche aufzuräumen und gefühlte fünfzig Krankenakten durchzugehen, bevor sie mitten in der Nacht ins Bett fiel. Doch in diesem Augenblick wollte sie nichts anderes, als sich die Bettdecke über den Kopf zu ziehen und kein Wort mehr zu hören.

Leider hatte ihr Sohn kein Gefühl dafür, die Stimmung seiner Mutter zu erkennen. „Hast du nicht gehört, was ich gesagt habe?!“

„Doch, Seth!“ Gerade noch sah sie, wie die Ampel vor ihr auf Rot sprang, also trat sie so stark auf die Bremse, dass das Auto mit einem heftigen Stoß zum Stehen kam. Hinter ihr ertönten sogleich wütende Hupkonzerte. Sobald sie sich mit klopfendem Herzen von diesem Fahrmanöver beruhigt hatte, öffnete sie den Mund. „Ich habe dich gehört!“

„Dann sag doch etwas dazu!“

Sie legte ihren rechten Arm um den Beifahrersitz und drehte den Oberkörper schräg nach hinten, um in das wütende Gesicht ihres Sohnes zu sehen. So wie es sich anfühlte, musste auch ihr Gesicht knallrot vor Wut sein, als sie mit deutlich erhobener Stimme erklärte: „Was soll ich dazu sagen? Du fährst ins Sommercamp, Seth. Dein Dad hat dich dort angemeldet, also kläre das bitte mit ihm.“

„Wenn du ihm sagst, dass ich nicht will, dann muss ich auch nicht hin!“

Daran hatte Avery einige Zweifel, doch ließ das unter den Tisch fallen und stieß einen tiefen Seufzer aus. „Schatz ... und was machen wir dann? Du weißt, dass ich arbeiten muss.“

„Dann gehe ich zu Grandma!“

Kategorisch schüttelte Avery den Kopf und verschloss das Gesicht. „Grandma macht mit einer Freundin eine Reise ...“

„Aber ...“

„Nein, kein Aber, Seth. Grandma wird ihren Urlaub nicht absagen, weil du nicht ins Sommercamp gehen möchtest.“

„Das ist unfair“, heulte er auf, während sich sein ganzer Körper versteifte.

Am liebsten hätte sie auch angefangen zu heulen, doch das hätte die Situation nur schlimmer gemacht. In einem betont ruhigen und vernünftigen Ton erklärte Avery daher: „Ganz sicher wirst du deinen Spaß haben, Schatz, wenn du es versuchst. Das Camp sieht sehr toll aus und es gibt dort einen See, in dem ihr schwimmen könnt. Außerdem werden viele andere Kinder in deinem Alter auch dort sein ...“

„Ja! Und Matt wird auch wieder dabei sein!“

Sie zuckte sichtlich zusammen. „Seth ...“

Wütendes Hupen hinter ihr hielt sie von einer Antwort ab. Mit einem beklemmenden Gefühl fuhr Avery wieder an, presste die Lippen aufgebracht zusammen und beobachtete hin und wieder durch den Rückspiegel, wie Seth mit tränenfeuchten Augen aus dem Autofenster sah und sichtlich darum kämpfte, nicht in herzergreifendes Weinen auszubrechen.

Oh Gott ... sie wollte es nicht beschreien, aber hätte Keith in diesem Moment auf der Straße vor ihr gestanden, hätte sie ihn mit der größten Freude über den Haufen gefahren.

Sobald sie in ihre ruhige Straße einbog, versuchte sie es noch einmal. „Du weißt doch, dass ich arbeiten muss, mein Schatz. Wenn ich ...“

„Ja, ja“, schnauzte er los. „Heute musstest du auch arbeiten und ich durfte mich den ganzen Tag langweilen!“

Sie biss die Zähne zusammen. „Seth, niemand konnte etwas dafür, dass eure Schule einen Wasserschaden hatte und ihr schulfrei bekommen habt.“

„Andere Mütter müssen nicht arbeiten gehen! Die Mom von Finn O’Flaherty ist den ganzen Tag zuhause!“

Innerlich zählte sie bis zehn, bevor sie so etwas Dummes getan hätte wie Stella O’Flaherty eine hohle Nuss zu nennen, die nicht einmal als Telefonistin hätte arbeiten können, oder seinem Dad die Schuld daran zu geben, dass sie dazu gezwungen war, arbeiten zu gehen, weil er sie während der Schwangerschaft verlassen hatte und dank gewiefter Buchhalter nur minimale Alimente zahlte.

„Du bist nicht Finn O’Flaherty und ich bin nicht seine Mutter, Seth. Außerdem weißt du, dass mir meine Arbeit Spaß macht. Deinem Dad ist es wichtig, dass du an dem Sommercamp teilnimmst, und es sind doch nur zwei Wochen.“

„Dad ist es nicht wichtig, dass ich an dem Sommercamp teilnehme.“ Seine Stimme klang nach einer Mischung aus Tränen und Schreikrämpfen. Jeden Moment schien er zu explodieren, wie Avery aus vergangenen Streitigkeiten sehr gut wusste. „Er will mich doch nur los sein, damit er in den Ferien nichts mit mir unternehmen muss!“

Angesichts seiner Verzweiflung und der Wahrheit in seinen Worten zog sich ihre Brust zusammen. Dass Seth nicht auf den Kopf gefallen war, erleichterte das problematische Verhältnis zu seinem Dad nicht unbedingt. Leider wusste er immer, was eigentlich Sache war.

Langsam fuhr sie in die Auffahrt ihres Hauses und umklammerte dabei das Lenkrad ihres Autos. „Dein Dad will nur, dass du Spaß hast, Seth."

„Ich hasse das Sommercamp", schrie ihr Sohn nun. „Und ich hasse Dad! Und ... und dich hasse ich auch, Mom!"

Als er aus dem Auto sprang und die Tür hinter sich zuwarf, atmete Avery erschrocken aus und starrte ihm hinterher, wie er in den Garten rannte, bevor sie den Kopf gegen das Lenkrad sinken ließ und zu schluchzen begann.

Der Tag war an sich eine absolute Katastrophe gewesen und endete jetzt damit, dass ihr Sohn ihr ins Gesicht schrie, dass er sie hasste. Das konnte doch nicht wahr sein!

Avery vergrub das Gesicht in ihren Händen und konnte gegen ihre bebenden Schultern genauso wenig machen wie gegen die beißenden Tränen, die ihr über das Gesicht strömten. Sie fragte sich, was sie falsch machte und weshalb alles mit schöner Regelmäßigkeit aus dem Ruder lief. Zitternd holte sie Luft und unterdrückte eine neuerliche Tränenflut, während sie erschöpft über dem Lenkrad hing.

Natürlich war ihr klar, dass Seth sie nicht hasste. Ihm waren die Worte einfach im Eifer des Gefechts über die Lippen gekommen, dennoch tat es weh, so etwas aus dem Mund ihres Sohnes zu hören.

Unglücklich fasste sie sich an die Stirn und hätte alles dafür gegeben, wenn ihr irgendjemand gerade in diesem Moment all den Scheiß abgenommen hätte, mit dem sie sich ständig rumschlagen musste. Warum konnte es nicht ein Mal glatt laufen? Eine alleinerziehende Mutter zu sein, war anstrengend genug, aber wenn der Vater ihres Kindes dann auch noch ein gefühlloses Arschloch war, das ihren gemeinsamen Sohn vernachlässigte und ihm zeigte, wie wenig ihm an dem Siebenjährigen lag, war die Situation unerträglich.

Sie schaltete den Motor aus, verharrte jedoch in ihrer Position, während ihr wieder die Tränen kamen. Seth litt so furchtbar darunter, dass sich sein Dad nicht um ihn kümmerte, und oftmals fragte sie sich, ob es nicht besser gewesen wäre, Seth von Anfang an alleine großzuziehen. Keith war sowieso nie eine große Hilfe oder Unterstützung gewesen, schließlich hatte er sich von ihr getrennt und sich weder vor der Geburt noch danach um sie beide gekümmert.

Für ihren Sohn wäre es besser gewesen, gar keinen Vater zu haben, als sich jetzt fragen zu müssen, warum sein Dad ihn nicht liebte.

„Verdammt, verdammt, verdammt!“ Aufgebracht schlug sie gegen das Lenkrad und wischte sich beinahe grob über das tränennasse Gesicht, bevor sie nach ihrer Handtasche griff und diese auf ihren Schoß verfrachtete, um dort nach ihrem Handy zu wühlen und ihren Exmann anzurufen.

„Hallo?“

„Keith“, begann sie ohne Einleitung. „Seth will nicht ins Sommercamp und ich schicke ihn dort nicht gegen seinen Willen hin.“

„Avery, ich habe gleich eine Besprechung ..."

„Die wird warten müssen", unterbrach sie ihn grob. „Ich habe die Schnauze voll davon, ständig deine Fehler ausbügeln zu müssen, weil du nicht in der Lage bist, deinem Sohn die Aufmerksamkeit zu schenken, die er verdient und braucht."

„Wie stellst du dir das vor?", drang seine Stimme genervt durch den Hörer. „Ich habe viel zu tun ..."

„Das habe ich auch!"

„Unterbrich mich nicht ständig", erwiderte er erbost. „Seth muss lernen, dass nicht immer alle nach seiner Nase tanzen. Und du solltest aufhören, dich wie eine Glucke zu benehmen. Der Junge wird sich zu einem absoluten Weichei entwickeln, wenn du so weitermachst."

Anstatt ihm über das Maul zu fahren, weil er nicht nur sie, sondern auch ihren Sohn beleidigt hatte, erklärte sie kategorisch: „Du hast keine Ahnung, wie Seths Interessen aussehen. Er möchte nun einmal in kein Sommercamp, in dem den lieben langen Tag Sport gemacht wird. Im letzten Jahr war er schon ein Trauerkloß, als er nach Hause kam ..."

Keith schnaubte abfällig in den Hörer. „Im letzten Jahr dauerte das Camp gerade einmal eine Woche, trotzdem hast du ihn nach zwei Tagen abgeholt, weil er Heimweh hatte!"

„Himmel, Keith! Seth war erst sechs Jahre alt und die anderen Kinder haben ihn gehänselt, weil er noch nicht schwimmen konnte!"

„Du hättest ihn längst in einen Schwimmkurs stecken sollen. Was machst du bloß mit den Alimenten, die ich dir jeden Monat überweise?"

Beinahe wäre ihr der Kragen geplatzt. „Deine Alimente? Deine Alimente kannst du dir an den Hut stecken. Nur dass du es weißt, Seth kann mittlerweile wunderbar schwimmen, auch ohne deine Hilfe!"

„Wo ist denn dann das Problem?" Ungeduldig seufzte er auf. „Mein Meeting beginnt in fünf Minuten."

„Dann wirst du dir die fünf Minuten gefälligst nehmen! Seth möchte nicht ins Sommerlager. Er möchte etwas mit seinem Vater unternehmen und nicht in ein Camp abgeschoben werden."

„Jane und ich werden zu der Zeit im Urlaub sein."

„Dann verschiebt euren Urlaub um zwei Wochen, um Himmels willen!"

„Avery." Seine Stimme nahm einen schleppenden Tonfall an. „Nichts für ungut, aber ich weiß nichts mit Seth anzufangen. Er kritzelt ständig etwas in seine Hefte und liest diese komischen Comics. Wenn er wenigstens sportlich wäre, dann hätten wir etwas, über das wir reden könnten."

Avery wusste nicht, was sie darauf hätte antworten können. Verblüfft und entsetzt zugleich starrte sie vor sich hin, während ihr Exmann davon sprach, dass er mit seinem eigenen Sohn nichts anfangen konnte. Sie schluckte die bodenlose Verärgerung hinunter, die sich bis in ihren Kopf grub, und erklärte betont leichthin: „Seth mag vielleicht nicht sonderlich sportlich sein, Keith, aber er ist auch erst sieben. Kein Siebenjähriger schlägt einen Homerun oder macht einen perfekten Korbleger!"

„Er will ja nicht einmal versuchen, einen Ball zu fangen", entgegnete Keith genervt. „Und beim Laufen fällt er fast über seine eigenen Füße."

„Großer Gott", stöhnte Avery angewidert. „Sind das etwa die Kriterien, nach denen du dein Kind beurteilst? Kümmerst du dich etwa deshalb so selten um ihn? Weil er zwei linke Füße hat?"

„Komm mir nicht so! Wenn er sich wenigstens etwas mehr Mühe geben würde, dann fiele es mir sicherlich leichter, etwas mit ihm zu unternehmen."

Sprachlos griff sie sich ins Haar und schüttelte stumm den Kopf.

Doch ihr Exmann schien noch nicht fertig zu sein. „Mein Dad hat mit meiner Schwester auch so gut wie nie etwas unternommen, weil sie nicht sportlich war. Ihr hat es nicht geschadet."

Anstatt ihm zu sagen, dass seine Schwester einen Vaterkomplex hatte und deshalb mit jedem Mann ins Bett hüpfte, der das Rasierwasser ihres Dads benutzte, erwiderte sie leise: „Seth ist erst sieben Jahre alt, Keith, und er braucht seinen Vater. Kannst du nicht über deinen Schatten springen und deinen Sohn so akzeptieren, wie er ist?"

„Avery ..."

Ihr kamen beinahe die Tränen, als sie herauswürgte: „Er ist ein liebes Kind. Klug, freundlich, höflich und sehr lustig. Jeder hat seine helle Freude an ihm. Nur sein Dad scheint nichts von ihm wissen zu wollen."

„Er ist so anders. Mit Matt kann ich ..."

„Untersteh dich", zischte sie in den Hörer. „Untersteh dich, die beiden miteinander zu vergleichen! Jedes Kind ist anders und nur weil Matt eine Sportskanone ist, bedeutet das nicht, dass Seth weniger wert ist."

„Das habe ich auch nicht gesagt", empörte er sich, obwohl Avery wusste, dass für Keith ausschlaggebend war, ob sein Sohn ein Sportass war – ein Gewinner.

„Du hast zwei Söhne, Keith." Ihre Stimme bebte vor Anspannung, während sie sich kurz auf die Lippen biss. „Und du solltest dich um beide kümmern und keinem den Vorzug geben. Was glaubst du, wie sich Seth fühlt, wenn er von Matt hört, was ihr beiden ständig miteinander unternehmt?"

Seine Stimme nahm einen ärgerlichen Ton an. „Das ist doch etwas völlig anderes! Matt ist mein Sohn und wir sind eine Familie."

„Aber Seth ist auch dein Sohn!", widersprach sie heftig. „Er kann nichts dafür, dass du dich für eine Scheidung entschieden hast und ausgezogen bist!"

„Avery, mein Meeting beginnt und ich muss jetzt auflegen."

„Tu das", brüllte sie in den Hörer. „Aber ich werde Seth nicht in dein beschissenes Sommercamp schicken, wenn er es nicht will!"

„Wunderbar", brüllte er zurück. „Dann lass ihn zuhause, damit er noch mehr verweichlicht und zu einer Heulsuse wird!"

„Weißt du was?! Eine verweichlichte Heulsuse ist mir bei weitem lieber als ein emotionaler Krüppel wie du, der nicht in der Lage ist, seinen eigenen Sohn liebzuhaben!"

6. Kapitel

Avery nickte dem Physiotherapeuten zu, der ihr im Flur der Trainingsebene entgegenkam, während sie darauf wartete, dass ihre ehemalige Schwiegermutter an ihr Telefon ging. Ein Blick auf die Uhr an der gegenüberliegenden Wand sagte ihr, dass sie spät dran war. Eigentlich hatte sie heute noch einen Abstecher in die Praxis machen wollen, um mit ihrem Companion die Termine der nächsten Wochen zu besprechen, doch wie es aussah, würde sie auch heute wieder länger im Verein bleiben müssen.

Die Vorbereitungen für das Trainingslager in einer Woche liefen, außerdem stand der Wechsel des Wide Receivers Ian Carlisle kurz bevor. Avery hatte sich bereits seine Akten zuschicken lassen, um bei der Eingangsuntersuchung bestens gewappnet zu sein.

„Schätzchen“, ertönte in diesem Moment Lauras Stimme durch das Handy. „Wie läuft's?“

„Hallo“, murmelte sie, da einige der Spieler ihr entgegenliefen und sie begrüßten.

Sie nickte ihnen zu und räusperte sich, während sie ihre Tasche schulterte. „Laura? Es ist mir furchtbar unangenehm, aber es wird etwas später werden. Kannst du Seth das Abendessen machen, wenn ich es nicht pünktlich schaffe?“

„Natürlich“, beruhigte ihre Schwiegermutter sie sofort.

„Danke.“ Erleichtert blieb sie stehen und lehnte sich mit der Schulter gegen eine Wand. „Ich verspreche auch mich zu beeilen.“

„Lass dir Zeit, Schätzchen. Seth und ich haben viel Spaß und machen uns gleich Hotdogs.“

Das hörte Avery gerne und sie schloss erleichtert die Augen. Zwar hatte sie sich mit Seth wieder vertragen, dennoch hatte sein Ausbruch ihr aufs Gemüt geschlagen und sie nachdenklich gemacht. Etwas musste sich an der unerträglichen Situation mit ihrem Exmann ändern, weil es so einfach nicht weitergehen konnte.

Selbst wenn Seth nun nicht ins Sommercamp fuhr, obwohl Avery noch nicht wusste, wie sie seine Betreuung regeln sollte, hieß das nicht, dass das eigentliche Problem aus der Welt geschafft war.

„Seth hat mir heute gesagt, dass er nicht ins Sommercamp muss.“

Augenblicklich öffnete sie wieder die Augen und lauschte der Stimme ihrer ehemaligen Schwiegermutter. „Ja, das habe ich ihm versprochen, nachdem wir einen kleinen Streit hatten.“

„Musst du nicht arbeiten?“

„Doch.“ Sie schluckte kurz. „Irgendwie werde ich schon eine Lösung finden.“

Die herzensgute Laura erklärte sofort: „Die Kreuzfahrt kann ich auch absagen ...“

„Nichts da“, protestierte Avery. „Seth und ich werden schon klarkommen. Den Urlaub hast du dir redlich verdient.“

„Schätzchen ...“

„Ich meine es völlig ernst, Laura. Du weißt, wie dankbar ich dir bin, weil du immer für Seth und mich da bist, aber wir müssen lernen, auch ohne deine Hilfe klarzukommen.“

Seufzend erwiderte sie: „Wenn mein Sohn nicht ein solcher Idiot wäre, dann müsstest du dir heute keine Sorgen um Seths Betreuung machen.“

Avery hatte den dumpfen Verdacht, dass dieses Telefonat zu einer typischen Diskussion um Keiths moralische Verfehlungen ausarten würde. Schon immer hatte es sie gewundert, dass Laura auf ihrer Seite und nicht auf der ihres Sohnes stand. Doch gerade jetzt wollte sie sich von Laura nicht anhören, was Keith alles falsch gemacht hatte. „Hör mal, Laura, ich muss mich beeilen.“

„Natürlich. Mach dir keine Sorgen um Seth.“ Ihre ehemalige Schwiegermutter trällerte fröhlich in den Hörer: „Vielleicht gibt es dort ja einen netten Footballspieler, mit dem du ausgehen könntest. Ich stelle mich gerne als Babysitter zur Verfügung, wenn du ein Date hast.“

Avery blieb die Spucke weg, bevor sie irritiert stotterte. „Wie bitte?“

„Du hast mich schon verstanden, mein Kind. Wenn ich an deiner Stelle wäre und den ganzen Tag diese gut gebauten Footballspieler um mich herum hätte, würde ich die Gunst der Stunde nutzen.“ Sie seufzte begeistert. „Ein heißes Date mit anschließendem Frühstück würde dir sicher guttun.“

„Ganz sicher nicht.“

„Jetzt hab dich nicht so. Du kommst in den Genuss, sie im nackten Zustand zu sehen. Einer allein muss schon heiß aussehen, aber sie alle zusammen ...“

„Deine Phantasie geht mit dir durch, Laura.“ Avery verdrehte die Augen.

Laura schien nicht einmal verlegen zu sein. „Davon kannst du ausgehen.“

„Wir sehen uns dann später.“

„Oder auch nicht“, kicherte Laura in den Hörer.

Avery legte auf und verstaute das Handy in ihrer Hosentasche. Bevor sie darüber nachgrübeln konnte, welche bewusstseinserweiternden Pflanzen ihre frühere Schwiegermutter vermutlich in ihrem Garten anpflanzte, hörte sie hinter sich eine fröhliche Stimme.

„Hey, Doc!“

Sie drehte sich um und entdeckte Eddie Goldberg und Dupree Williams, die sich freundlich gaben und ihr zunickten.

„Hallo zusammen“, lächelnd drückte sie den Aktenordner gegen ihre Brust. Eddie und Dupree waren mit Abstand zwei ihrer angenehmsten Patienten. Dupree Williams war trotz seines furchteinflößenden Äußeren einfach nur höflich und freundlich, während Eddie, der seinem Teamkollegen Dupree hinsichtlich seiner äußeren Erscheinung in nichts nachstand, ihr jedes Mal einen dankbaren Blick schenkte, schließlich hatte sie ihm eine Diät vorgeschlagen, bei der er nicht auf seine geliebten Fleischberge verzichten musste. Der leicht treudoofe Blick, mit dem Eddie sie musterte, amüsierte Avery ständig, auch wenn sie sich freute, dass der bullige Footballspieler an Gewicht zu verlieren schien.

„Haben Sie nicht mal langsam Feierabend?“

Lachend schüttelte sie den Kopf. „Noch muss ich etwas tun. Und was macht ihr hier? Ich dachte, dass euer Training schon längst beendet sein müsste.“

Dupree schulterte seine Trainingstasche und zuckte mit den Achseln. „Der Coach wollte eine kleine Trainingseinheit dranhängen, um zu sehen, wie sich Carlisle im Training macht. Deshalb sind wir erst jetzt fertig geworden.“

Verwirrt blinzelte sie den beiden Männern zu. „Was? Wollt ihr mir sagen, dass der Coach Carlisle schon hat trainieren lassen?“

„Ja.“ Eddie nickte und runzelte angesichts ihrer entgleisten Gesichtszüge die Stirn. „Gerade eben. Es war nur eine kleine Trainingseinheit, um Carlisle zu begutachten. Doc Campbell war auch dabei, genauso wie Mitch ...“

„Mitch Cahill war auch dabei?“, blaffte sie los.

Beide Männer nickten verständnislos.

Avery hatte das Gefühl, vor Wut zu explodieren, biss die Zähne aufeinander und fragte mühsam beherrscht: „Wo ist er gerade?“

„In der Umkleide, aber ...“

Sie ließ Eddie nicht ausreden, sondern drehte sich auf dem Absatz ihrer Schuhe um und stampfte wutentbrannt davon. Den Weg zu den Umkleiden brachte sie in Rekordzeit hinter sich und hatte keine Skrupel, diese zu betreten, schließlich hatten einige der Spieler auch keine Skrupel besessen, vor ihren Augen ständig die Hosen hinunterzulassen.

Als sie ihr Eintreten mit dem lauten Geräusch ankündigte, das entstand, als sie die Tür gegen die Wand schmetterte, drehten sich automatisch die Köpfe der sechs Footballspieler zu ihr herum, deren Besitzer sich in verschiedenen Stadien der Bekleidung befanden. Neben ihrer Wut schossen zwei Gedanken durch ihren Kopf: Zum Glück waren die meisten Spieler schon gegangen und wurden somit nicht Zeugen ihres Wutanfalls. Und verdammt ... Laura hatte Recht gehabt. Ein Haufen halbnackter, gutgebauter Footballspieler war ein verdammt beeindruckender Anblick für eine Frau, die seit ewigen Zeiten keinen Sex gehabt hatte.

„Hey, Doc." Julian Scott, der ein Handtuch um die Hüften geschlungen hatte, grinste amüsiert. „Alles okay?"

Sprachlos vor Wut schüttelte sie den Kopf und kämpfte um Beherrschung. „Wo ist Mr. Cahill?"

„Mitch?" Der Quarterback Brian Palmer trocknete sich gerade sein schwarzes Haar mit einem Handtuch ab, während seine Jeans nachlässig tief auf seinen Hüften hingen. „Der ist unter der Dusche."

„Vielen Dank." Ohne die amüsierten Gesichter zu beachten, strebte sie nach links und betrat die Mannschaftsdusche, aus der unzählige Dampfschwaden nach oben stiegen. Die unglaubliche Hitze, die ihr entgegenschlug, ignorierte Avery genauso wie ihr offenes Haar, das sich sofort kräuselte, als es mit der feuchten Luft in Berührung kam. Ihr war sogar egal, dass ihre brandneuen Schuhe in Wasserlachen standen.

Ein vor sich hin pfeifender Blake O'Neill wollte gerade die Dusche verlassen, als er ihr gegenüberstand und seiner Ärztin einen beinahe unbezahlbar erschrockenen Blick schenkte. Mit dem Daumen zeigte sie hinter sich.

„Raus!"

Glücklicherweise gehorchte er sofort und schob sich eilig an ihr vorbei. Avery verschränkte die Arme vor der Brust und strebte die große Duschkammer an, an deren Ende Mitch Cahill unter einem rauschenden Wasserstrahl stand und sich in aller Ruhe die Brust einseifte.

Mochte der frühere Quarterback auch ein erfreulicher Anblick sein und einen extrem knackigen Hintern haben, verschwendete sie nicht mehr als eine Sekunde damit, den breiten Rücken oder die tiefe Kerbe seiner Wirbelsäule zu betrachten, sondern fixierte mit zusammengekniffenen Augen seinen Hinterkopf.

Wie ein Donnerschlag hallte ihre Stimme durch den gekachelten Raum.

„Mr. Cahill!"

Ungläubig drehte er den Kopf zu ihr und fuhr sich mit einer Hand über das Gesicht, während er das Wasser aus seinen Augen wegzublinzeln versuchte. Schüchtern schien er nicht zu sein, schließlich drehte er das Wasser ab, wandte sich ihr zu und verschränkte ebenfalls die Arme vor der Brust, über die Wassertropfen vermischt mit Seifenschaum perlten.

„Dr. Lancaster, dies hier ist die Mannschaftsdusche." Mit einem trägen Lächeln neigte er den tropfnassen Kopf.

„Das weiß ich!"

„Wenn Sie sich erfrischen wollen – nur zu. Aber ich empfehle Ihnen, vorher die Klamotten abzulegen."

„Ich springe ganz sicher nicht zu Ihnen unter die Dusche", wütete sie los.

Er zuckte mit der Schulter. „Okay. Vielleicht hätten Sie dann die Güte, mich allein zu lassen? Gegen weibliche Besucher unter der Dusche habe ich zwar nichts, aber Zuschauer gehören nicht zu meinen sexuellen Vorlieben."

Aufgebracht schnaubte sie. „Hören Sie zu, Sie aufgeblasener Idiot! Ihre sexuellen Vorlieben interessieren mich einen Scheiß. Von mir aus können Sie darauf stehen, nackt an einem Hundehalsband und nur mit einer Ledermaske bekleidet über den Times Square geführt zu werden ..."

Lachend unterbrach er sie und fuhr sich durch sein nasses Haar. „In Ihren Träumen, Dr. Lancaster!"

„Mr. Cahill", fauchte sie los. „Wir müssen uns unterhalten!"

„Über meine sexuellen Vorlieben?"

Vor lauter Wut traten ihr beinahe die Augen aus den Höhlen. „Nein, über Ihre verdammte Eigenmächtigkeit!"

„Gerne", gluckste er amüsiert und schlenderte in absoluter Gemütlichkeit auf sie zu. „Morgen um elf Uhr hätte ich Zeit."

„Nein, jetzt. Sofort!"

Automatisch wanderten ihre Augen tiefer. Avery hätte sich gerne selbst geohrfeigt, als sie bemerkte, wie sie mit offenem Mund auf den Teil seiner Anatomie starrte, um den ihn sicherlich viele Männer beneideten. Abrupt schloss sie den Mund und riss den Kopf hoch, nur um einen Moment später in seine belustigt funkelnden Augen zu sehen, die ausdrückten, dass er ihre Gedankengänge erahnte.

Vielleicht hätte Mitch die Situation weniger amüsant gefunden, wenn er nicht nackt gewesen wäre und Avery Lancaster einen hochroten Kopf gehabt hätte, doch so wie es gerade war, hatte er einen Heidenspaß. Tropfnass, splitterfasernackt und grinsend stand er vor der Frau, die nach einem Blick auf seinen Penis hochrot geworden war und ihm hastig in die Augen geblickt hatte. Zwar war sie über alle Maßen verärgert, keifte und starrte ihn wie eine Furie an, doch wenn er sie genau betrachtete, war sie sogar ziemlich süß.

Süß auf diese Art, die einen Mann in Schwierigkeiten brachte, weil er sich davon ablenken ließ, wie ihre grauen Augen funkelten und ihr Schmollmund dazu einlud, seine Lippen auf ihre zu pressen.

Hastig schüttelte er diesen plötzlichen Gedanken ab und ignorierte den Anblick des feuchten Stoffs ihrer Sommerbluse, der sich an ein Paar sehr interessanter Brüste schmiegte.

Als er an ihr vorbeiwollte, trat sie ihm in den Weg und erklärte diktatorisch: „Sie haben Carlisle trainieren lassen, ohne meine Untersuchung abzuwarten?“

Stöhnend verdrehte er die Augen. „Dr. Lancaster, Ian Carlisle brauchte keine orthopädische Untersuchung durch Sie, schließlich gibt es mehrere unabhängige Gutachten, die wir vor der Vertragsvereinbarung einsehen konnten.“

„Da ich die behandelnde Mannschaftsärztin für ihn sein werde, ist das meine Entscheidung!“

Mitch hatte nicht die Absicht, diese Diskussion mit tropfendem Haar und im unbekleideten Zustand zu führen, also versuchte er ein weiteres Mal, die Dusche zu verlassen, und wurde zum zweiten Mal von der nervtötenden Mannschaftsärztin daran gehindert. Daher umfasste er ihre Schultern mit beiden Händen und senkte den Kopf.

„Ich bin tropfnass, Dr. Lancaster, und würde mich jetzt gerne anziehen.“ Er schob sie zur Seite und marschierte hinaus. Die belustigten Blicke von Julian, Brian und Blake verfolgten ihn bis zu dem leeren Spind, den er für sich beschlagnahmt hatte. Aus nostalgischen Gründen kam es ab und zu vor, dass er in den Mannschaftsräumen duschte, wenn er nach seiner Arbeitszeit in dem vereinseigenen Fitnesscenter trainierte. Dass ihm sogar hier aufgelauert wurde, war dagegen bislang nie vorgekommen.

Während er sich mit einem Handtuch das Haar trocknete, bemerkte er aus dem Augenwinkel, dass Avery Lancaster ihm gefolgt war und neben ihm an einen anderen Spind gelehnt stand.

Kopfschüttelnd öffnete er seine Sporttasche, die auf der Bank vor ihr lag, und bemerkte lapidar: „Eigentlich hätte ich ganz gerne etwas Privatsphäre.“

„Und ich hätte gerne, dass sich niemand in meine Arbeit einmischt. Wie es aussieht, bekommen wir beide nicht das, was wir uns wünschen.“

Mitch warf das benutzte Handtuch auf den Boden neben sich. „Falls es Ihnen noch nicht aufgefallen ist, aber das ist die Umkleide.“

„Was Sie nicht sagen“, entgegnete sie gespielt überrascht, bevor sie grimmig ausführte: „Was haben Sie sich dabei gedacht, mich von dem heutigen Training auszuschließen? Ich bin die behandelnde Mannschaftsärztin und nicht irgendeine Ernährungsberaterin!“

Seufzend ignorierte er sie und griff nach seinen Boxershorts, in die er hineinschlüpfte. Nicht besonders gentlemanlike verrückte er vor ihren

Augen all das, was noch nicht richtig saß. Als Profifootballspieler kam es öfter vor, dass fremde Menschen einen nackt sahen – vor allem in der Umkleidekabine befanden sich nach Spielen Agenten, Fotografen und Journalisten, die dabei waren, wenn man sich umzog und mit nacktem Arsch durch die Gegend lief. Daher waren Footballspieler normalerweise wenig schamhafte Menschen. Trotzdem fühlte er sich wohler, halbwegs angezogen zu sein, wenn eine Frau ihre PMS an ihm auslassen wollte.

„Könnten Sie wenigstens mit mir reden, wenn Sie mich schon sabotieren müssen?!"

„Inwiefern sollte ich Sie sabotiert haben?" Kopfschüttelnd benutzte er das Deo und warf dieses anschließend in seine Tasche.

„Das wissen Sie ganz genau!"

Am liebsten hätte er seinen Kopf gegen den Spind vor sich gerammt, doch so ließ er den Kopf in den Nacken fallen und stieß ein lautes Stöhnen aus, bevor er sich ein Paar frischer Jeans aus der Tasche nahm und diese anzog, ohne den Reißverschluss zu schließen.

„Wissen Sie, was der häufigste Scheidungsgrund in den USA ist?"

„Ich habe keine Ahnung", antwortete sie zickig.

„Frauen können einfach nicht sagen, was ihnen nicht passt, sondern reden, ohne auf den Punkt zu kommen. Deshalb kommt es zu Kommunikationsstörungen."

Schnaubend verschränkte sie die Arme vor der Brust und sah trotz ihrer zickigen Miene gar nicht so schlecht aus, wie er bekennen musste. Avery

Lancaster hatte ein hübsches Gesicht, einen wirklich ansehnlichen Körper und einen Lockenkopf, der in einem Mann die Frage auslöste, wie die gelockten Strähnen wohl aussehen würden, wenn sie sich auf sein Kopfkissen ergossen.

Oh Mann, er brauchte vermutlich mal wieder etwas Sex. Sozusagen als Frustabbau. Dennoch kam er nicht umhin, die attraktive Mannschaftsärztin zu mustern, die wirklich Feuer im Hintern hatte – was nicht die schlechteste Eigenschaft an einer Frau war.

„Gut, dann sage ich es Ihnen noch einmal überdeutlich, Mr. Cahill. Ich kann es nicht leiden, wenn man mich oder meine Arbeit nicht ernst nimmt. Sie haben mir von Anfang an gesagt, was Sie von der Idee halten, dass ich hier als Mannschaftsärztin eingestellt werde. Fein, wenn Sie meinen, den sexistischen Chauvinisten spielen zu müssen, sollen Sie das ruhig tun und an Ihrem Fünfziger-Jahre-Frauenbild festhalten. Doch irgendwann platzt mir der Kragen! Sie müssen nicht mit mir zusammenarbeiten, aber es ist unter aller Sau, dass Sie *gegen* mich arbeiten!“

Erstaunt blinzelte er ihr zu. „Was?“

„Sie haben mich sehr gut verstanden. Zuerst untergraben Sie meine Autorität vor den Spielern, dann animieren Sie Blake dazu, ständig die Hosen vor mir runterzulassen, und jetzt verheimlichen Sie mir, wenn ein so wichtiger Neuzugang wie Ian Carlisle sein erstes Training absolviert! Wie soll ich unter solchen Bedingungen meine Arbeit machen?“

Irritiert neigte er den Kopf. „Sie halten mich für einen sexistischen Chauvinisten?“

„Natürlich! Sie haben etwas dagegen, wenn eine Frau als Mannschaftsärztin arbeitet."

„Da haben Sie etwas missverstanden, Dr. Lancaster."

„Ganz sicher nicht! Bisher habe ich das Handtuch nicht geworfen, deshalb versuchen Sie es jetzt so."

Mitch nahm ein Hemd aus dem Spind heraus und schlüpfte hinein. „Dr. Lancaster, es war wirklich keine Absicht, dass Sie heute nicht dabei waren. Tatsächlich war ich der Meinung, dass Sie bereits Feierabend gemacht hätten, außerdem handelte es sich nur um ein kleines Training ..."

„Dr. Campbell war jedenfalls anwesend!"

„Ja", erläuterte er ruhig. „Weil er sich Carlisles Kondition ansehen wollte."

„Ich hätte mir auch sehr gerne ein Bild von ihm gemacht!"

„Okay." Geschlagen hob er beide Hände. „Es wird nicht mehr vorkommen. Entschuldigen Sie vielmals ..."

„Wollen Sie mich etwa verarschen?" Misstrauisch und deutlich ruhiger sah sie ihn an.

Mitch schüttelte den Kopf und kämpfte währenddessen mit den Knöpfen seines Hemdes. „Ich meine es völlig ernst."

„Woher kommt der plötzliche Sinneswandel?"

„Auch chauvinistische Sexisten können zugeben, wenn sie etwas falsch gemacht haben." Er grinste schwach und verfluchte sich anschließend, weil er ausgerechnet das Hemd eingepackt hatte, dessen Knöpfe ihn in den Wahnsinn trieben. „Außerdem habe ich Blake sicherlich nicht dazu animiert, vor

Ihnen die Hosen herunterzulassen. Der Spinner kommt von ganz allein auf solche glorreichen Ideen."

Als sie nicht sofort antwortete, wandte er ihr das Gesicht zu und bemerkte, dass sie ihn mit einer Mischung aus Unglauben, Misstrauen und Amüsement ansah.

„Also wollen Sie zugeben, dass Sie mich sabotiert haben?"

Er schnitt eine Grimasse. „Hören Sie, Dr. Lancaster. Vielleicht war ich anfangs etwas unfair zu Ihnen ..."

„Etwas?"

„Okay, ich war ziemlich unfair zu Ihnen ..."

„Und Sie haben meine Kompetenz infrage gestellt!"

„Vielleicht sogar das", schränkte er ein. „Aber das heißt nicht, dass ich denke, dass Frauen weniger clever sind als Männer. Erstens hatten Sie keine Erfahrungen mit Footballspielern sowie ihren Verletzungen und zweitens hatte ich die Befürchtung, dass Sie nicht in der Lage wären, sich gegen diese Rüpel durchzusetzen. Wenn Sie wüssten, was ich schon erlebt habe, dann könnten Sie mich besser verstehen." Frustriert kniff er die Lippen zusammen, weil er es mit seinen Pranken nicht schaffte, die Knopfleiste zu schließen.

Ein genervtes Stöhnen später schob Avery Lancaster seine Hände fort, trat einen Schritt näher und begann damit, seine Arbeit an den Knöpfen fortzusetzen.

„Scheiße! Das kann ja niemand mit ansehen. Lassen Sie mich mal!"

Etwas perplex hielt er still und sah auf ihren Scheitel hinab, während sie ihm beim Anziehen behilflich war. Gleichzeitig strömte ein derart lieblicher Duft in seine Nase, dass er sich beherrschen musste, nicht den Kopf zu senken, um den Duft nach Frau und Sommer näher zu ergründen. Gott, so etwas hatte er entsetzlich vermisst und stand augenblicklich unter Strom. Nichts fand er anziehender als gut duftende Frauen, die ihn mit sanften Händen berührten und dabei wie Kesselflicker fluchten.

„Natürlich kann ich mich gegen Männer durchsetzen!“ Ihr leicht aufmüpfiger Ton riss ihn aus seinen verlockenden Gedanken heraus. „Ich habe drei ältere Brüder und einen Idioten von Exmann. Außerdem hat ein Date auf der Highschool einen Vorderzahn verloren, als er mich betatschen wollte.“

„Kaum zu glauben“, murmelte er.

Die dunkelblond gelockte Ärztin warf ihm einen schrägen Blick zu, als wolle sie testen, ob er es ernst meinte, während ihre schlanken Finger sein Hemd zuknöpften. „Höre ich da Zweifel aus Ihren Worten heraus?“

„Nein.“ Als sie einen Schritt zurücktrat, bedauerte er den Kontaktabbruch und schluckte. Mit fahrigen Handbewegungen stopfte er sein Hemd in die Jeans und schloss diese. „Da Sie mit Blake zurechtkommen, muss ich Ihnen das wohl oder übel glauben.“

„Das wäre besser.“ Deutlich weniger verärgert hob sie eine Hand und strich sich eine Locke aus der Stirn. „Dann glaube ich Ihnen, dass Sie kein Sexist sind und mich aus anderen Gründen sabotiert haben.“

„Ich habe Sie nicht sabotiert ...“

„Nun ja, unterstützt haben Sie mich jedenfalls nicht. Sie müssen doch zugeben, dass Sie sich nicht gerade ein Bein ausgerissen haben, um mir meine Arbeit zu erleichtern. Und aus dem Weg gehen Sie mir sowieso.“

„Stalken Sie mich deshalb schon unter der Dusche?“

Die zarte Röte, die sich auf ihrem herzförmigen Gesicht ausbreitete, ließ ihn grinsen.

„Was blieb mir denn anderes übrig?“ Avery Lancaster warf beide Arme in die Höhe. „Zwar hat mich Teddy eingestellt, aber Sie managen den Verein, also sollten wir beide zusammenarbeiten.“

„Das sehe ich ja ein.“ Mitch zwang sich dazu, nicht die Augen zu verdrehen. Seiner Meinung nach übertrieb sie ein wenig, doch das wollte er ihr jetzt nicht unbedingt ins Gesicht sagen. Es konnte sein, dass er seinen Frust darüber, dass Teddy über seinen Kopf hinweg eine solch wichtige Entscheidung getroffen hatte und ihn wie einen Trottel hatte dastehen lassen, an Avery Lancaster ausgelassen hatte. Es konnte sogar sein, dass er sich nicht besonders kooperativ gezeigt hatte. Dennoch war er nicht ein solch verbockter Idiot, der nicht einsah, wenn er einen Fehler begangen hatte. Nach allem, was er in den vergangenen Wochen gesehen hatte, war die neue Mannschaftsärztin engagiert und darum bemüht, den Spielern die beste medizinische Betreuung zukommen zu lassen. Das musste er honorieren und außerdem war es seine Aufgabe, im besten Interesse des Vereins und des Teams zu handeln. Eine gute Zusammenarbeit mit ihr gehörte schließlich dazu.

„Heißt das, dass sie mich in Zukunft nicht mehr von Trainingseinheiten wie heute ausschließen?“

Er nickte feierlich und hob eine Hand, als würde er auf die Bibel schwören. „Das heißt, dass ich meinen Kopf aus meinem Arsch ziehe und von nun an alle wichtigen Dinge mit Ihnen besprechen werde.“

Um seinen Eid zu unterstreichen, hielt er ihr die Hand hin und konnte sehen, wie sie mit sich kämpfte. Er konnte es ihr nicht einmal verübeln, dass sie zögerte, schließlich hatte er sich in der Vergangenheit nicht besonders mustergültig verhalten.

Schlussendlich schlug sie mit einem Seufzer ein. „Vielleicht sind Sie ja doch kein abgehalfterter Ex-Footballspieler.“

„Ganz sicher nicht, Dr. Lancaster“, gluckste er los.

Endlich entspannte sich ihr Gesicht und sie erwiderte das zaghafte Lächeln. „Mein Name ist Avery.“

7. Kapitel

Seth saß im Schatten mehrerer Bäume und blickte verstohlen auf das Trainingsgelände und zu den Footballspielern, die blitzschnell von einer Seite auf die andere rannten, sich Bälle aus weiter Entfernung zuspielten oder sich gegen Tackle-Dummies warfen.

Er wollte nicht zu deutlich hinsehen, sondern beobachtete das Ganze aus dem Verborgenen. Die Spieler waren riesig, schnell und total stark. Sie waren all das, was Seth nicht war.

Wenn er mit seinen Freunden Baseball oder Basketball spielen wollte, wurde er immer als Letzter gewählt, weil niemand ihn in seinem Team haben wollte. Den Ball warf er immer in die falsche Richtung, schnell laufen konnte er auch nicht und den Ball zu fangen traute er sich nicht, weil er Angst hatte, ihn ins Gesicht zu bekommen. Dabei mochte er Sport und wollte gerne mitmachen, aber blöd anstellen wollte er sich auch nicht. Meistens saß er sowieso auf der Ersatzbank und durfte nur mitspielen, wenn beide Mannschaften gleich viele Spieler hatten. Er hasste es, immer der Letzte zu sein, wenn gewählt wurde. Das erinnerte ihn an den letzten Sommer, als sein Dad ihn in dieses dämliche Sommercamp geschickt hatte.

Zusammen mit Matt.

Ein blödes Gefühl breitete sich in seinem Bauch aus. Es war das gleiche Gefühl, das er vor einem halben Jahr gehabt hatte, als er von seiner Lehrerin mit einem Spickzettel erwischt worden war und das seiner Mom hatte erklären müssen. Sie war mittags von seinem Schuldirektor angerufen und in die Schule bestellt worden. Seine Mom hatte nicht geschrien oder gebrüllt, sondern war furchtbar enttäuscht gewesen. Manchmal hoffte Seth, dass sie ihn anschrie, weil das besser gewesen wäre als ihr trauriger Gesichtsausdruck.

Während seine Mom eigentlich nie brüllte, meckerte sein Dad immer mit ihm rum. Bei ihrem letzten Treffen vor einigen Wochen hatte Seth seinem Dad ein Bild mitgebracht, das er für ihn gezeichnet hatte. Es war das Bild eines Luchses gewesen, dem Wappentier von Dads Lieblingsverein, doch dieser hatte der Zeichnung keine Beachtung geschenkt, sondern die ganze Zeit nur davon geredet, dass Seth endlich in einen Sportverein eintreten müsse und dass Matt der Beste seiner Klasse im Sport sei. Matt war sowieso immer der Beste. Er lief schneller als Seth, er konnte besser werfen als Seth und er konnte besser schwimmen als Seth. Außerdem verbrachte er mehr Zeit mit Dad als Seth. Nur zeichnen konnte Seth besser, aber das interessierte seinen Dad nicht.

Für ihn war wichtig, dass sein Sohn kein *Muttersöhnchen* war.

Trotzig blinzelte Seth die Tränen weg, die ihm in den Augen brannten. Oft fragte er sich, was er falsch machte und warum Dad Matt so viel lieber hatte als ihn. Vor ein paar Monaten war Seth übers Wochenende zu Besuch bei seinem Dad gewesen und hatte sich die ganze Zeit wie ein Eindringling gefühlt. Dad, Matt und seine Mom waren eine richtige Familie, aber Seth hatte nicht dazugehört. Als Dad dann auch noch gemeckert hatte, weil Seth beim

Basketballspielen in der Garageneinfahrt hingefallen war und sich ein blutiges Knie geholt hatte, war er in Tränen ausgebrochen. Dad hatte geschimpft und Mom die Schuld gegeben, dass er ein weinerliches Muttersöhnchen wurde, während er Matt zugejubelt hatte, als der einen Korb erzielte. Ihm hatte er einen Arm um die Schulter gelegt und ihn gelobt, bevor er Seth angemotzt hatte, dass er zu heulen aufhören und sich nicht wie ein Muttersöhnchen verhalten sollte.

Muttersöhnchen.

Er war kein Muttersöhnchen! Und er wollte gut Basketball spielen und schnell rennen und gut schwimmen und weit werfen, aber er wusste nicht wie! Sein Dad zeigte es ihm nie und sagte ihm auch nie, wie er es richtig machen musste.

Dabei wollte er Dad gefallen. Er wollte so gerne, dass Dad auch ihm einen Arm um die Schulter legte und *Kumpel* zu ihm sagte. So wie er es bei Matt tat.

Zwar liebte er seine Mom, aber das hieß nicht, dass er es gut fand, seinen Dad nie zu sehen. Manchmal hatte er Fragen, die Jungs ihrer Mom einfach nicht stellen wollten. Und seine Grandma wollte er so etwas ganz sicher auch nicht fragen! Wie sollte er es schaffen, dass sein Dad ihn mochte, auch wenn er nicht gut im Sport war? Mom sagte zwar immer, dass es nicht wichtig sei, ob man gut in der Schule oder gut im Sport sei, sondern dass man ein netter Mensch sein musste, damit andere einen mochten, aber Seth glaubte das nicht, schließlich war er immer nett zu Dad.

„Hey, Seth."

Aus seinen Gedanken gerissen, schaute er auf und bemerkte Mitch, der neben ihn getreten war. „Hey."

„Na, wie geht's dir?"

„Ganz gut", murmelte er und fuhr mit seiner rechten Hand über das Gras.

Nach ihrer ersten Begegnung hatte er Mitch ein weiteres Mal getroffen, als er in der Kantine des Vereins gesessen und gelesen hatte. Mom hatte an jenem Tag irgendeine Besprechung gehabt und er hatte das Sportfest schwänzen dürfen, weil er in der Nacht davor vor lauter Aufregung hatte kotzen müssen. Zum Glück wusste Dad nichts davon, sonst hätte es wieder Ärger gegeben. Mitch hatte ihm damals eine Limo ausgegeben und sich von ihm das Comic zeigen lassen, nachdem er sich zu ihm gesetzt hatte.

Mitch war echt nett und verdammt cool. Er hatte ihm erzählt, dass er früher Footballspieler gewesen war, was erklärte, warum er ein solcher Riese war und ein bisschen wie eine Mischung aus Captain America und Bruce Banner aussah – also wie Bruce Banner, bevor er sich in den unglaublichen Hulk verwandelte. Obwohl er mal Sportler gewesen war, hatte er sich für die Comics interessiert, die Seth gelesen hatte. Und er hatte ihm zugehört, als er ihm erzählt hatte, dass er auch eigene Comics malte.

„Darf ich mich zu dir setzen?"

„Klar." Betont cool nickte er und sah den Mann von der Seite an, der sich neben ihn aufs Gras setzte.

„Musst du heute wieder auf deine Mom warten?"

„Ja, leider."

„Warum leider?“ Amüsiert schälte er einen Schokoriegel aus der Verpackung, brach diesen in der Mitte durch und reichte Seth die Hälfte.

Der Anblick des halben Schokoriegels versetzte ihn sofort in gute Laune, schließlich erlaubte seine Mom nur an den Wochenenden etwas Schokolade. Sofort stopfte er sich einen großen Teil des Riegels in den Mund und erklärte mit vollem Mund: „Mir ist total langweilig. Ich habe Ferien und muss hier sitzen.“

„Hast du deine Comics nicht dabei?“

„Doch.“ Er deutete auf den Spiderman-Rucksack, der neben ihm lag. „Trotzdem ist mir langweilig.“

„Kannst du dich immer noch nicht dafür erwärmen, dem Training zuzusehen?“

Er wollte nicht zugeben, dass er das Spiel nicht verstand, und schüttelte daher den Kopf.

„Schade, es würde dir sicher Spaß machen, Seth.“ Mitch seufzte. „Wie lange bist du schon hier?“

„Den ganzen Tag, weil meine Mom keinen Babysitter bekommen hat.“

Lachend verspeiste auch Mitch seinen halben Riegel. „Bist du so schlimm, dass es kein Babysitter mit dir aushält?“

„Nö.“ Seth verdrehte die Augen. „Ich bin schon sieben und brauche keinen Babysitter mehr!“

„Eigentlich finde ich es gut, dass deine Mom dich nicht einfach allein zuhause lässt.“

Er stieß einen tiefen Seufzer aus. „Da könnte ich wenigstens fernsehen.“

Mitch klopfte ihm auf den Rücken und streckte seine Beine von sich. „Du willst bei dem schönen Wetter fernsehen?“

„Was soll ich denn sonst machen?“ Seth zog seine Beine an und kratzte sich an seinem rechten Knöchel, während er seine Turnschuhe in Augenschein nahm.

„Wenn deine Mom arbeiten muss, könntest du doch hier beim Verein an dem Kinder- und Jugend-Footballcamp teilnehmen. Ich glaube, das beginnt sogar in zwei Wochen ...“

„Ein Footballcamp?“ Er schnitt eine Grimasse und schüttelte den Kopf. „Bloß nicht!“

Sein Sitznachbar neigte neugierig den Kopf in seine Richtung. „Und warum nicht?“

Weil Seth eine Niete im Sport war und ganz sicher nicht Football spielen könnte. Für Football musste man schnell und stark sein, außerdem sollte man gut werfen können. Bevor er von den anderen Kindern ausgelacht würde wie im letzten Jahr, als man über ihn gelacht hatte, weil er noch nicht hatte schwimmen können, blieb er lieber zuhause. Dennoch wollte er vor dem netten und coolen Mitch nicht zugeben, wie unsportlich er war.

„Das ist doch öde. Ich will meine Ferien nicht damit verbringen, über ein Feld zu rennen und Bälle zu fangen.“

„Beim Football geht es um viel mehr.“

Stirnrunzelnd sah er in das lächelnde Gesicht des Mannes, der ehrliches Interesse an ihm zu zeigen schien. „Und worum geht es beim Football?“

„Es geht um den Spaß, den du mit deinem Team hast. Außerdem geht es um den Teamgeist. Die anderen Spieler deiner Mannschaft werden zu deinen Freunden.“

Zögernd nagte Seth auf seiner Unterlippe herum. „Was ist ... wenn man nicht besonders gut im Sport ist?“

„Es ist ein Feriencamp. Da kommt es auf den Spaß an, den man mit den anderen Kindern hat, und nicht darauf, wer besonders schnell rennen oder besonders gut einen Ball fangen kann.“

Sport sollte Spaß machen? Das glaubte er doch selbst nicht! Zweifelnd schüttelte er den Kopf. „In der Schule spielen wir Softball, aber das macht keinen Spaß.“

„Warum nicht?“

Schamhaft hob er die Schultern an und schob gleichzeitig bockig das Kinn nach vorne. „Wenn man einen Ball nicht fängt, motzen alle anderen herum und der Lehrer gibt einem eine schlechte Note.“

Auch Mitch seufzte. „Das ist natürlich blöd.“

„Jeder will beim Sport gewinnen. Das nervt mich.“

Sein Gesprächspartner verschränkte die Arme vor der Brust. „Wenn man keinen Spaß hat, verdirbt das auch die Freude am Gewinnen.“

„Ehrlich?“

„Total“, antwortete er ernst. „Aber Sport ist doch nicht alles. Du könntest bei dem Wetter auch andere coole Sachen machen.“

„Und was?“

„Als ich in deinem Alter war, habe ich eine Seifenkiste gebaut und bin damit die Straße runtergefahren. Außerdem hatte ich ein Baumhaus, in dem ich mit ein paar Freunden übernachtet habe.“

Seth schaute mit funkelnden Augen auf. Das klang total cool! „Ist die Seifenkiste wirklich gefahren?“

„Wie ein Blitz!“

Beide lachten auf und Seth merkte, wie ein warmes Gefühl den Knoten in seinem Magen wieder löste.

Eine Seifenkiste würde sicherlich großen Spaß machen und ein Baumhaus hätte Platz in dem alten Baum in ihrem Garten. In der Nachbarschaft gab es ein paar Kinder, mit denen er sich verstand und die sicher mit ihm dort übernachten würden. Seifenkisten und Baumhäuser klangen nach Spaß und nach Abenteuer.

„Wir haben einen großen Baum im Garten“, vertraute er Mitch aufgeregt an und setzte sich aufrecht hin. „Der wäre bestimmt ein toller Platz für ein Baumhaus.“

Der großgewachsene Mann grinste ihm zu. „Das macht bestimmt mehr Spaß als ein paar Fernsehsendungen.“

„Oder als das doofe Sommercamp!“

„Du fährst in ein Sommercamp?“

Augenblicklich presste er die Lippen aufeinander und schüttelte den Kopf. Mitch war wirklich nett, also hatte er keine Skrupel, ihm zu erzählen: „Dad wollte, dass ich ins Sommercamp gehe, aber da will ich nicht hin.“

„Eigentlich machen Sommercamps viel Spaß“, erwiderte Mitch ruhig. „Oder ist es so ein Sommercamp, in dem man den ganzen Tag büffeln muss?“

Seth schüttelte den Kopf. „Nein, lernen müssen wir da nicht. Ich ... ich mag die anderen Kinder nicht. Im letzten Jahr ...“ Er stockte und begegnete dem verständnisvollen Blick des Mannes, bevor er einen tiefen Seufzer ausstieß und Grasbüschel aus dem Rasen zupfte. „Im letzten Jahr konnte ich noch nicht schwimmen. Deshalb haben mich die anderen Kinder ausgelacht.“

„Das ist mies.“

Er nickte. „Mom hat mir erlaubt, zuhause zu bleiben, damit ich nicht wieder in das Camp muss. Dad ist deswegen sauer.“ Seine Mundwinkel fielen herab. „Die beiden sind geschieden.“

„Oh, das tut mir leid.“

„Ach.“ Lapidar zuckte er mit der Schulter. „Mom und ich verstehen uns gut und wohnen alleine. Uns geht es gut.“

„Weißt du, Seth“, erwiderte der Mann ruhig. „Moms sind klasse und man sollte sie ganz besonders gern haben, weil sie immer für einen da sind. Aber manchmal gibt es ein paar Dinge, die man lieber mit seinem Dad bespricht.“

Überrascht sah Seth auf und nickte. „Genau!“

„Ich bin mir sicher, dass dein Dad nicht sauer auf dich ist, weil du nicht ins Sommercamp willst.“ Er legte ihm eine Hand auf die Schulter und murmelte: „Es ist doch nur ein Sommercamp. Das ist wirklich schei... ähm ... piepegal.“

Das beruhigende Gewicht der starken Hand auf seiner Schulter zauberte Seth ein Lächeln aufs Gesicht.

„Eddie muss an seiner Kondition noch etwas arbeiten."

„Wenigstens sind die Pfunde runter, die er sich in der Spielpause angefressen hat."

Avery verbarg ihr Lächeln hinter einem Schwung Papiere, mit dem sie am Rand des Übungsplatzes stand, während sie zusammen mit dem Cheftrainer die Spieler begutachtete, die ihr Abschlusstraining absolvierten, bevor es in den kommenden Tagen zum Trainingslager gehen sollte. Dort erwarteten die Titans mörderische Trainingseinheiten, die sie für die anstehenden Testspiele und die baldige Saison fit machen sollten. Sie hatte bereits den Trainingsplan eingesehen, der ihnen bevorstand, und wusste, dass das Trainingslager kein Schulausflug werden würde.

„Die Kondition bekommt er schon noch", versicherte John Brennan und zwinkerte ihr zu. „Für die Diättipps wird er dir ewig dankbar sein. Wenn Eddie kein Fleisch bekommt, wird er zur Furie."

„Furie?" Das konnte sie sich angesichts des genügsamen Riesen kaum vorstellen. Als sie ihm Blut hatte abnehmen müssen, hatte er sich dermaßen angestellt, dass sie sich wie eine Kinderärztin vorgekommen war, die ihren kleinen Patienten anschließend ein Bonbon gab, um diese zu trösten.

Der Chefcoach nickte theatralisch. „Du hättest dabei sein sollen, als Teddy uns in ein veganes Restaurant geschleppt hat. Ich dachte, dass Eddie ausrasten und den ganzen Laden zerlegen würde."

Avery presste das Klemmbrett gegen ihre Brust und fragte verstört: „Ein veganes Restaurant? Sie muss doch gewusst haben, dass das den Spielern nicht gefallen würde, schließlich essen die mehr Fleisch als die Hälfte aller Texaner.“

„Darum hat sie es ja gemacht“, erklärte er mit einem trockenen Lachen. „Sie war sauer auf die Jungs, weil die vor der Presse ausgeplaudert hatten, dass sie sich Brians Spielernummer und seinen Nachnamen hat tätowieren lassen.“

Davon hatte Avery gar nichts gewusst und war mehr als verwirrt, als sie fragte: „Ähm ... das ist doch nichts Außergewöhnliches.“

Das Gesicht des Cheftrainers lief vor lauter Belustigung rot an. „Du hast nicht gefragt, an welcher Stelle sie sich hat tätowieren lassen.“

„Oh ... *oh*!“ Ihre Augen weiteten sich. „Ehrlich?“

Er nickte feierlich. „Auf die rechte Backe.“

„Oh mein Gott!“ Leicht verstört schüttelte sie den Kopf. „Nun gut ... das ist ja ihre Sache.“

„Nicht ganz“, gluckste der blondhaarige Cheftrainer. „Anscheinend durfte sich ihr Göttergatte die Stelle aussuchen, weil er irgendeine Wette gewonnen hatte.“

Avery schluckte und bekam langsam eine leise Vorstellung davon, wie die Ehe der Teambesitzerin und des Quarterbacks aussah. „Und woher wussten die Jungs das?“

Er verdrehte die Augen und nickte dem Quarterback und Mannschaftskapitän zu, der nicht weit von ihnen entfernt sein Passspiel übte. „Von wem wohl? Brian hat es natürlich höchstpersönlich herumerzählt, der Spinner. Daraufhin tratschten die Jungs das weiter, Teddy bekam einen Tobsuchtsanfall und als Strafe gab es unter anderem einen Restaurantbesuch mit veganen Köstlichkeiten."

„Unter anderem?" Neugierig blinzelte sie ihm zu.

Sein Grinsen reichte von einem Ohr bis zum anderen. „Meine Lippen sind versiegelt."

„Bitte." Sie stieß ihn in die Seite. „Ich verrate es nicht. Versprochen."

Vertraulich beugte er sich näher und war kaum zu verstehen, weil er ständig lachen musste. „Teddy arrangierte für ein paar der Jungs ein gemeinnütziges Fotoshooting für eine Tierschutzorganisation. Das Motto lautete *Menschen brauchen keinen Pelz*."

„Ich ahne Furchtbares", murmelte sie fasziniert und amüsiert zugleich.

„Ja." Er gluckste los. „Den Jungs wurde mit Heißwachs das Brusthaar entfernt ... vor laufenden Kameras."

Avery lachte los und schnappte nach Luft. „Himmel! Welche Spieler waren denn die Glücklichen?"

„Al, Blake und natürlich Brian."

„Natürlich", echote sie kichernd.

„Du müsstest mal sehen, wie sie heute noch zusammenzucken, wenn jemand in ihrer Nähe etwas mit Honig isst. Die Armen sind für ihr Leben traumatisiert."

Dave Campbell, der Sportmediziner, der für die Leistungsdiagnostik des Teams zuständig war, gesellte sich zu ihnen und unterbrach ihr Schwätzchen, indem er beiden die neuesten Testergebnisse gab. „Der Laktatwert von Rodriguez liegt über dem Schwellenwert."

Stirnrunzelnd nahm Avery ihm die Ergebnisse ab und betrachtete die Verlaufskurve. „Er liegt knapp über vier, Dave. Bei anderen Schwellenwertmodellen ist das ein völlig unbedenklicher Wert. Hast du schon eine Spiroergometrie angesetzt?"

„Für heute Nachmittag. Rodriguez hat es immer mit den Laktatwerten."

John schüttelte den Kopf und klopfte dem Sportmediziner auf die Schulter. „Rodriguez hat in den Trainingspausen immer etwas Besseres zu tun als an seine Kondition zu denken. Mit den Laktatwerten hat das nichts zu tun."

„Na, dann." Avery suchte in ihrem Zettelstapel nach dem Befund des angeblich faulen Footballspielers und überreichte diesen ihrem Kollegen. „Ich habe mir seine frühere Fraktur noch einmal angesehen, weil er über Schmerzen in seinem Handgelenk geklagt hat. Am Knochen kann es nicht liegen, daher vermute ich den Extensor pollicis longus dahinter. Auch wenn es nur das linke Handgelenk ist, soll er in der nächsten Zeit eine Bandage tragen und das Handgelenk schonen."

John schlug Dave gutmütig auf den Rücken. „Gut, dass er Rechtshänder ist."

„So ein Spruch musste jetzt natürlich kommen." Gespielt tadelnd sah sie ihn an.

Der Coach fuhr sich durch sein Haar und schien überhaupt nicht peinlich berührt zu sein. „Hey, zu Hause darf ich so etwas nicht sagen, sonst würde mich Hanna köpfen."

„Wer's glaubt, wird selig." Mit einem misstrauischen Augenaufschlag sah sie ihn an. „Deine Frau könnte keiner Fliege etwas zuleide tun."

„Da halte ich doch lieber die Klappe und gehe zu Roy, um mir das Tackling der Jungs anzuschauen.“

„Mach das.“ Avery nickte und blickte gleich darauf wieder auf ihre Unterlagen, während sie ihren Kollegen ansprach. „Im Trainingslager will ich mich auf die Bewegungsabläufe der Runningbacks und Wide Receiver konzentrieren. Könntest du mir vorher alle aktuellen Leistungsdiagramme zukommen lassen, damit ich mich vorbereiten kann?“

„Sicher. Wenn wir schon bei dem Thema sind, Avery, was hältst du davon, die Akten gemeinsam bei einem Abendessen durchzugehen?“

Sie brauchte einen Moment, um den Sinn hinter seinen Worten zu verstehen, bevor sie blinzelnd aufsah. Es war immerhin Ewigkeiten her, dass sie um ein Date gebeten worden war. Der letzte Mann, der sie nach einem Rendezvous gefragt hatte, war Keith gewesen – immerhin zählten ihre von Gicht geplagten Patienten, die achtzig Jahre und mehr auf dem Buckel hatten, nicht wirklich. Alleinerziehende Mütter zu daten gehörte anscheinend nicht zu den beliebtesten Freizeitvergnügungen lediger Männer.

„Oh ... das ist sehr nett, Dave, aber ...“

„Aber du bist schon vergeben, richtig?“ Er lächelte schwach.

Kopfschüttelnd ließ sie die Papiere sinken und merkte, wie sich eine plötzliche Schüchternheit über sie legte. Ungelenk zuckte sie mit der Schulter und musterte den Mann vor sich. Dave war ein sympathischer Kerl, an dem nichts auszusetzen war, wenn man davon absah, dass sich sein Haar bereits lichtete und er den Cheerleadern ein paar zu intensive Blicke schenkte. Mit lichtem Haar hatte sie kein

Problem, aber ein Mann, der anderen Frauen lechzend hinterhersah, war nicht das, was sie sich erträumte.

Vielleicht mochte es ganz schön scheiße von ihr sein, aber sie schob Seth vor. Nichts wirkte abschreckender auf einen Typen wie Dave als ein siebenjähriger Sohn. „Momentan sieht es zeitlich sehr schlecht bei mir aus, weil ich keinen Babysitter für meinen Sohn habe."

„Du hast einen Sohn?"

Sie ignorierte sein leichtes Entsetzen und drehte sich nach rechts, um auf ihren Sohn zu deuten, der allein unter einem Baum saß und in eines seiner Comichefte vertieft war. Auch wenn es Seth nicht gefallen hatte, schon wieder einen Tag im Verein zu verbringen, gehörte er glücklicherweise zu den genügsameren Kindern, die sich stundenlang mit sich selbst beschäftigen konnten. Ein Vorteil, alleinerziehende und berufstätige Mutter zu sein, lag ganz sicher darin, dass das eigene Kind sehr früh selbstständig werden musste. Auch wenn sie stets ein Auge auf ihn hatte, konnte sie sich auf Seth verlassen und wusste, dass er nicht sofort einen Panikanfall bekam, weil er auf sie warten oder sich selbst eine Limo kaufen musste.

„Das ist Seth. Er hat Ferien und darf heute beim Training zuschauen."

Wie nicht anders zu erwarten gewesen wäre, zuckte es im Gesicht ihres Kollegen, obwohl er anscheinend versuchte, diese Gefühlsregung mit einem Lächeln zu kaschieren. „Er ... scheint ein netter Junge zu sein."

Stolz nickte sie und schenkte dem Anblick ihres lesenden Sohnes ein weiches Lächeln, bevor sie sich wieder Dave zuwandte. Die sicherste Methode, ein potentielles Date zu testen, bestand darin, über sein Kind zu reden, also plapperte sie weiter: „Er ist sieben und liebt Comics. Außerdem kann er verdammt gut zeichnen."

„Mhh ... schön. Also ... schade, dass du keine Zeit hast. Aber daran kann man wohl nichts ändern."

Sie nickte freundlich. „Ja, äußerst schade."

Glücklicherweise entschuldigte sich Dave ein paar Sekunden später und ließ sie allein. Leicht amüsiert setzte sie sich auf eine Bank und machte sich Notizen. Innerlich schüttelte sie jedoch den Kopf über Männer wie Dave, die derart leicht zu durchschauen waren. Dass Avery nicht einen Funken Bedauern darüber empfand, dass sie mehr oder weniger eine Abfuhr wegen ihres Sohnes bekommen hatte, sagte ihr, dass sie eine gute Mutter war, weil er das Wichtigste in ihrem Leben war, und außerdem sagte es ihr, dass sie mittlerweile über den Punkt hinaus war, sich nach einer Beziehung zu sehnen.

Die Momente in ihrem Leben wurden immer seltener, in denen sie sich wünschte, in den Arm genommen und gehalten zu werden, weil ihr alles über den Kopf wuchs. Stattdessen besaß sie die Gewissheit, dass sie alle Probleme allein bewältigen konnte. Dafür brauchte sie keinen Mann.

Sex wäre ab und zu ganz schön gewesen, aber dank der modernen Technik konnte sie auch diesem Problem Abhilfe schaffen.

Als sich jemand neben sie setzte, erschrak sie im ersten Moment und musste sich dazu zwingen, nicht weiter über Sex bzw. dessen Nichtvorhandensein oder batteriebetriebene Penisnachbildungen zu grübeln.

„An solchen Tagen bin ich froh, nicht mehr zu spielen."

Sie begegnete Mitch Cahills grünen Augen und dachte augenblicklich daran, dass sich das Bild seines nackten Körpers in ihr Gehirn gebrannt hatte. Apropos Gehirn: Vor allem Frauengehirne schienen besonders speziell zu sein, wie sie in letzter Zeit erfahren hatte. Frau musste einen Mann nicht sonderlich leiden können, um Sexphantasien von ihm zu haben. Anders konnte sie es sich nicht erklären, dass sie seit ihrer Auseinandersetzung in der Dusche vermehrt Sexträume hatte, in denen Mitch Cahill immer die Hauptrolle spielte. Früher war es meistens Brad Pitt gewesen, den sie sich in solchen Träumen nackt vorgestellt hatte. Und ... nun gut, sie gab es nicht gerne zu, aber zu ihrer absoluten Verwunderung war es sogar einmal George W. Bush gewesen – ein Erlebnis, das sie leicht irritiert, bestürzt und teilweise angeekelt zurückgelassen hatte, da sie erstens keine Republikaner wählte und zweitens nicht sonderlich auf ältere Männer mit Tränensäcken stand.

Sein auffordernder Blick ließ sie augenblicklich alle Gedanken um einen halbnackten Brad Pitt als antiker Held Achilles im Film Troja oder ihren ehemaligen Präsidenten mit einem erlegten Gürteltier im Arm vergessen. Allein die Erinnerung an einen nackten Mitch Cahill, der in mehr als einer Art und Weise eine beeindruckende Erscheinung war, ließ sich nicht verscheuchen.

„Warum?"

„Weil die Wärme einen fertigmacht, wenn man samt seiner Ausrüstung trainieren muss", erwiderte er und lehnte sich vor, um sein Handy in seiner Jeanstasche zu verstauen.

Die Gänsehaut, die sich trotz der warmen Temperaturen über ihren Körper zog, als Mitch sie nun zufällig mit seinem Körper streifte, sagte Avery, dass der Generalmanager sie nicht kaltließ.

Räuspernd fragte sie: „Dann scheinen Sie nicht aus dem Süden zu stammen."

„Minnesota", erwiderte er und ließ beide Hände zwischen seinen Beinen baumeln. „Nach meinem Karriereende habe ich jedoch in Montana gelebt."

„Dann scheinen Sie viel rumzukommen." Auch wenn sie verwundert über seine Zugänglichkeit war, konnte Avery nicht leugnen, dass es wirklich sehr nett war, einfach so mit Mitch Cahill plaudern zu können.

„Mein Onkel hat mir seine Ranch vererbt." Er zuckte mit der Schulter. „Mir blieb nichts anderes übrig, als mich dort nützlich zu machen."

Avery legte die Papiere neben sich auf die Bank und fragte ehrlich interessiert: „Trotzdem sind Sie zurück nach New York gekommen? Haben Sie die Ranch verkauft?"

Kopfschüttelnd wandte er ihr das Gesicht zu – ein Gesicht, das in diesem Zustand nicht nur harmlos und liebenswürdig, sondern verdammt gutaussehend war. „Ein paar Mal war ich davor, die Flinte ins Korn zu werfen, schließlich bin ich kein Rancher und habe kaum Knowhow in diesem Bereich. Es war harte Arbeit, aber nachdem die Ranch wieder lief, konnte ich einen Stellvertreter einstellen, der sich um alles kümmert."

„Und dann sind Sie zurück nach New York gekommen?"

„So in etwa.“ Als er seinen rechten Arm nach oben streckte, um sich über den Nacken zu reiben, wanderte der Saum seines Shirts für einen kurzen Augenblick nach oben und ermöglichte Avery den Blick auf einen Streifen Haut und die Wölbung seiner Bauchmuskeln. „Auch wenn ich auf dem Land aufgewachsen bin, stelle ich doch fest, dass ich ein Stadtmensch bin. In New York fühle ich mich zuhause, deshalb habe ich nicht lange gezögert und bin hergeeilt, als Teddy mich darum bat.“

Avery wusste nicht, was sie darauf antworten sollte, und gab ein zustimmendes Murmeln von sich, das ihn veranlasste, ein heiseres Lachen auszustoßen.

„Wo kommen Sie her?“

„Erwischt.“ Sie schnitt eine Grimasse. „Ich bin gebürtige New Yorkerin.“

„Das erklärt natürlich so einiges.“

„Was denn?“

Seine linke Augenbraue fuhr in die Höhe, während sich seine Mundwinkel kräuselten. Anstatt ihr gleich zu antworten, fragte er neugierig: „Lebt Ihre Familie auch in New York?“

Eigentlich hätte sie lieber gewusst, was er eben gemeint hatte, dennoch antwortete sie wahrheitsgemäß: „Meine Eltern sind nach Florida gezogen, nachdem mein Dad in Rente gegangen ist. Mein ältester Bruder lebt in Indiana, mein jüngster Bruder hat gerade geheiratet und ist nach Boston gezogen, aber mein anderer Bruder wohnt nur ein paar Blocks von mir entfernt.“ Nun zog sie eine Augenbraue in die Höhe. „Verraten Sie mir jetzt, was Sie gerade meinten?“

„Angesichts Ihrer großen Klappe hat es mich nicht gewundert, dass Sie aus New York stammen."

„Große Klappe ..." Sie warf ihr Haar zurück und erklärte patzig: „Das sagt gerade der Richtige!"

Der hünenhafte Ex-Footballspieler lehnte sich auf der Bank zurück und legte beide Arme über die Rückenlehne. Sein souveränes Verhalten sowie ihre Gedanken, die ständig in unangemessene Sphären abdrifteten, trugen nicht unbedingt dazu bei, dass sich ihr Herzschlag verringerte.

„Liebe Avery, eine Frau, die keine Skrupel hat, bei einem Vorstellungsgespräch den Begriff abgehalfterter Ex-Footballspieler zu benutzen, muss einfach aus New York kommen."

„Das nagt noch immer an Ihnen, oder?"

„Ich bin schon vieles genannt worden", erwiderte er lapidar, „aber der Begriff war mir neu."

„Gern geschehen."

Ein trockenes Schnauben entfuhr ihm. „Außerdem kenne ich nur wenige Frauen, die den Schneid hätten, die Mannschaftsduschen eines Footballteams zu betreten und einem nackten Mann die Hölle heißzumachen."

„Sie hatten es verdient, dass jemand Ihnen die Hölle heißmacht."

Sehr lässig streckte er nun auch seine Beine von sich. „Das trifft meistens zu. Fragen Sie meine Exfrau."

Zwar hätte sie zu gerne mehr über seine Exfrau erfahren, stattdessen hielt es Avery für angemessen, das Thema zu wechseln. Sie griff nach einigen Papieren und legte diese auf seinen Schoß, da beide

Arme noch immer über die Rücklehne der Bank hingen.

„Was ist das?“

„Die aktuellen Ergebnisse der Konditionstests.“

Seufzend nahm er seine Arme von der Lehne und setzte sich gerade hin, während er die Papiere in eine Hand nahm und zu lesen begann. „Sie sollten mal lernen, etwas abzuschalten, Dr. Avery.“

„Das sagt ausgerechnet der Mann, der hier zu wohnen scheint.“

„Klingt, als würden Sie mich stalken.“

„Genau!“ Ihr Ton troff vor Sarkasmus, als sie sich erhob und auf ihn hinabsah. „Ich kann mir nichts Schöneres vorstellen.“

8. Kapitel

Heute war Mitch an der Reihe, sich wie ein Stalker zu fühlen. Er stand auf der hübschen Veranda eines sehr gepflegten Reihenhauses in Queens, bewunderte den akkurat geschnittenen Rasen des Vorgartens und die ordentlich angelegten Blumenbeete, die den Weg vom Bürgersteig bis zum Hauseingang pflasterten, und wunderte sich über den ohrenbetäubenden Krach, der von innen kam. Man hätte meinen können, dass in dem hellgelb getünchten Haus ein Mord passierte, auch wenn er sich nicht vorstellen konnte, dass so etwas in dieser beschaulichen Straße geschah.

Beinahe hätte er kehrtgemacht, wäre in sein Auto gestiegen und nach Hause gefahren, doch er wusste, dass Teddy im Dreieck springen würde, wenn er nicht heute noch an diese Unterschrift gekommen wäre.

Also nahm er sich ein Herz und klopfte laut an die Eingangstür.

Das Gepolter von innen wurde noch lauter, jemand brüllte einem anderen zu, nicht an die Haustür zu gehen, bevor jemand anderes zurückbrüllte, dass er kein Baby mehr sei. Dann wurde die Tür aufgerissen.

Verwundert hob Mitch beide Augenbrauen in die Höhe und wusste nicht, ob er lachen oder entsetzt sein sollte. Überrascht war er allemal, als er Seth gegenüberstand, der einen Batman-Pyjama trug, nasses Haar hatte und anscheinend gerade Milch getrunken haben musste.

„Hey, Mitch!“

„Hallo, Seth." Irritiert fuhr er sich über das Kinn. „Ähm ... wohnst du hier?"

„Klar." Der Junge nickte und rümpfte die Nase. „Natürlich wohne ich hier. Zusammen mit meiner Mom."

Innerlich zuckte Mitch zusammen und begriff, weshalb der Junge ihm so bekannt vorgekommen war. Er hatte die gleichen Augen, die gleichen dunkelblonden Locken und das gleiche Naserümpfen wie Avery Lancaster, die in diesem Moment die Treppen hinuntergepoltert kam und ihr tropfnasses Haar mit einem Handtuch bearbeitete.

„Seth! Ich habe dir hundert Mal gesagt, dass du nicht die Tür ... oh."

Mitch beobachtete, wie sie auf der letzten Stufe stehenblieb, ihn entgeistert anstarrte und mitten in der Bewegung verharrte. Wie es schien, hatte sie gerade eine Dusche genommen und sich eilig etwas übergeworfen, um ihren Sohn davon abzuhalten, einfach die Tür zu öffnen. Davon zeugte nicht nur das tropfnasse Haar, sondern auch der dunkelblaue Jogginganzug, unter dem ein feuchtes weißes T-Shirt hindurchschimmerte.

Nun ja, das war ausgleichende Gerechtigkeit, immerhin hatte sie ihn ebenfalls um eine entspannende Dusche gebracht. Zwar wollte er nicht genau hinschauen, doch es war mehr als deutlich, dass sie keinen BH trug. Langsam, aber sicher fragte sich Mitch, was mit ihm nicht stimmte, denn Avery Lancaster, die Frau, die er noch vor einigen Wochen nicht hatte ausstehen können, begann ihm seit ihrem Auftritt unter der Dusche mehr und mehr zu gefallen. Konnte es sein, dass er mit siebenunddreißig Jahren eine masochistische Ader an sich entdeckte und darauf stand, wenn ihn eine Frau beschimpfte? Oder lag es einfach daran, dass er irgendwelche Scheuklappen getragen hatte, durch die er nicht bemerkt hatte, wie hübsch, sexy und klug sie war? Wie auch immer ... Mitch musste der Tatsache ins Auge sehen, dass er die Mannschaftsärztin heiß fand, selbst wenn sie einen unvorteilhaften Jogginganzug trug und ein wenig wie ein Waschbär aussah, da sich ihre Wimperntusche unter ihren Augen verschmiert hatte.

„Mitch? Was ... was tun Sie denn hier?“

Er hob seine linke Hand, in der er einen Stapel Papiere hielt. „Teddy hat mich gebeten, Ihnen das vorbeizubringen, da sie eine Unterschrift braucht. Sie hätte Sie angerufen, aber anscheinend war Ihre Telefonleitung ständig besetzt ...“

„Ich weiß, es tut mir leid“, erklärte sie seufzend und rubbelte sich ein letztes Mal durch das Haar, bevor sie das Handtuch über das Treppengeländer warf. „Wir hatten eine ... kleine Krise, wegen der ich herumtelefonieren musste.“

„Mom will mich in eine Tagesbetreuung stecken“, empörte sich Seth und verschränkte die Arme vor der Brust.

Mitch beobachtete, wie die anscheinend gestresste Mutter eine Grimasse schnitt, die letzte Treppenstufe überwand und sich hinter ihren Sohn stellte, dem sie die Hände auf die Schultern legte.

„Das ist mein Sohn Seth, der mal wieder jegliche Umgangsformen vergessen hat und gleich ins Bett muss, nachdem er sich ordentlich vorgestellt hat.“

Belustigt nickte er dem Siebenjährigen zu, der bei den Worten seiner Mom die Augen verdreht hatte. „Wir kennen uns bereits."

„Ach?" Aus ihrem Blick sprach Verwunderung. „Wie das?"

„Ich habe erst mit ihm geredet, als er mir seinen Ausweis gezeigt hat, Mom. Ich schwöre!" Der Junge schielte nach oben, um mit seiner Mutter Blickkontakt aufzunehmen.

Als Mitch sah, wie Avery ihren Sohn beruhigend anlächelte und über seine schmalen Schultern streichelte, gewann er plötzlich einen völlig neuen Eindruck von ihr. Bisher war er nie auf den Gedanken gekommen, dass sie Mutter hätte sein können. In seiner Vorstellung war sie stets eine etwas harsche, großschnäuzige und durchsetzungsfähige Ärztin gewesen, doch als fürsorgliche Mutter, die einen blitzgescheiten, witzigen Sohn allein aufzog, hatte er sie nie gesehen.

Irgendwie machte der dünne Junge mit dem strubbeligen Haar und dem Batman-Pyjama sie sehr viel ... weicher.

Räuspernd erklärte er: „Ich hatte keine Ahnung, dass Seth Ihr Sohn ist. Ein paar Mal sind wir uns auf dem Vereinsgelände begegnet und haben uns unterhalten."

„Er hatte die Idee mit dem Baumhaus", warf der Junge ein und lächelte hoffnungsvoll.

Graue Augen blitzten ihm amüsiert entgegen. „Dann darf ich mich also bei Ihnen dafür bedanken, dass er mir damit seit Tagen in den Ohren liegt?"

„Aber,Mom, ein Baumhaus wäre wirklich cool!"

„Ja, ja.“ Sie drückte dem bettelnden Jungen einen Kuss aufs Haar. „Bevor wir über ein Baumhaus reden, könntest du mal damit anfangen, die Schaukel zu benutzen, die Onkel Peter für dich im Garten gebaut hat.“

„Schaukeln sind etwas für Babys!“

Den entschuldigenden Blick, den Avery Mitch zuwarf, erwiderte er mit einem ernst gemeinten Lächeln.

„Es ist Zeit fürs Bett, Seth ...“

„Aber Mom ...“

Kategorisch schüttelte sie den Kopf. „Morgen müssen wir früh raus und da du unausstehlich bist, wenn du nicht genügend Schlaf bekommst, geht’s jetzt ab ins Bett.“

Das Gesicht des Jungen verfinsterte sich. „Ich will aber nicht zur Tagesbetreuung.“

„Seth“, erklärte seine Mom geduldig und gleichzeitig fest entschlossen. „Darüber haben wir schon gesprochen. Es wird dich nicht umbringen, in den kommenden Wochen die paar Mal zur Tagesbetreuung zu gehen. Außerdem ist es sehr unhöflich, vor Mr. Cahill darüber zu diskutieren und ihn warten zu lassen.“

Angesichts des Kindergesichts, das zwischen Nachdenklichkeit, Starrsinn und Zerknirschung schwankte, hätte Mitch beinahe aufgelacht, dennoch blieb er ernst und konnte beobachten, wie Seth mehr oder weniger widerwillig den Kopf senkte, mit nackten Füßen auf dem Läufer herumschabte und sich anschließend von seiner Mutter löste, um die Treppe zu erklimmen.

Avery sah ihm hinterher und verdrehte die Augen. „Willst du Mr. Cahill nicht tschüss sagen?“

Seth blieb auf der Treppe stehen und schenkte ihm über seine Schulter einen derart niederschmetternden Blick, wie es nur Kinder konnten, die genau wussten, was sie tun mussten, um ihre Eltern weichzukochen. Seine Mom schien jedoch immun dagegen zu sein, da sie mit einem amüsierten Kopfschütteln die Arme vor der Brust verschränkte.

„Tschüss, Mitch.“

„Tschüss, Kumpel. Schlaf gut.“

Avery räusperte sich und rief ihm hinterher: „Zehn Minuten hast du noch, um einen Comic zu lesen. Danach geht das Licht aus.“

„Jaaaaaaaaaaaaa, Mom!“

Sobald er in der oberen Etage verschwunden war, lachte sie heiser auf. „Wow! Das war ja richtig unkompliziert. Sie scheinen einen guten Einfluss auf ihn zu haben.“

Neugierig betrachtete er die obere Etage, in der er verschwunden war. „Wird er sich an das Zehn-Minuten-Limit halten?“

„Ganz sicher nicht.“ Ihr Mund verzog sich zu einem schiefen Lächeln. „Da er sich erst heute Nachmittag einen neuen Comic gekauft hat, wird er den auch unter der Bettdecke mit einer Taschenlampe lesen und morgen unausstehlich sein, weil er übermüdet ist.“

Wie von selbst verfolgten seine Augen, wie sie den Reißverschluss ihres Sweatshirts nach oben zog. Leider hatte Mitch auf diese Weise keine Gelegenheit mehr, den interessanten Anblick ihres feuchten T-Shirts zu bewundern.

Räuspernd sah er ihr wieder ins Gesicht. „Unausstehlich?“

„Momentan hat er eine kleine unausstehliche Phase.“ Avery zuckte mit der Schulter und hob anschließend beide Hände. Glücklicherweise schien sie nicht bemerkt zu haben, dass seine Augen öfter, als es schicklich war, zu den Brustwarzen gewandert waren, die sich gegen den feuchten Stoff des T-Shirts gepresst hatten. Verdammt, bildete er sich das ein, oder war es wirklich so heiß in diesem Haus?

„Wenn es nicht nach seiner Nase geht, kann er schon einmal trotzig werden oder die Türen knallen ... entschuldigen Sie.“ Sie stieß einen tiefen Seufzer aus und kam einen Schritt auf ihn zu, während sie eine Hand nach den Papieren in seinen Pranken ausstreckte. „Sie haben sicherlich Besseres zu tun, als sich das Gejammer einer Mom über ihren siebenjährigen Sohn anzuhören.“

Tatsächlich hätte er gern mehr über den typischen Familienwahnsinn in diesem Haus gehört und merkte, dass er wenig Lust hatte, sich wieder in sein Auto zu setzen und in seine einsame Wohnung zu fahren, wo er sich vermutlich eine Tiefkühlpizza machen und anschließend in die Glotze starren würde. In solchen Momenten war sein Junggesellendasein unerträglich und das elegante Loft mitten in Manhattan schrecklich kühl. Hier dagegen konnte man sich wohl und vor allem heimisch fühlen. Bereits beim Betreten des Hauses waren ihm die gemütliche Einrichtung und die vielen Kinderzeichnungen aufgefallen, die alle Wände schmückten.

Das zusammen mit dem Geruch frisch gewaschener Haut, der ihm in die Nase stieg, als sie an ihn herantrat, um ihm die Papiere abzunehmen, löste in ihm ein plötzliches Gefühl von Sehnsucht aus. Anders konnte Mitch es nicht beschreiben.

„Wozu braucht Teddy meine Unterschrift?"

Er brauchte ein paar Sekunden, um ihre Frage zu verstehen, und sah in ihre grauen Augen, die ihn fragend musterten. Peinlicherweise musste er feststellen, dass er stotterte. „Teddy braucht für ... für das erste ... ähm ... Spiel eine ärztliche Erklärung."

Amüsiert runzelte sie die Stirn und legte den Kopf schief. „Welches Spiel? Die Saison beginnt doch erst im September."

„Äh ... für das erste Testspiel." Er schluckte schwer. „Der Versicherer des Collegeteams möchte eine ... eine Unbedenklichkeitserklärung für Ian sehen."

„Nun gut." Avery verdrehte die Augen und deutete nach links. „Möchten Sie ein Bier? Sie sehen geschafft aus."

Ohne ihr zu antworten, folgte er ihr durch einen hellen Flur und konnte nicht widerstehen, ihr auf den Po zu starren. Mitch kam sich ein wenig pervers vor, als er sich fragte, ob sie unter dem blauen Stoff, der sich an einen ansehnlichen Hintern schmiegte, einen Tanga trug oder sogar nackt war. Die Abdrücke eines Höschens konnte er jedenfalls nicht erkennen.

„Hoffentlich hat Teddy Sie nicht von etwas Wichtigem abgehalten."

Seine Augen wanderten in dem Moment wieder nach oben, als sie eine große Küche betraten, in der auf der Insel, die mitten im Raum stand, wohl geordnetes Chaos herrschte. Sofort machte sich Avery daran, Zeichenblöcke und Buntstifte zusammenzulegen sowie dreckiges Geschirr in die Spüle zu stellen.

Da er ihr noch eine Antwort schuldig war, erwiderte er, während er sie beobachtete: „Sie hat mich angerufen, als ich den Verein verließ, daher war es keine große Sache.“

„Es ist Freitagabend. Mussten Sie etwa eine Verabredung absagen, um an meine Unterschrift zu kommen?“ Sie lief zum Kühlschrank und öffnete diesen. „Hätten Sie gerne ein Bier?“

„Kaffee wäre mir lieber.“ Ein wenig müde rieb er sich kurz über das Gesicht. „Und was Ihre erste Frage betrifft: Ich bin über das Alter hinaus, in dem ich freitagsabends um die Häuser ziehen muss.“

Ihr heiseres Lachen schickte ein Kribbeln durch seinen Bauch, während sie an der Kaffeemaschine herumhantierte. „Abendessen oder ein Kinobesuch sind doch keine Partyexzesse. Seien Sie ehrlich, was hatten Sie heute noch vor?“

„Ganz ehrlich?“

„Ja, ganz ehrlich.“

Auch wenn sie ihm den Rücken zugedreht hatte, zuckte er mit der Schulter und führte im trockenen Tonfall aus: „Ich habe darüber nachgedacht, mit wem ich heute ins Bett gehe. Zur Auswahl standen ein Serienkiller oder eine Motorradgang. Ich schätze, dass die Motorradgang gewinnt.“

Avery schwang wieder zu ihm herum und lehnte sich gegen die Spüle. Verstehen blitzte in ihren Augen auf. „Wird es nicht etwas eng, wenn die ganze Crew der *Sons of Anarchy* sich dort tummelt?“

Er schüttelte den Kopf. „Mein Bett ist ziemlich groß.“

„Ich kann mir vorstellen, dass das eine sehr schwere Entscheidung war. Später darf ich mich entscheiden, ob ich während der Nachrichten oder über einem Buch zu muskulären Verletzungen einschlafe. Das ist auch nicht viel besser."

„Ha", ergänzte er. „Das ist doch gar nichts. Die schwierigste Entscheidung steht mir noch bevor. Ich weiß schließlich nicht, ob ich mir etwas vom Italiener oder vom Vietnamesen bestellen soll."

Sie deutete auf eine leere Pizzapackung, die auf dem Herd lag, und gluckste: „Bei uns hat der Italiener gewonnen. Ich würde Ihnen gerne etwas Pizza anbieten, aber Seth hat heute für zwei gegessen und nichts übrig gelassen."

„Kein Problem." Als sie sich von ihm abwendete, um zwei Tassen aus dem Oberschrank zu nehmen, fragte er interessiert: „Haben Sie Probleme mit Seths Unterbringung während des Trainingslagers?"

„Ja." Seufzend stellte sie sich auf die Zehenspitzen, um nach einer Tasse zu greifen. Mitch wollte gerade hinter sie treten, als sie den Kaffeebecher ergriff, daher blieb er, wo er war, während sie ihnen Kaffee einschenkte. „Er ist bockig, weil ich ihn an einigen Tagen für ein Tagesprogramm angemeldet habe. Eigentlich hatte sein Dad ein Sommercamp für ihn gebucht, doch Seth wollte dort nicht hin. Normalerweise passt meine Ex-Schwiegermutter auf ihn auf, wenn ich arbeite, doch sie ist selbst im Urlaub."

Mitch nahm die Tasse an, die sie ihm reichte, und trank einen großen Schluck. Seine Gastgeberin tat es ihm gleich und seufzte zufrieden.

„Er hat mir erzählt, dass er das Sommercamp nicht leiden kann."

„Ach." Über den Rand der Tasse zwinkerte sie überrascht. „Das hat er Ihnen wirklich erzählt?"

Er nickte. „Ich glaube, es war ihm etwas peinlich, als er meinte, dass die anderen Kinder ihn im letzten Jahr ausgelacht haben, weil er noch nicht schwimmen konnte. Will er deshalb nicht dorthin?"

„Genau." Sie stellte die Tasse auf der Arbeitsfläche neben sich ab und senkte den Blick. „Er ist nicht sehr sportlich und wurde dort deswegen gehänselt."

„Das ist doch scheiße."

„Finden Sie?"

Ihr Blick ging ihm durch und durch. Allem Anschein nach hatte sie mit einer anderen Antwort gerechnet. Verwundert ließ er seine Hand sinken. „Natürlich. Seth ist ein toller Junge. Ob er nun schwimmen kann oder nicht, ist doch scheißegal."

„Es ist lieb, dass Sie das sagen."

Bekräftigend nickte er. „Ich meine es völlig ernst. Der Kleine ist lustig, pfiffig und ganz schön clever. Ich wüsste nicht, wie man ihn nicht gern haben kann."

„Sie bringen mich gleich zum Weinen", entgegnete sie mit einem schiefen Lächeln.

Ein wenig unbehaglich schluckte Mitch. „Bitte nicht. Ich wollte Sie nicht zum Weinen bringen."

„Das weiß ich." Avery atmete tief aus. „Mir ist es auch egal, dass er mehr Spaß daran hat, Comics zu zeichnen, als irgendeine Sportart zu treiben. Weil ich wusste, dass er das Sommercamp nicht mag, habe ich ihm auch gesagt, dass er nicht daran teilnehmen muss, wenn er es wirklich nicht will. Da ich jedoch arbeiten muss, verbringt er nun seine Ferien damit, zeitweise bei meinem Bruder, bei seinem Schulfreund oder in der Tagesbetreuung zu sein. Für einen Siebenjährigen klingt Spaß leider anders."

„Für Sie klingt es jedenfalls auch nicht gerade nach Spaß", schnaubte er.

Schulterzuckend entgegnete sie: „Es ist leider nicht zu ändern. Wenn Seth am Sommercamp teilgenommen hätte, wäre ich während des Trainingslagers dort auch über Nacht geblieben, so bringe ich ihn morgens weg, fahre dann nach Connecticut und hole ihn abends wieder ab. Es sind ja auch nur zwei Wochen."

„Haben Sie mit Teddy darüber gesprochen?"

Verwirrt blinzelte sie. „Wieso sollte ich?"

„Sie hätte Ihnen sicherlich gesagt, dass Sie nicht jeden Tag beim Training dabei sein müssen. Zwar sagt das Reglement, dass bei jedem Training der Mannschaftsarzt auf dem Feld zugegen sein muss, aber Dave hätte für Sie einspringen können."

Avery schien von seinem Vorschlag nicht besonders begeistert zu sein, da sie die Stirn runzelte und kategorisch den Kopf schüttelte. „Hören Sie, Mitch, es ist nett, dass Sie diesen Vorschlag machen, aber ich will nicht anders als ein Mann behandelt werden. Mein Sohn ist meine Angelegenheit und ich werde Teddy sicherlich nicht mit meinen Problemen behelligen."

Mitch verdrehte die Augen. „Das war kein Angriff, Avery."

Ihr finsteres Gesicht sprach Bände. „Ich will mir nicht nachsagen lassen, dass ich meinen Job nicht ordentlich machen kann, weil ich ein Kind habe."

„Avery ..."

„Wunderbar", stöhnte sie. „Jetzt habe ich Ihnen das nötige Futter gegen mich geliefert."

„Weil Sie eine Mom sind? Das ist doch Unsinn."

Sie legte den Kopf zurück. „Sie müssen nicht glauben, dass ich meinen Job nicht machen kann, weil ich ..."

Er unterbrach sie, bevor sie sich in Rage reden konnte. „Eigentlich wollte ich Sie ein wenig entlasten, damit Sie nicht noch zusammenklappen."

„Keine Sorge, das werde ich nicht", zischte sie.

Seufzend hob Mitch beide Hände hoch. „Schon okay. Darf ich dennoch einen Vorschlag machen, ohne dass Sie mich anfallen?"

„Das kommt auf den Vorschlag an."

Während er eine Grimasse schnitt, sah er an die Zimmerdecke. „Erstens können Sie Seth auch mit zum Trainingslager nehmen und müssen ihn nicht zu einer Tagesbetreuung geben ..."

Als sie den Mund öffnete, um zu protestieren, hob er eine Augenbraue an und räusperte sich. „Zweitens kann ich ihn auch mit in den Verein nehmen. Parallel zum Trainingslager findet dort nämlich ein Kindercamp statt ..."

Sofort schüttelte sie den Kopf. „Er mag keine Camps, in denen Sport gemacht wird."

Er lachte heiser. „Ich denke, dass Seth Sport sehr viel mehr mag, als er es anderen weismacht. Ein paar Mal habe ich gesehen, wie er die Spieler beim Training beobachtet hat, wenn er dachte, dass es niemand merkte."

„Das mag schon sein, aber er würde sicherlich mehr Theater machen, als wenn ich ihn in ein Tagesprogramm stecke.“

„Ich kann Ihnen versichern, dass das Kindercamp völlig harmlos ist. Außerdem geht es da nicht nur um Football. Die Kinder dürfen das Stadion besichtigen, sie spielen eine Pressekonferenz nach, kochen zusammen ihr eigenes Mittagessen und besuchen sogar an einem Tag das Trainingslager, um die Spieler zu treffen. Wo sollte Seth besser aufgehoben sein als dort? Ich hole ihn morgens ab und bringe ihn wieder nach Hause, wenn das Camp vorbei ist.“

Angesichts ihrer Miene merkte Mitch, dass sie hin- und hergerissen war. Um ehrlich zu sein, wusste er selbst nicht, wie er plötzlich auf die Idee gekommen war, sich in die Betreuung ihres Sohnes einzumischen und ihr anzubieten, Seth mit ins Kindercamp zu nehmen. Er wusste nur, dass er dem Jungen gerne etwas Gutes tun wollte. Und seiner Mom auch.

„Die Anmeldungen sind doch bestimmt längst vorbei, wenn es morgen schon beginnt. Seth bekommt sicherlich keinen Platz mehr.“

Er lachte kurz auf und zwinkerte verschwörerisch. „Lassen Sie das meine Sorge sein. Ich denke, dass sich da etwas machen lässt.“

„Mitch ...“

„Keine Angst, ich denke nicht, dass ich gefeuert werde, wenn ich einen zusätzlichen Platz für Seth schaffe.“

Als sie schwieg und ihn nachdenklich musterte, zog sich etwas in seinem Inneren zusammen. „Ja?“

„Warum machen Sie das? Ich meine, Sie werden Stress haben und müssen zweimal am Tag einen Umweg fahren. Außerdem kann er ganz schön stur sein und wird Sie sicher nerven.“

„Ganz die Mutter würde ich sagen.“

„Ich meine es ernst“, sagte sie leise. „Sie müssen das nicht tun.“

Mitch nickte. „Ich weiß. Vielleicht möchte ich es ja so, Avery.“

„Aber warum?“

Er zuckte die Schulter, während sich seine Kehle verengte. Um ihr nicht die Wahrheit sagen zu müssen, antwortete er lapidar: „Ich mag Kinder.“

Ihre Stimme klang belustigt. „Was Sie nicht sagen.“

„Und Kinder scheinen mich zu mögen. Die beiden Kleinen meiner Exfrau haben mich sehr gerne. Ob es daran liegt, dass ich ihnen immer Geschenke mitbringe oder sie stundenlang beim Schaukeln anstoße, kann ich Ihnen leider nicht sagen.“ Über den Rand seiner Kaffeetasse zwinkerte er kurz.

Sie klang ein wenig verwundert. „Ich will nicht neugierig sein, aber ...“

„Aber Sie wundern sich, dass ich noch Kontakt zu meiner Ex-Frau habe.“

„Nun ja.“ Ungelenk zuckte sie mit der Schulter. „Es kommt nicht oft vor, dass man sich gut mit seinem Expartner versteht.“

Ganz sicher wollte er ihr nicht sein ganzes Leid klagen, daher stellte er seine Tasse ab, fuhr sich kurz über die Lippen und meinte dann im sachlichen Ton: „Kelly und ich sind weiterhin befreundet.

Mittlerweile lebt sie mit ihrem Mann und ihren Kindern in Chicago."

„Das klingt wirklich sehr freundschaftlich, Mitch."

„Jetzt lenken Sie nicht ab, Avery." Sein jungenhaftes Lächeln sollte sie weichkochen, was anscheinend zu funktionieren schien, da ihre Mundwinkel zuckten. „Wie sieht es aus? Soll ich Seth morgen mit zum Kindercamp nehmen?"

„Okay." Sie lachte. „Sie geben ja sonst keine Ruhe!"

„Wunderbar."

„Freuen Sie sich nicht zu früh. Wenn Sie ihn abends wieder abgegeben haben, werden Sie keine Kraft mehr für heiße Dates haben."

Unbekümmert erklärte er ihr: „Ich denke, dass die Motorradgang dafür Verständnis haben wird. Falls Sie mich jedoch durch die Blume fragen wollten, ob ich eine Freundin habe, kann ich Ihnen guten Gewissens sagen, dass ich nicht vergeben bin."

„Gut zu wissen", erwiderte sie gespielt lässig, auch wenn sie seinem Blick auswich und zart errötete. „Ich mache mal eben Ihre Papiere fertig."

9. Kapitel

Normalerweise saß Avery beim Lunch am Tisch des Trainerstabes und besprach mit ihnen den nachmittäglichen Trainingsablauf, doch heute lief das Mittagessen ein wenig lockerer ab, da John für den Nachmittag lediglich leichtes Lauftraining und eine Teambesprechung angesetzt hatte. Als Avery mit einem Tablett bewaffnet in der Kantine stand und sich umsah, entdeckte sie einen freien Platz an dem Tisch, an dem einige Spieler saßen.

Da Brian ihr zuwinkte, überlegte sie nicht lange und stieß zu den Spielern, die nach einigen Tagen hartem Training ungewöhnlich mundfaul waren.

Besonders Blake O'Neill, dem sie sich gegenübersetzte, schien nicht ganz bei der Sache zu sein, wie sie bemerkte. Sobald er den Kopf hob und erkannte, wer ihm gegenüber Platz genommen hatte, weiteten sich seine blauen Augen nervös.

Sie konnte es ihm nicht verdenken, schließlich hatte sie ihn in den vergangenen Wochen häufig aufs Korn genommen.

„Hey, Jungs."

„Hey, Doc", ertönte es im Chor.

Grinsend machte sie es sich auf ihrem Stuhl bequem, öffnete die Dose Cola, die sie sich heute trotz der mörderischen Zuckerportion gönnte, und gab das Dressing über ihren Caesar-Salat, bevor sie ein Stück Hühnchen kleinschnitt. Im Gegensatz zu ihr schienen die meisten Footballspieler von Gemüsebeilagen nicht viel zu halten. Angesichts der riesigen Fleischberge überlegte sie ernsthaft, ob sie mit dem Team nicht einmal einen Crashkurs über gesunde Ernährung machen sollte.

Einige Momente beobachtete sie, wie Julian, Dupree, Blake und Eddie jeweils ein ganzes Brathühnchen verschlangen, bevor sie einen Schluck Cola nahm und sich räusperte. „Ich denke, beim nächsten Bluttest muss ich mehr auf eure Cholesterinwerte achten."

„Meine Cholesterinwerte sind hervorragend." Der blonde Wide Receiver Julian Scott nahm eine Serviette und wischte sich damit über den Mund. „Ich nutze lediglich die Gunst der Stunde."

„Warum das?" Ehrlich verwundert runzelte sie die Stirn.

Brian, der neben ihr saß, beugte sich ein wenig näher. „Wenn du wüsstest, wie seine Frau kocht, müsstest du nicht fragen."

In der Annahme, dass Julian gegen die Aussage seines Teamkollegen protestieren würde, unterdrückte sie das Auflachen, das in ihr aufgestiegen war, und beobachtete den anderen Footballspieler. Dieser grinste jedoch nur breit.

„Liv schafft es tatsächlich, alles so zu kochen, dass es absolut geschmacksneutral schmeckt. Ich will mir nicht vorstellen, was meine armen Kinder in den zwei Wochen essen müssen, in denen ich im Trainingslager bin."

„Vermutlich ist Liv ganz froh, mal ihre Ruhe vor dir zu haben", wandte Tom Peacock ein. „Erin hat mir erzählt, wie Liv ihr berichtet hat, dass du in letzter Zeit sehr liebesbedürftig bist."

„Muss sie dir die Brust geben?“, wollte Brian mit einem dreckigen Lachen wissen und deutete mit seiner Gabel, an deren Ende ein überdimensionales Stück Fleisch hing, auf den grimmig wirkenden Julian. „Du solltest dich schämen, deinem Sohn die Nahrungsquelle zu verweigern.“

„Hey“, beschwerte sich der Wide Receiver. „Darf ich euch daran erinnern, dass wir zu Mittag essen?“

Brian verdrehte die Augen. „Entschuldige, aber warst nicht du derjenige, der mir in allen Einzelheiten erzählt hat, wie toll Sex während der Schwangerschaft ist? Also stell dich jetzt nicht so prüde an.“

„Nach allem, was Teddy Erin erzählt hat, scheinst du Julians Erzählungen ja sehr ernst genommen zu haben, Rabbit“, fügte Tom hinzu.

„Ich hätte nicht gedacht, dass deine Frau so eine Quatschtante ist, Tom.“

Dieser grinste. „Das ist Bettgeflüster, meine Herren.“

„Interessant.“ Quinn Atherton setzte sich ebenfalls an den Tisch und schien einen Großteil des Gesprächs bereits mitbekommen zu haben. „Wenn Bryce und ich im Bett sind, kommen wir kaum zum Reden, Tom. Bist du sicher, dass nicht der Neid aus dir spricht?“

„Das ist so lächerlich, dass ich darauf gar nicht antworte.“

Wie Avery das so sah, hatte keiner der Anwesenden wirklich ein Problem damit, sein Sexleben vor allen Augen auszubreiten. Außerdem kam es ihr so vor, als hätten sie ihre Anwesenheit bereits vergessen.

Julian Scott schnitt eine Grimasse und lächelte ihr anschließend entschuldigend zu. „Hatten wir nicht eigentlich über das Essen gesprochen, Jungs?“

„Danke, Scott“, ließ sich nun auch Dupree vernehmen. „Irgendwie schafft ihr es immer, beim Essen auf solche Themen zu kommen.“

„Auf solche Themen?“ Anscheinend hatte Blake tatsächlich vergessen, dass Avery mit am Tisch saß und er seit neuestem Schiss vor ihr hatte. „Eigentlich sollten dir Sexthemen nichts mehr ausmachen, seitdem du endlich regelmäßig gebumst wirst, Dozer.“

Das folgende Spektakel hätte sie vermutlich extrem nervös gemacht, wenn sie nicht mit drei älteren Brüdern aufgewachsen wäre, die einen Heidenspaß daran besessen hatten, sich gegenseitig niederzumachen und sich gelegentlich auch zu prügeln. So blieb Avery sitzen, wo sie war, kaute auf ihrem Salat herum und beobachtete, wie Dupree mit großer Heftigkeit den Stuhl zurückschob und kurz davor zu sein schien, seinem Teamkollegen an die Gurgel zu gehen. Glücklicherweise wurde er von dem Rest der Truppe daran gehindert.

Mit der Autorität einer Krankenschwester, die rektale Untersuchung durchführt, blaffte Brian den Runningback an. „Musste das sein? Kannst du nicht ein einziges Mal die Klappe halten?“

„Abgesehen davon haben wir Damenbesuch am Tisch“, erklärte Tom Peacock, als hätte er nicht selbst vor wenigen Momenten das Thema Sex angeschnitten.

Belustigt winkte Avery ab. „Wegen mir braucht ihr euch keine Umstände zu machen. Ich versichere euch, dass mir das nichts ausmacht.“

Dupree, der sich grimmig wieder hingesetzt hatte, brummte: „Ich würde trotzdem gerne zu Ende essen, ohne dass Blake irgendeine Scheiße von sich gibt.“

„Viel Glück“, lachte Quinn.

Mit ernster Stimme erklärte nun Julian: „Wir haben den Doc am Tisch sitzen. Benehmt euch, Leute. Das gilt besonders für dich, Blake.“

Avery schenkte Blake ein süßliches Lächeln. „Ich habe von Blake mehr gesehen als ein Urologe auf Knasturlaub. Mich kann nichts mehr schocken.“

Der schwarzhaarige Runningback errötete.

Um dem Ganzen die Krone aufzusetzen, zuckte sie lässig mit der Schulter und legte genügend Drohgebärde in ihre Stimme, um Blake klarzumachen, dass sie es ernst meinte, als sie sagte: „Ich hoffe, diese verfluchten chinesischen Kräuter gehören endlich der Vergangenheit an. Erstens helfen sie nicht die Bohne beim Muskelaufbau und zweitens sind sie an diesen furchtbaren Rückenhaaren schuld. Außerdem gibt es einige Studien, die besagen, dass sie langfristig zu Impotenz führen können.“

„Hör auf sie, Blake.“ Brian wieherte vor Lachen.

Auch Eddie giggelte los. „Abgesehen davon, dass Ladys nicht auf haarige Rücken stehen, können sie auch nichts mehr mit dir anfangen, wenn dein bestes Stück versagt.“

„Halt die Klappe, Eddie!“ Blake schenkte ihr einen halb verzweifelten, halb empörten Blick. „Unterliegt das nicht der Schweigepflicht?“

„Ups."

„Blake scheint ein bisschen gereizt zu sein", gab Julian von sich. „Woran liegt's?"

„Ich bin nicht gereizt!"

Der Center Al sah das erste Mal von seinem Teller auf und schnitt eine Grimasse. „Ihr habt leicht reden, schließlich müsst ihr euch kein Zimmer mit ihm teilen."

„Du armes Schwein", lachte der Quarterback auf. „Bin ich froh, dass dieser Kelch an mir vorbeigegangen ist."

„Tja, es hat seine Vorteile, wenn man mit der Teambesitzerin schläft."

Quinn Atherton räusperte sich. „Sag mal, Blake, hat deine miese Laune etwas mit diesem Gerücht zu tun?"

Tom schaute neugierig auf. „Welches Gerücht?"

„Halt die Klappe, Quinn", zischte der verlegene Runningback ihm zu.

„Wisst ihr das noch gar nicht? Angeblich steht unser Blake kurz davor, sich endlich zu outen", gluckste Quinn, ohne die finstere Miene seines Mitspielers zu beachten. „In allen sozialen Netzwerken wird darüber gerätselt, mit wem er denn nun zusammen ist. Spitzenkandidat ist ..."

„Das ist gar nicht komisch", blökte Blake los. „Irgendein Idiot hat meinen Account gehackt und Fotos von nackten Schwulen in meinem Namen gepostet!"

Wie nicht anders zu erwarten war, brachen seine Kollegen in lautes Gelächter aus. Das Gejohle war derart laut, dass es an den Wänden der Kantine widerhallte. Während seine Mitspieler sich die

Bäuche hielten und Tränen lachten, saß Blake mit grimmiger Miene am Tisch und hielt sein Besteck mit beiden Fäusten umklammert.

Avery verkniff sich ein Lachen und starrte stattdessen sehr intensiv auf die Cherrytomaten auf ihrem Teller. Sie gab es nicht gerne zu, aber Blake, der alte Homophobiker, tat ihr sogar etwas leid.

„Außerdem stand in meinem Profil, dass ich auf Elton John, Cher und Lady Gaga stehe! Und als Lieblingsfilm wurde *Brokeback Mountain* angezeigt!“

„Schwule Cowboys, ein Klassiker“, gluckste Brian. „Mich würde es nicht wundern, wenn ein ganzer Zellentrakt eines Staatsgefängnisses nun dein persönlicher Fanclub wird.“

„Die männlichen Flugbegleiter aller Airlines nicht zu vergessen“, fügte Tom hinzu.

„Ich bin nicht schwul!“

„Herrje, Blake.“ Julian grinste erheitert. „Wem hast du denn da ans Bein gepisst?“

„Ich habe keine Ahnung!“

Quinn rümpfte die Nase und schlug Al, der neben ihm saß, auf die Schulter. „Da du dir mit ihm ein Zimmer teilst, würde ich mir an deiner Stelle zweimal überlegen, ob du vor Blake in deinen sexy Unterhosen hin und her laufen willst.“

Brian kicherte. „Ist Al etwa dein Typ, Blake?“

„Nein“, blaffte Blake los. „Stehst *du* auf ihn?“

„Leute“, seufzte Julian genervt. „Tragt das auf dem Platz aus. Hier könnte Geschirr zu Bruch gehen.“

„Nicht nur das“, presste Blake durch die Zähne hindurch.

„Denkt an Blakes Nase“, ertönte Duprees trockene Stimme. „Noch ein Nasenbeinbruch und er kann sich eine neue aussuchen.“

Avery räusperte sich und fragte gespielt ernst in die Runde: „Ist Homophobie unter Footballspielern besonders ausgeprägt?“

„Natürlich“, gluckste Tom und klopfte Blake beruhigend auf die Schulter. „Immerhin duschen wir zusammen.“

Das restliche Mittagessen verlief im Grunde ziemlich harmlos. Ab und zu bekamen sich einige Spieler in die Haare, aber Avery musste nicht befürchten, dass sie im Anschluss irgendwelche Wunden versorgen musste.

Gerade als sich Tom und Eddie gutmütig darüber stritten, ob die alten oder die neuen Star-Wars-Filme besser waren, hörte Avery plötzlich eine bekannte Stimme hinter sich.

„Mom!“

Verwirrt drehte sie sich um und entdeckte Seth, der mit fröhlicher Miene auf sie zugestürmt kam. Anhand seiner mit Schmutzflecken übersäten Kleidung musste er einen sehr aktiven Tag verbracht haben. In den vergangenen vier Tagen, die er im Titans-Kindercamp verbracht hatte, war er tagtäglich verschmutzt, erschöpft und überglücklich nach Hause gekommen. Seine Begeisterung hatte sie ebenso überrascht wie Mitch Cahills Angebot, Seth Tag für Tag herumzukutschieren. Als er jetzt hinter Seth in die Kantine geschlendert kam, unterdrückte sie den Wunsch, ihn wie eine geistesgestörte Hohlbirne anzulächeln, sondern konzentrierte sich auf ihren

Sohn, der mit glühendem Gesicht neben ihrem Stuhl stehenblieb.

„Was machst du denn hier, mein Schatz?"

Avery gab Seth einen Kuss auf den Kopf und war sich der interessierten Augen um sich herum bewusst, die beobachteten, wie sich Seth an sie schmiegte und vor lauter Aufregung einige Worte verschluckte.

„Mom, dürfen wir ein Baumhaus bauen? Mitch hat gesagt, dass er mir hilft! Wir können heute schon anfangen und ..."

„Ganz langsam, Seth", unterbrach sie ihn mit einem Lächeln und suchte den Blick des Mannes, der gerade an den Tisch trat und beide Hände in den Taschen seiner Jeans vergrub.

Mitch lehnte sich gegen das Ende des Tisches und erklärte gut gelaunt: „Das Camp war heute früher zu Ende, also wollten Seth und ich vorbeikommen und schauen, was hier so los ist."

Angesichts der Footballspieler, die nach und nach verstummt waren und nun neugierig verfolgten, worum es hier ging, war Avery sich nicht sicher, wie sie sich verhalten sollte. Es kam sicherlich nicht alle Tage vor, dass sich der Manager um den Sohn der Mannschaftsärztin kümmerte. Spätestens morgen würde vermutlich das Gerücht, dass sie beide eine Affäre miteinander hatten, die Runde machen.

Um sich ein wenig zu sammeln, fuhr sie ihrem Sohn durch das zerzauste Haar und räusperte sich. „Was sagt man als Erstes, wenn man irgendwo hinkommt und auf fremde Menschen trifft?"

Seth mochte zwar von seiner Mom genervt sein, dennoch schaute er brav in die Runde und murmelte: „Hallo."

„Hi, Kumpel“, ertönte es unisono aus den Reihen.

Dankbar beobachtete Avery, wie die Footballspieler ihren Sohn freundlich begrüßten und so ganz und gar nicht einschüchternd wirkten.

„Sie haben einen Sohn, Doc?“ Eddie schmatzte zwar, war jedoch gut zu verstehen. Seine dunklen Augen musterten Seth neugierig, der in stummer Faszination in die Runde schaute.

„Ja.“ Vor lauter Belustigung kräuselten sich ihre Lippen. „Ich habe einen Sohn – Seth.“

„Nimmst du am Kindercamp teil, Seth?“, fragte Julian ihren Sohn, der ein wenig scheu nickte.

Mitch nahm sich einen Stuhl und schob diesen schräg hinter ihren, bevor er sich verkehrt herum auf ihn setzte. „Erzähl deiner Mom, was du heute gemacht hast.“

„Oh!“ Sein kleines Gesicht glühte vor Stolz auf. „Ich habe einen Touchdown gemacht, Mom!“

Begeistert riss sie ihre Augen auf. „Echt? Das ist der Wahnsinn!“

„Er hat im Laufen einen Ball gefangen“, ergänzte Mitch und klang ebenso stolz wie Seth selbst.

Törichterweise kamen Avery die Tränen, die sie rasch wegblinzelte. Sie hatte keine Ahnung, wie Mitch es geschafft hatte, Seth das Camp schmackhaft zu machen, aber ihr Sohn konnte es morgens kaum erwarten, von ihm abgeholt und zum Camp gebracht zu werden. Auch wenn er abends so müde war, dass ihm beim Essen die Augen zufielen, plapperte er ununterbrochen von den anderen Kinder, den Betreuern und von Mitch. Jeder zweite Satz begann mit *Mitch hat dies oder das gesagt* und endete mit einem breiten Grinsen. Wenn sie es nicht besser wüsste, würde sie vermuten, dass er sich in den braunhaarigen Generalmanager verliebt hatte, so eingenommen war er von ihm. Auch seine Mom kämpfte seit einigen Tagen gegen einen ganzen Schwarm von Schmetterlingen an, die in ihr aufstiegen, sobald Mitch Cahill sie anlächelte. Mittlerweile war sie sogar dazu übergegangen, einen prüfenden Blick in den Spiegel zu werfen, bevor sie ihm die Tür öffnete, wenn er Seth abholte oder nach Hause brachte.

Wie ein bescheuerter Teenager stand sie am frühen Morgen vor ihrem Schlafzimmerspiegel und hielt sich unzählige Outfits vor den Körper oder überlegte sich, was sie mit ihren furchtbaren Haaren machen konnte, um ihm zu gefallen. Jedes Mal ließ sie ihre Kleiderauswahl desillusioniert sinken und verschwendete keine Zeit damit, die grauenvollen Locken bändigen zu wollen. Mitch Cahill war ein heißer Typ, ein ehemaliger Quarterback und ganz sicher nicht an einer alleinerziehenden Mutter interessiert, deren größtes Vergnügen ein heißes Bad mit einem Glas Rotwein war. Die meisten Männer, die sie kannte, zeigten sich abgeschreckt, wenn sie bemerkten, dass sie ein Kind hatte, und suchten schnell das Weite.

„Morgen wollen wir Softball im Camp spielen, Mom."

„Softball? Das macht bestimmt Spaß", erwiderte sie lächelnd und freute sich unsagbar über seine funkelnden Augen.

„Mitch hat mir versprochen, dass er mir beibringt, wie man einen Curveball wirft."

Brian mischte sich ein und schob seinen Teller von sich. „Wenn das so ist, Seth, solltest du unbedingt zu unserem Vereinspicknick kommen und bei mir im Team mitspielen.“

„Cool! Mom, darf ich?“

Ein wenig überrumpelt suchte sie nach Worten. „Also ...“

„Und was ist mit dem Baumhaus? Weil das Camp heute nicht so lange ging, wollen Mitch und ich anfangen, ein Baumhaus zu bauen. Bitte sag ja!“

„Mhh.“ Unsicher, wie sie sich verhalten sollte, schluckte sie und drehte den Kopf zurück, um in das amüsierte Gesicht von Mitch Cahill zu schauen, der schief grinste.

„Bitte, Mom!“

Normalerweise hielt sie von Betteln gar nichts und Seth wusste das. Dennoch versuchte er sein Glück, zumal um sie herum alle anderen auch darauf zu warten schienen, was sie nun sagte.

Mit einem tiefen Seufzer legte sie den Kopf schief. „Hör mal, Seth, du kannst von Mitch nicht verlangen, dass er mit dir ein Baumhaus baut. Bestimmt hat er selbst viel zu tun ...“

„Aber Mom“, protestierte ihr Sohn sofort. „Es war doch seine Idee!“

Warnend senkte sie die Stimme. „Seth.“

Sein Gesicht verschloss sich abrupt, während sich Mitch räusperte.

„Er hat Recht, es war meine Idee.“

Ihr Blick glitt zu dem gutaussehenden GM, dessen Miene eine Mischung aus Belustigung und Neugierde zu sein schien. „Das ist sehr nett von

Ihnen, Mitch, aber Sie haben ihm schon den Platz im Camp besorgt und fahren ihn durch die Gegend."

„Das mache ich sehr gerne."

Avery schüttelte knapp den Kopf. „Ich kann nicht von Ihnen verlangen, Ihre gesamte Freizeit mit dem Bau eines Baumhauses zu verbringen."

„Hey, Kumpel!" Mitch beugte sich ein wenig zur Seite und zog sein Portemonnaie aus der hinteren Hosentasche seiner Jeans. „Warum holst du uns nicht ein Eis? Ich hätte gerne eins mit Schokolade."

Eigentlich wollte sie protestieren, als er ihrem Sohn einen Zehndollarschein in die Hand drückte, doch sie schwieg und wartete stattdessen, bis Seth freudestrahlend an der Theke der Essensausgabe verschwunden war. Leider kam ihr Mitch zuvor.

„Hören Sie, Avery. Ich habe ihm den Floh mit dem Baumhaus ins Ohr gesetzt und besorge auch die Materialien."

Sie kniff die Lippen zusammen und musterte ihn streng. Allein der Gedanke, den Mann ständig in ihrem Haus zu haben, machte sie nervös. Nervös in dem Sinne, dass sie in seiner Gegenwart flatterig und ruhelos wurde, weil sie ständig an seinen Anblick unter der Dusche denken musste.

„Es geht doch nicht um die Materialien für das Baumhaus, sondern darum, dass ich Sie nicht ständig für meinen Sohn in Beschlag nehmen kann." Dass die anwesenden Spieler wie Zuschauer eines Tennismatches erst zu ihr und dann zu ihm sahen, ließ sie innerlich seufzen. Anscheinend waren Mitch und sie interessanter als eine Diskussion über Filme oder Blakes angebliche Homosexualität.

Seufzend hob er beide Hände. „Ich mag Ihren Sohn, Avery, und unternehme gerne etwas mit ihm. Wenn es nicht so wäre, hätte ich nicht angeboten, mit ihm ein Baumhaus zu bauen.“

Angesichts der interessierten Mienen aller anwesenden Footballspieler wusste sie wirklich nicht, wie sie ihm einen Korb hätte geben sollen. Außerdem wollte sie Seth diese Freude nicht wegnehmen.

„Gut. Wenn es Ihnen wirklich nichts ausmacht, habe ich natürlich nichts dagegen. Aber dann fahre ich Seth morgens zum Camp und hole ihn auch wieder ab.“

„Kommt nicht infrage.“ Spöttisch runzelte er die Stirn. „Sie werden hier gebraucht.“

„Aber ...“

Seths brüllende Stimme unterbrach ihren Protest. „Mom? Willst du auch ein Eis?“

Gottergeben schüttelte sie den Kopf, schaute zurück auf ihren Salat und begegnete anschließend den belustigten Blicken des Footballteams.

„Gegen den Kleinen scheinst du nicht anzukommen, Avery“, gluckste Brian.

„Was heißt hier klein?“, plusterte sich Mitch auf und schaute seinen Nachfolger drohend an.

„Eigentlich meinte ich Averys Sohn, aber wenn du bei dem Begriff klein sofort an dich denkst, Mitch, vermute ich, dass sich deine Ausstattung in den letzten vier Jahren ... ähm ... minimiert hat.“

Mitch schnaubte. „Mich wundert nur, dass du ständig über meine Ausstattung redest, Rabbit. Kann es sein, dass es dafür einen Grund gibt?“

Avery hatte für heute genug männliches Imponiergehabe ertragen müssen und schob ihren Stuhl zurück, um sich zu erheben.

„Hey!“ Brian deutete auf ihren Teller. „Du hast noch gar nicht aufgegessen.“

Ein Blick sagte ihr, dass Seth immer noch mit der Auswahl seiner Eiskrem beschäftigt war, also konnte sie frei von der Leber weg reden. „Nichts für ungut, aber ich hätte niemals gedacht, dass ich als Orthopädin so viel mit männlichen Genitalien zu tun haben würde, schließlich sprechen wir hier von Schwellkörpern und nicht von Knochen.“

Ein Grölen ertönte. „Schwellkörper?“

Sie nickte ernst. „Hätte ich meine Zeit damit verbringen wollen, mir ständig Gedanken um Methoden der Penisverlängerungen zu machen, wäre ich Urologin geworden.“

Quinn Atherton grinste breit. „Wir brauchen keine Penisverlängerungen, Doc.“

Avery zuckte mit der Schulter und nahm das Tablett auf, während sich ihre Mundwinkel kräuselten. „Das sagen alle, bevor sie es ausprobiert haben.“

10. Kapitel

Als Avery das Haus betrat, hörte sie aus dem Garten Musik sowie das fröhliche Lachen ihres Sohnes. Ein sehr männliches Lachen folgte, das verursachte, dass Hitze in ihrem Bauch aufstieg und ihre Mundwinkel unwillkürlich zuckten.

Seit einer halben Woche hatte sie einen Dauergast in ihrem Heim, der sich anscheinend das Ziel gesetzt hatte, sie um den Verstand zu bringen. Nach einer kurzen Ehe von gerade mal einem Jahr und einer Scheidung, die bereits sieben Jahre zurücklag, war sie es nicht mehr gewohnt, einen Mann zuhause zu haben. Dass dieser Mann mehr Testosteron und verlockende Pheromone als eine ganze Bienenkolonie versprühte, machte ihr einfach zu schaffen. Da es momentan unerträglich schwül war, entschied sich Mitch gerne dazu, mit nacktem Oberkörper an Seths Baumhaus zu arbeiten. Avery hatte sich mehr als einmal dabei ertappt, wie sie lechzend auf der Terrasse gestanden und beobachtet hatte, wie sich seine Muskeln unter der gebräunten Haut bewegt hatten, wenn er zielgenau und sehr kräftig seinen Hammer geschwungen und Bretter an den Baum genagelt hatte.

Für einen Moment schloss sie die Augen und zählte bis zehn, denn die Begriffe *Hammer* und *genagelt* waren Synonyme, die sich nach einer siebenjährigen Sexflaute mit aller Macht in ihren Kopf drängten und ihren Körper verrückt spielen ließen. Sex mit Mitch Cahill lag außerhalb ihrer

Reichweite und wäre sowieso alles andere als professionell gewesen, dennoch stellte sie sich ständig vor, über den Mann, der sich um ihren Sohn kümmerte und tagtäglich an Seths Baumhaus arbeitete, herzufallen und nicht mehr aus ihrem Bett herauszulassen.

Nachdem sie sich ermahnt hatte, endlich an etwas anderes zu denken, stellte sie ihre Einkäufe auf der Arbeitsfläche der Küche ab und sah durch das Fenster hindurch in den Garten. Dort standen Mitch und Seth nebeneinander und bewunderten ihre halbfertige Konstruktion. Als Mitch ihrem Sohn gutmütig durchs Haar strubbelte, lächelte sie und fühlte gleichzeitig Bedauern in sich aufsteigen, weil es zu deutlich war, wie sehr sich Seth nach väterlicher Aufmerksamkeit sehnte. Einerseits fand sie es wunderbar, dass der ehemalige Footballspieler viel Zeit mit Seth verbrachte und ihm endlich die männliche Zuneigung entgegenbrachte, die Seth verdiente und brauchte, aber andererseits wäre ihr Sohn am Boden zerstört, wenn der Kontakt zu Mitch über kurz oder lang einschlafen würde.

Nachdenklich löste sie ihren Zopf und schlenderte auf die Terrasse.

„Hallo zusammen. Das Baumhaus sieht ja schon wie ein richtiges Baumhaus aus“, erklärte sie feixend.

„Soll das Kritik an meiner Konstruktion sein?“ Grüne Augen funkelten ihr entgegen.

Avery gab sich betont lässig und schob beide Hände in die Taschen ihrer Shorts. „Wie käme ich denn dazu?“

„Mom, Mitch sagt, dass das Baumhaus bald fertig ist. Darf ich mit Dylan dann dort übernachten?“

„Wenn Dylans Eltern nichts dagegen haben, könnt ihr das gerne machen.“ Sie schaute wieder zu Mitch, der glücklicherweise sein T-Shirt anbehalten hatte. „Ich wollte gleich den Grill anwerfen und habe Spare Rips gekauft. Möchten Sie zum Essen bleiben?“

„Da sage ich doch nicht nein.“ Salopp fuhr er sich durch sein dunkelbraunes Haar und lächelte derart sexy, dass sie schlucken musste.

Schnell verteilte sie ein paar Aufgaben, um sich von seinem Lächeln abzulenken, und ließ Seth den Tisch decken, während Mitch sich anbot, den Grill zu übernehmen. Avery verschwand wieder in der Küche, packte das Fleisch aus, bereitete das Gemüse sowie einen Salat vor und starrte beim Brotschneiden immer wieder aus dem Küchenfenster, um zu beobachten, wie Mitch neben dem Herd stand und sich mit Seth unterhielt.

„Seth!“ Sie klopfte an die Fensterscheibe und winkte ihrem Sohn zu. „Kommst du mal und hilfst mir?“

Avery übergab ihm ein kleines Tablett, das er sehr vorsichtig nach draußen trug, während sie sich den Brotkorb schnappte und zwei Flaschen Bier aus dem Kühlschrank nahm, mit denen sie nach draußen trat.

„Hier.“ Sie überreichte ihm eine Flasche und nahm einen großen Schluck aus ihrer eigenen, während sie neben ihm stand und zusah, wie Seth den Tisch deckte.

„Vielen Dank für die Einladung zum Grillen.“

Ironisch sah sie ihn von der Seite an. „Man kann ja kaum von einer Einladung reden, wenn Sie für den

Grill zuständig sind und die halbe Arbeit machen müssen."

„Auch auf die Gefahr hin, dass Sie mich wieder einen chauvinistischen Sexisten nennen, aber der Grill ist Männersache."

„Wenn Sie meinen ..." Sie verdrehte die Augen, bevor sie wieder ernster wurde. „Hören Sie, Mitch. Ich möchte mich bei Ihnen bedanken, dass Sie sich so nett um Seth kümmern."

Seine Stimme senkte sich und klang sehr ruhig. „Er ist ein lieber Junge, Avery."

„Ich weiß." Sie lächelte gegen den Flaschenhals. „Und es bedeutet ihm viel, dass Sie sich für ihn so viel Zeit nehmen. Das ist nicht selbstverständlich."

„Aber es ist ganz einfach, weil es wirklich Spaß mit ihm macht."

Gerne hätte sie weiter mit ihm geplaudert, aber Seth unterbrach sie und verlangte nach etwas Essbarem, also warf Mitch das Fleisch sowie die Maiskolben und einige Scheiben Brot auf den Grill, befahl ihr, sich an den Tisch zu setzen und mal durchzuatmen, während er ihrem Sohn erklärte, worauf man beim Grillen besonders achten musste. Wie zuvor ging ihr das Herz auf, die beiden so zu beobachten.

Beim Essen fiel Seth ausgehungert über seine Mahlzeit her, doch kaum hatte er den letzten Bissen hinuntergeschluckt, fielen ihm beinahe die Augen zu. Avery blieb nichts anderes übrig, als ihn ins Bett zu bringen. Kaum hatte er sich seinen Pyjama angezogen und ins Bett gelegt, schlief er schon wie ein Toter. Lächelnd machte sie das Licht in seinem Zimmer aus und schloss die Tür, um sich kurz darauf zu ihrem

Gast zu gesellen, der entspannt in seinem Gartenstuhl saß und den Grillen beim Zirpen zuhörte.

Leicht nervös betrat sie wieder die Terrasse und setzte sich auf ihren Stuhl. Eigentlich hätte die friedliche Atmosphäre in ihrem Garten nicht schöner sein können. Doch da sie zum allerersten Mal wirklich allein mit ihm war, wurde sie unsicher.

Mitch hatte dieses Problem anscheinend nicht. „Schläft er schon?"

„Ja." Lächelnd spielte sie an dem Rand ihres Wasserglases herum. „Er ist sofort eingeschlafen. Zum Zähneputzen musste ich ihn regelrecht zwingen."

Sein tiefes Lachen löste Vibrationen in ihrem ganzen Körper aus.

„Warum lachen Sie?"

„Weil ich in seinem Alter auch so war. Mit einer Zahnbürste hätte man mich jagen können. Ich schätze, dass alle Jungs so sind."

„Vermutlich." Seufzend streckte sie die Beine von sich. „In letzter Zeit hat er mir bewiesen, wie stur er sein kann. Mittlerweile werde ich schon nervös, wenn ich das Wort Pubertät nur höre."

„Ach, hören Sie doch auf!" Er grinste schief. „Seth ist das unkomplizierteste Kind, das ich kenne."

Sie zuckte mit der Schulter. „Vielleicht haben Sie damit sogar Recht, aber ... na ja ... er wird älter und ist ziemlich clever. Mittlerweile fällt er nicht mehr so leicht darauf rein, wenn man ihn anlügt."

Erstaunt wandte er ihr nun das Gesicht zu. „Anlügen? Inwiefern?"

Rasch fuhr sie sich über die trockenen Lippen und erklärte unsicher: „Wenn sein Dad gemeinsame

Verabredungen absagt, behaupte ich Seth gegenüber immer, dass sein Dad krank sei, doch das durchschaut er inzwischen."

„Okay", murmelte er. „Er hat mir vor ein paar Tagen von seinem Dad erzählt."

„Mhh."

Mitchs Stuhl knarrte, als er sich in ihre Richtung beugte. „Ich wollte nicht neugierig sein. Wir müssen nicht darüber reden, Avery."

„Schon gut." Ihr Lächeln musste sicherlich ziemlich verkrampft wirken, daher zuckte sie ein weiteres Mal betont gleichgültig mit der Schulter. „Im Gegensatz zu Ihnen bin ich mit meinem Exmann nicht befreundet. Wenn wir uns unterhalten, dann nur über Seth, aber das löst leider meistens Streit aus."

„Das tut mir leid."

„Muss es nicht." Sie starrte in sein Gesicht, das vor allen Dingen mitfühlend wirkte. „Ich bin seit sieben Jahren geschieden und bedaure es nicht."

Überrascht zogen sich seine Augenbrauen in die Höhe. „Seit sieben Jahren? Aber ..."

Als er stockte, war ihr klar, worauf er hinauswollte. Seufzend schlang sie die Arme um ihren Oberkörper. „Ich war im fünften Monat schwanger, als Keith die Scheidung einreichte. Bei Seths Geburt waren wir schon geschieden."

Angesichts seiner ansonsten sehr undurchdringlichen Miene, die nun jedoch leicht fassungslos wirkte, rang sie sich ein schwaches Lächeln ab. „Nur zu. Fragen Sie ruhig, Mitch."

„Sie bleiben sehr ruhig, wenn man bedenkt, wie das für Sie gewesen sein muss."

Avery legte den Kopf schief. „Es ist sieben Jahre her und ich verschwende kaum einen Gedanken an meinen Exmann, um ehrlich zu sein. In meinen Augen ist er ein Arschloch, aber wenn er sich wenigstens um Seth kümmern würde, könnte ich auch darüber hinwegsehen."

„Seth hat schon ein paar Mal angedeutet, dass sein Dad nicht viel mit ihm unternimmt."

„Das ist die Untertreibung des Jahres." Sie war erstaunt, wie fröhlich ihr Lachen klang. „Keith sieht Seth kaum und ruft so gut wie nie an. Eigentlich war abgemacht, dass Seth zwei Wochen seiner Sommerferien bei ihm verbringen sollte, aber Keith wollte ihn während der Zeit in ein Sommercamp schicken. Es gab deswegen ein furchtbares Theater, weil Seth dort nicht hinwollte."

„Er hat mir erzählt, dass die anderen Kinder ihn im letzten Jahr gehänselt haben, weil er noch nicht schwimmen konnte."

„Ja." Avery seufzte schwer. „Er hatte schreckliches Heimweh, also habe ich ihn abgeholt und mit nach Hause genommen. Seitdem behauptet sein Dad, dass er ein verweichlichtes Muttersöhnchen sei."

„Verdamm!" Ungläubig schüttelte Mitch seinen Kopf. „Seth ist doch erst sieben! Siebenjährige Jungs dürfen Heimweh haben und traurig sein, wenn sie gehänselt werden."

„Wem sagen Sie das", murmelte sie. „Keith ist jedoch anders. Für ihn zählt, dass sein Sohn sportlich ist. Da Seth gerne malt und manchmal etwas ungeschickt ist, kann er nichts mit ihm anfangen – jedenfalls behauptet er das."

„Da kann ich Sie gut verstehen, dass Sie ihn ein Arschloch nennen."

Fragend musterte sie ihn. „Sie sind doch Sportler, Mitch. Wäre es Ihnen nicht wichtig, dass Ihr Sohn sportlich ist?"

„Himmel, nein!" Er runzelte die Stirn. „Wie kommen Sie denn darauf?"

Avery zuckte mit der Schulter. „Nehmen wir an, Sie würden mit Ihrem Sohn an einem Softballspiel teilnehmen – zusammen mit Ihren ehemaligen Mitspielern – und Ihr Sohn würde jeden Schlag verpassen oder den Ball nicht fangen. Wäre Ihnen das nicht peinlich vor Ihren Kumpels?"

„Ich glaube, dass Sie eine völlig falsche Vorstellung von uns Sportlern haben." Er rückte den Stuhl näher an ihren und streckte seine Beine von sich. „Ganz sicher würde ich mit meinen Kindern auch Softball oder Football spielen, aber nur wenn sie daran Spaß haben. Als Berufssportler muss man erfolgreich sein, das mag schon stimmen, aber in seiner Freizeit spielt man nicht Softball, um zu gewinnen, sondern um Spaß zu haben. Und das Gewinnen hat nicht zwangsläufig etwas mit Spaß zu tun."

„Wäre Ihnen ein unsportliches Kind nicht peinlich?", bohrte sie nach.

„Natürlich nicht", erwidere er seufzend. „Es kommt doch nicht darauf an, ob jemand schnell rennen kann, um ihn liebzuhaben."

„Das haben Sie schön gesagt." Sie schluckte schwer. „Ich habe Keith vor ein paar Wochen genau das Gleiche gesagt, aber er hat mich nicht verstanden. Vielleicht wollte er mich auch nicht verstehen. Weil

Seth keine Sportskanone ist, übersieht er ihn gerne. Mit seinem anderen Sohn dagegen unternimmt er alles Mögliche und das tut Seth natürlich sehr weh."

„Oh. Er hat noch einen Sohn."

Avery nickte. „Ja, Matt."

„Und wie alt ist Matt?"

Plötzlich fröstelte sie und entgegnete mit belegter Stimme: „Matt ist sieben."

„Aber ... aber Seth ist auch sieben."

„Mhh." Sie nickte und starrte geradeaus, bevor sie Luft holte. „Matt ist drei Monate jünger als Seth."

„Avery", flüsterte er verwirrt. „Wollen Sie mich auf den Arm nehmen?"

„Schön wär's", antwortete sie trocken. „Kurz nach unserer Hochzeit traf Keith seine Exfreundin wieder und begann eine Affäre mit ihr, von der ich nichts ahnte. Als ich im fünften Monat schwanger war, eröffnete sie ihm, dass sie ebenfalls schwanger sei, also trennte er sich von mir, zog zu ihr und heiratete sie, nachdem wir geschieden waren. Seth und Matt sind Halbbrüder und wurden im Abstand von drei Monaten geboren."

Als sie aufblickte, erkannte sie das fassungslose Entsetzen in seinem Blick. Mit angehaltenem Atem wartete sie darauf, dass sich sein Blick in Mitleid verwandelte, und spannte sich automatisch an. Nach sieben Jahren war sie es gewöhnt, dass die Menschen sie mitleidig betrachteten, wenn sie erfuhren, was ihr Exmann für einen Scheiß verzapft hatte, aber das hieß nicht, dass sie damit umgehen konnte.

Sie wollte kein Mitleid, schließlich war sie ohne ihn besser dran.

Als er seinen Mund öffnete, erklärte sie daher etwas harsch: „Ich will kein Mitleid, verstanden?“

„Verstanden.“ Er nickte ernst. „Eigentlich wollte ich auch nur sagen, dass Ihr Exmann ein kompletter Idiot sein muss.“

„Das ist er auch“, seufzte sie schwer. „Heute ist es mir ziemlich egal, was er macht, und ich bin froh, nicht mehr mit ihm verheiratet zu sein. Jane, Matts Mutter und seine jetzige Frau, tut mir sogar ein bisschen leid, obwohl die Frau eine echte Zicke ist.“

„Inwiefern tut sie Ihnen leid?“

Avery warf ihm einen törichten Blick zu. „Ein Mann, der es fertig bringt, seine schwangere Frau zu betrügen und dann sitzen zu lassen, erscheint mir nicht der Kandidat für einen tollen Ehemann zu sein. Wer sagt ihr, dass er nicht das Gleiche bei ihr abziehen würde?“

„Vielleicht denkt sie, dass sie etwas Besonderes ist?“

„Natürlich denkt sie das, weil sie ein Hohlkopf ist.“ Sie tippte sich an die Stirn. „Aber es geht nicht um sie, sondern um Keith. Sein moralisches Empfinden ist quasi nicht vorhanden, da kann Jane noch so toll sein. Sie ist auch Mutter und sollte sich mal fragen, ob sie mit einem Mann zusammen sein will, der es fertigbringt, seinen eigenen Sohn links liegen zu lassen und zu vernachlässigen. Niemand kann ihr die Sicherheit geben, dass Keith nicht eine andere Frau kennenlernt und sie samt Matt in den Wind schießt.“

Ihr fiel gar nicht auf, wie wortkarg und grimmig er mit einem Mal geworden war, bis er fragte:

„Glauben Sie, dass ein Mann, der seine Frau betrogen hat, ein Arsch sein muss?“

„Natürlich nicht.“ Sie schüttelte den Kopf. „Damals habe ich erwartet, dass Keith mir treu sein würde. Ich meine ... wir hatten gerade erst geheiratet, trotzdem schien ihm dies nicht gereicht zu haben. Vielleicht hätte ich ihm sogar einen Seitensprung vergeben, wenn er diesen wirklich bereut hätte.“

„Das klingt verdammt liberal.“

„Es klingt realistisch.“ Avery verschlang ihre Finger ineinander. „Verstehen Sie mich nicht falsch, Mitch. Mein Mann sollte mich lieben und mir treu sein. Wenn er mit anderen Frauen geschlafen hat, läuft irgendetwas zwischen uns gewaltig schief und ich wäre todunglücklich, aber ...“ Sie schluckte schwer. „Aber manchmal machen Menschen Fehler, die sie von Herzen bedauern. Darüber muss man hinwegkommen und weitermachen.“

„Gut zu wissen“, erwiderte leicht amüsiert.

Fragend neigte sie den Kopf. „Wieso?“

„In meiner Ehe war ich nicht immer treu, deshalb hatte ich die Befürchtung, dass Sie mich für ein Arschloch halten könnten.“

Schmunzelnd lehnte sie sich zurück. „Da Sie mit Ihrer Exfrau weiterhin befreundet sind, können Sie gar kein Arschloch sein, Mitch. Abgesehen davon dürfte es Ihnen doch egal sein, was ich von Ihrer ehelichen Untreue halte.“

„Na ja“, als er sich unschlüssig den Nacken rieb, war Avery vollends verwirrt. „Eigentlich wollte ich Sie fragen, ob Sie mit mir ausgehen würden, deshalb wäre es vielleicht doch von Vorteil, wenn Sie mich nicht für ein untreues Arschloch hielten.“

Avery blinzelte überrumpelt und starrte ihn sprachlos an, bevor sie nach einiger Zeit krächzte: „Was?“

Mitch lachte gutmütig. „Ich würde gerne mit Ihnen ausgehen, Avery. Wieso sind Sie so überrascht?“

Sie schluckte, merkte gleichzeitig, wie ihr Gesicht zu glühen begann, und versuchte sich in einem lässigen Ton. „Ich bin eine Mom und daher nicht unbedingt das beliebteste Date ...“

„Ha!“ Seine tiefe Stimme schaffte es, dass sich eine Gänsehaut von ihrem Nacken bis zu ihrer Fußsohle ausbreitete. Die Tatsache, dass er seinen Gartensessel plötzlich direkt neben ihren rückte, ließ dagegen ihr Herz einen wilden Tanz aufführen. Wie hypnotisiert saß sie auf ihrem Stuhl und ließ atemlos zu, dass er ihre Hand in seine nahm.

„Das ist doch Unsinn.“

Angesichts der Wärme seiner Haut und des Pulsierens in ihrem Körper stand sie kurz davor, entweder ohnmächtig zu werden oder sich auf ihn zu werfen. Glücklicherweise nahm er ihr diese Entscheidung ab, indem er sich zu ihr beugte und sie küsste.

Die erste Berührung seiner Lippen auf ihren fühlte sich wie ein Stromschlag an, von dem sie jedoch nicht genug bekommen konnte. Es war zu lange her, dass sie geküsst worden war und den Geschmack eines Mannes gekostet hatte. Aus den ersten vorsichtigen und beinahe tastenden Lippenberührungen wurde schnell ein richtiger Kuss, als Mitch ihr Gesicht mit seinen Händen umschloss und sie tief küsste. Sein Stöhnen hallte in ihrem

Körper wider und wurde von ihr erwidert. Als seine Zunge ihre berührte, legte sie den Kopf zur Seite und begann zu zittern.

Augenblicklich erwachte ihr Körper zum Leben und wollte sich an seinen schmiegen, doch dank der Gartenstühle war das nicht möglich. Daher verlegte sie sich darauf, eine Hand auf seinem Knie zu platzieren und mit der anderen seinen Nacken zu umfassen, während er ihren Mund verschlang. Seine Lippen knabberten an ihren, er schmeckte nach einer Mischung aus Bier, Barbecuesauce und Mann, seine Küsse brachten sie beinahe um den Verstand und die Muskeln seines Oberschenkels fühlten sich wahnsinnig gut unter ihrer Hand an, während die Seufzer aus seinem Mund sie dazu brachten, die Beine zusammenzupressen.

Als seine Hände über ihren Hals und weiter abwärts glitten, dachte Avery in einem Anflug von Panik, dass sie im Grunde mit ihrem Chef knutschte und kurz davor stand, ihn mit in ihr Schlafzimmer zu nehmen, während ihr siebenjähriger Sohn selig in seinem Bett schlief. Doch sie wollte nicht wie eine Mom denken – nicht jetzt, da ein netter und verflucht heißer Mann sie um ein Date gebeten hatte und sie küsste, als könne er nicht genug von ihr bekommen.

Sehr behutsam streiften seine Hände ihre Brüste, was Avery aufstöhnen ließ, doch Mitch hatte anscheinend nicht im Sinn, sie hier auszuziehen, da seine Hände ihre Hüften umfassten und sie mühelos auf seinen Schoß hob. Die plötzliche Unterbrechung ihres Kusses und die Tatsache, dass sie mit einem Mal auf seinem Schoß saß, ließen Avery nun doch ein wenig nervös werden. Sie schluckte schwer und starrte in sein Gesicht, das sich leicht gerötet hatte. Wann hatte sie das letzte Mal auf dem Schoß eines Mannes gesessen? Sie fragte sich, ob das überhaupt jemals zuvor vorgekommen war, und fürchtete, zu schwer zu sein, schließlich war sie keine magersüchtige Primaballerina.

Als sie sich leichter machen wollte, legte Mitch eine Hand auf ihre Hüfte. „Was ist?“

„Ich bin zu schwer für dich“, murmelte sie und schlug die Augen nieder.

„Scheiße, nein“, lachte er heiser und streichelte gleichzeitig über ihre Hüfte, was sie veranlasste, näher an ihn heranzurücken.

Da Avery nun auf seinem Schoß saß, waren ihre Köpfe beinahe auf einer Höhe, was Mitch sofort ausnutzte, indem er sein Gesicht in ihrem Haar vergrub und dabei kleine genießerische Seufzer ausstieß.

Mit trockener Kehle, rasendem Herzen und feuchten Händen ließ sie sich wieder von ihm küssen. Nun konnte sie ihm problemlos die Arme um den Nacken schlingen und sich an seinen starken Oberkörper schmiegen, ohne dabei blaue Flecke durch den Gartenstuhl zu befürchten.

Nach einer gefühlten Ewigkeit löste er seine Lippen von ihren und sah ihr ins Gesicht. Dass seine Stimme so atemlos klang wie ihre, hielt sie für ein gutes Zeichen.

„War das ein Ja?“

Avery fuhr sich kurz mit der Zunge über die trockenen Lippen und erntete prompt ein Stöhnen von ihm. „Was ist?“

„Nichts, nichts“, grummelte er und umfasste ihren Po mit beiden Händen, um sie auf seinem Schoß zu verrücken.

„Und was meintest du gerade mit dem Ja?“

Seine Augen funkelten belustigt, während er sie wissend musterte. „Ich wollte wissen, ob du mit mir ausgehen willst.“

„Wäre es nicht etwas merkwürdig, wenn ich jetzt nein sagen würde?“

„Total“, entgegnete er glucksend und beugte sich wieder näher, um sie ein weiteres Mal zu küssen.

„Wenn es nicht so furchtbar billig wäre und Seth oben schliefe, würde ich dich fragen, ob du heute Nacht hierbleiben möchtest“, flüsterte Avery, bevor sie wusste, was sie tat.

Sein überraschter Gesichtsausdruck und ihre brennenden Wangen lösten in ihr den Wunsch aus, sich in einem Mäuseloch zu verkriechen. Wunderbar! Vermutlich hielt er sie nun für eine sexuell frustrierte Single-Mom, die sich auf den erstbesten Mann stürzte, der ihr über den Weg lief.

„Ich fand Sex beim ersten Date nie billig, aber ich beuge mich natürlich deinen Wünschen“, erwiderte Mitch mit gespieltem Ernst. „Da Seth oben schläft, sollten wir unser nächstes Date bei mir haben.“

„Unser nächstes Date?“, fragte sie trocken. „Das hier ist nicht einmal unser erstes Date, Mitch.“

„Doch“, behauptete er ruhig und streichelte sanft über ihr nacktes Knie. „Immerhin haben wir uns geküsst. Das werte ich als Date.“

„Aber ...“

Sein Mund hielt sie von weiteren Protesten ab, trotzdem flüsterte er nach einer Weile: „Spricht irgendetwas gegen Sex beim zweiten Date?“

Avery schüttelte den Kopf und lächelte.

„Gut zu wissen.“

11. Kapitel

Seth saß auf der Rückbank von Mitchs Auto und winkte seiner Mom zum Abschied zu, wie er es nun seit fast zwei Wochen täglich machte. Sie winkte zurück, lächelte und warf ihm eine Kusshand zu, was Seth ziemlich peinlich vor Mitch war, denn er wollte nicht, dass dieser ihn für ein Muttersöhnchen hielt. Natürlich freute sich Seth darüber, wenn seine Mom ihn in den Arm nahm oder abends ins Bett brachte, aber sie konnte so peinlich sein! Kein Junge wollte vor seinen Schulfreunden oder vor Kumpels, wie Mitch einer war, von seiner Mom abgeknutscht und beschmust werden. Zuhause war es okay, aber nicht in aller Öffentlichkeit! Leider vergaß seine Mom diese Regel manchmal.

Vorsichtig schielte er nach vorne, weil er wissen wollte, ob Mitch komisch auf Moms Kusshand reagierte, doch Mitch schien bester Laune zu sein. Da er eine Sonnenbrille trug, die ihn wie einen Piloten aussehen ließ, konnte Seth zwar nicht seine Augen sehen, aber seine Mundwinkel waren deutlich zu einem Lächeln verzogen. Erleichtert lehnte sich Seth wieder in seinen Kindersitz zurück. Von allen Menschen auf der Welt wollte er nämlich, dass Mitch ihn cool fand.

Etwas wehmütig wandte er das Gesicht nach vorne, nachdem seine Mom aus seinem Blickfeld verschwunden war, als Mitch aus der Garageneinfahrt gefahren war. Heute war sein letzter Tag im Kindercamp der Titans, was ihn wirklich traurig stimmte. Anfangs hatte er sich mit seiner Mom gestritten, weil er dort nicht hatte hingehen wollen. Das Wort Camp hatte ihn abgeschreckt und er hatte seiner Mom vorgeworfen, ihn in ein genauso blödes Sommerlager zu stecken, wie es sein Dad hatte machen wollen. Doch dieses Mal war seine Mom hart geblieben und hatte nicht nachgegeben.

Seth war ja nicht blöd und wusste, dass seine Mom zur Arbeit gehen musste und dass seine Grandma im Urlaub war, trotzdem hatte er sich etwas anderes für seine Ferien als ein doofes Camp vorgestellt, in dem er womöglich ausgelacht werden konnte. Am ersten Tag hatte er morgens noch geschmollt, als seine Mom ihm sein Lieblingsfrühstück gemacht hatte, aber bereits abends hatte er sich auf den nächsten Tag gefreut. Vor ein paar Tagen waren sie sogar mit allen anderen Kindern ins Trainingslager der Footballspieler gefahren und er war sehr stolz gewesen, weil seine Mom dort arbeitete. Sie hatte ihm und den anderen Kindern sogar erklärt, was sie machte, und ihnen gezeigt, wie man mit einem kleinen Hammer die Knie der Spieler untersuchte. Sie hatte das Reflexe genannt und ihnen allen erlaubt, ihren kleinen Hammer zu benutzen. Das war super gewesen.

Dass Mitch ihn täglich mit zur Arbeit nahm und abends auch wieder nach Hause brachte, war auch richtig super, denn er mochte Mitch. Damit Mom keinen Umweg fahren musste, weil sie fast eine Stunde jeden Tag zum Trainingslager der Footballspieler brauchte, holte Mitch ihn immer ab und brachte ihn auch nach Hause. Während dieser Zeit quatschten sie viel und Seth erzählte ihm alles zu seinen Lieblingscomics oder Lieblingsfilmen. In den letzten Tagen sprachen sie besonders viel über das Baumhaus, das bald endlich fertig war. Er konnte es kaum erwarten, hinaufzuklettern, Comics zu lesen oder mit seinem Freund Dylan dort zu übernachten. Ganz sicher wäre das ein Mordsspaß!

„Sag mal, Seth, weißt du, was deine Mom ganz besonders gerne isst?"

Gedankenverloren knibbelte er an einer Kruste auf seinem Knie herum. Vor einer Woche war er beim Spielen mit den anderen Kindern hingefallen und hatte sich das Knie aufgeschürft. Es hatte sogar etwas geblutet, aber niemand hatte gelacht.

„Seth?"

„Mhh ... ich weiß nicht. Spaghetti mag sie gerne. Mom schneidet mir manchmal kleine Würstchen in die Spaghetti und tut ganz viel Käse drauf."

„Aha." Mitchs tiefe Stimme klang nach einem Lachen. „Mag sie denn Fisch?"

Seth zuckte mit der Schulter und ließ von der Kruste ab. „Sie macht manchmal Fischstäbchen, aber nur im Ofen, weil sie in der Pfanne zu fettig sind. Und Wackelpudding, aber nur den grünen und ohne Sahne."

Von vorne drang ein Glucksen an Seths Ohr. „Danke für die Tipps."

„Gerne."

„Weißt du, welche Blumen deine Mom besonders schön findet?"

„Blumen?" Stirnrunzelnd kniff er die Augen zusammen und dachte nach. „Mom freut sich über alle Blumen, die ich ihr mitbringe. Einmal habe ich im Garten ein paar Gänseblümchen gepflückt und sie

Mom geschenkt. Sie hat sie dann zwischen zwei Seiten in ein Buch gelegt, um sie zu trocknen." Eilig fügte er hinzu, um nicht als uncool dazustehen: „Damals war ich noch ganz klein."

„Okay. Gänseblümchen und Spaghetti mit Würstchen also", erwiderte Mitch mit gebotenem Ernst. „Deine Mom scheint sehr leicht zufriedenzustellen zu sein."

Seth hatte keine Ahnung, wovon Mitch sprach, aber er nickte und unterdrückte ein Gähnen. Auch wenn er an Wochenenden und in den Ferien gerne länger schlief, war er heute Morgen ohne zu murren aufgestanden, schließlich fand ein Abschiedsfest im Camp statt, das er nicht verpassen wollte.

„Mitch?"

„Ja, Kumpel?"

Unsicher kratzte er sich am Handrücken und schluckte. „Mom muss ja heute arbeiten."

„Ja, ich weiß. Worum geht's?"

„Also ..." Er blickte zaghaft durch den Rückspiegel in Mitchs Gesicht, konnte seine Augen jedoch wegen der Sonnenbrille auf dessen Nase nicht sehen. Gleichzeitig klopfte sein Herz wie verrückt. „Wir haben im Camp ein kleines Theaterstück geübt und wollen das heute aufführen. Weil ... weil Mom ja nicht da ist, wollte ich dich fragen, ob du vielleicht kommen willst, um es dir anzusehen."

Gebannt und ängstlich zugleich beobachtete er, wie Mitch seine Sonnenbrille abnahm und ihn ebenfalls durch den Rückspiegel seines Autos anschaute.

„Natürlich komme ich. Danke für die Einladung."

Seths Augen weiteten sich. „Du kommst? Ehrlich?“

Mitch lächelte ihm zu und nickte. „Ich komme. Versprochen.“

12. Kapitel

„Wenn du die Frau zu dir nach Hause eingeladen hast, musst du sie schon länger kennen. Wie viele Dates hattet ihr denn schon?“

Genervt verdrehte Mitch die Augen und hielt das Telefon zwischen Ohr und Schulter geklemmt, während Johns Stimme durch den Hörer drang. Eigentlich war er dabei, die Spuren seiner Kochversuche zu beseitigen, doch ein Anruf seines Kumpels hatte diese Pläne torpediert. Seit geschlagenen zehn Minuten versuchte der Footballcoach nun schon den Namen seines Dates zu erfahren und bewies sich als verdammt hartnäckig.

Am liebsten hätte Mitch einfach aufgelegt, stattdessen stellte er die lustigsten Verrenkungen an, um die schmutzigen Töpfe und Pfannen in die Spülmaschine zu packen, den Herd von angebrannter Rotweinsauce zu befreien und alle Beweise dafür, dass er einen grauenvollen Hausmann abgab, verschwinden zu lassen, während er telefonierte. Tatsächlich sah seine Küche aus, als hätte eine Bombe eingeschlagen. Wenigstens war sein Wohnzimmer aufgeräumt und sauber, schließlich wollte er einen guten Eindruck machen. Mit Anfang zwanzig hatte er sein Auto auf Hochglanz poliert, um Eindruck auf die holde Weiblichkeit zu machen, doch mittlerweile sorgte er sich eher um das Aussehen seiner Wohnung und hoffte, sein Date durch gutes Essen und Ordentlichkeit von seinen Qualitäten überzeugen zu können.

„Das geht dich gar nichts an.“

„Also kenne ich sie?“

Seufzend lehnte er sich gegen den Kühlschrank, erinnerte sich an die Flasche Weißwein, die er extra für den heutigen Abend gekauft hatte, und holte sie heraus. Avery müsste jeden Moment da sein, was dazu führte, dass sich seine Nervosität steigerte, während John unaufhaltsam auf ihn einredete.

„Auch wenn das Trainingslager vorbei ist, müsstest du doch einen Haufen Arbeit vor der Brust haben, oder? Wieso kümmerst du dich nicht darum, anstatt mich auszuquetschen?“

„Ha!“ John gluckste durch den Hörer. „Erstens habe ich für heute Feierabend und zweitens kommt es mir vor, als wolltest du nicht, dass ich weiß, wer dein geheimnisvolles Date ist.“

„Schwachsinn“, schnaubte er. „Ich bin in Eile und will meine Küche noch schnell auf Vordermann bringen. Das ist alles. Außerdem bin ich alt genug, um ein Date zu haben, ohne dass mir ein Kumpel die Hand tätschelt und mir gute Ratschläge erteilt. Nach dem von dir organisierten Blind Date zweifle ich sowieso an deiner Zurechnungsfähigkeit.“

John war nicht so leicht abzulenken und erklärte belustigt: „Anstatt so ein Palaver zu veranstalten, könntest du mir doch mal eben sagen, wer die Dame ist, die heute in den Genuss kommt, deine saubere Wohnung von innen betrachten zu dürfen.“

Mit Zeigefinger und Daumen massierte er sich kurz die Nasenwurzel, senkte den Kopf und fuhr sich über die Lippen. „Wenn du das herumerzählst, werfe ich dir einen Ball in die Eier.“

„Meine Lippen sind versiegelt, schließlich weiß ich, wie hart du werfen kannst. Von deiner Zielgenauigkeit ganz zu schweigen."

John konnte ein furchtbarer Quälgeist sein, entschied Mitch zähneknirschend. „Ich treffe mich mit Avery Lancaster."

Es folgte ein Moment der Stille, bevor John beinahe geschäftsmäßig erwiderte: „Das ergibt einigen Sinn."

„Was?"

„Na ja, Mitch, nichts für ungut, aber ich hatte ein paar Mal die Befürchtung, dass meine Spieler auf deinen Sabberflecken ausrutschen und sich was brechen könnten ..."

„Was für Sabberflecken?"

Sein Kumpel lachte schadenfroh. „Vielleicht bemerkst du es nicht, aber sobald du den Doc siehst, wirkst du wie ein Hund, der einen saftigen Fleischbrocken beobachtet und nicht aus den Augen lässt."

„Danke für deine bildlichen Vergleiche", schnaubte er trocken.

„Nichts zu danken. Avery ist eine schöne Frau, da kann ich gut verstehen, dass du sie immer anstarrst."

„Lass das nicht deine Frau hören."

„Hanna weiß, dass ich nur Augen für sie habe."

Mitch fuhr sich hastig durch sein Haar, bevor er ein paar Schmutzflecke von der Arbeitsfläche wegwischte. „Dann solltest du deinen freien Abend vielleicht damit verbringen, deine Frau mit etwas Romantik zu überraschen, anstatt mich hier am Telefon zu terrorisieren."

„Hehe, das klingt, als wäre der frühere Starquarterback ein wenig nervös.“

„Halt doch die Klappe!“ Seufzend warf er den Lappen zurück in die Spüle. „Das meine ich auch im übertragenen Sinne. Kein Wort zu den anderen, vor allem nicht zu Palmer. Der kann doch nie etwas für sich behalten.“

„Wovor hast du denn Muffensausen? Meinst du, dass du gefeuert wirst, wenn herauskommt, dass du den Doc datest?“

Irgendwie konnte Mitch über Johns belustigte Frage nicht lachen. „Ich habe keine Ahnung, ob daraus etwas Festes wird, und fände es echt beruhigend zu wissen, dass ich mir keine Kommentare von den Vollidioten anhören muss.“

„Ich schätze, dass du mit Vollidioten das Team meinst.“

„Wen denn sonst?“ Ärgerlich runzelte er die Stirn. „Vor allem Blake würde einen Kommentar nach dem nächsten reißen. Vermutlich sogar in Averys Anwesenheit. Nein, danke. Darauf kann ich verzichten.“

John seufzte schwer. „Kann ich verstehen. Also von mir erfährt niemand etwas.“

„Auch Hanna nicht“, ordnete Mitch an.

„Hey, ich erzähle meiner Frau alles!“

„Alles?“ Mitch schnaubte und fragte interessiert: „Also kennt sie auch die Geschichte von dem Bootstrip nach Cancun, als du noch aktiver Spieler warst?“

Auf diese Frage trat erst einmal Stille ein, was Mitch nicht anders erwartet hatte. Den Brocken schien der Chefcoach der Titans erst einmal schlucken zu müssen.

Als John antwortete, klang er ziemlich angepisst. Anscheinend biss er die Zähne zusammen, denn anders hätte sich Mitch den Tonfall seines Kumpels nicht erklären können. „Du Arsch.“

Nun war es an Mitch, hämisch zu lachen. „Hast du Angst, was deine Frau zu ihrem Mustergatten sagen könnte, wenn sie wüsste, wie es dort abgegangen ist?“

„Mitch.“ Johns Stimme klang wirklich bedrohlich, doch Mitch fand das zum Schreien komisch.

„Ja, John?“

„Ich ...“

Er räusperte sich. „Wolltest du etwas sagen? Ach, kommt Hanna auch zum Sommerpicknick? Ich habe sie schon lange nicht mehr gesehen.“

„Miese Tour, Cahill.“

Lachend erwiderte er: „Ich weiß.“

„Viel Spaß bei deinem Date.“

Als es in der Leitung klickte, zuckte Mitch zufrieden mit der Schulter und legte den Hörer weg. Wenn das die Patentlösung dafür war, von John in Ruhe gelassen zu werden, sollte er ihm öfter damit drohen, dessen Verfehlungen aus Sportlertagen Hanna zu petzen. Wie es schien, hatte der große John Brennan einen richtigen Strang vor seiner zauberhaften Frau.

Hastig warf er einen Blick auf seine Uhr und machte sich sofort daran, das gröbste Chaos zu beseitigen. Er hatte keine Ahnung, wann er zum letzten Mal so nervös vor einem Date gewesen war.

Eigentlich sollte er mit siebenunddreißig Jahren einer Verabredung mit einer Frau sehr viel gelassener entgegenblicken, aber da es sich bei dieser Frau um Avery handelte, wollte er nichts vermasseln.

Wenn er von sich behauptet hätte, sie zu mögen, würde er lügen. Mittlerweile war ihm klar, dass da sehr viel mehr im Spiel war als bloße Zuneigung. Sie war eine tolle Frau, eine erstklassige Ärztin und eine großartige Mutter. Allein das wäre Grund genug dafür gewesen, sie zu mögen. Wenn Mitch daran dachte, mit welcher Kraft und Ruhe sie ihren Alltag meisterte und wie wundervoll sie zu Seth war, stieg ein warmes Gefühl in ihm auf. Der kleine Kerl konnte sich keine bessere Mutter wünschen.

Doch das war noch längst nicht alles. Allein wenn Mitch Avery sah oder von ihr angelächelt wurde, schmolz er dahin und merkte, wie sehr sie seine alte Pumpe in Fahrt brachte. Tatsächlich hatte er schon sehr lange nicht mehr gespürt, wie ihm das Herz aufging, wenn er mit einer Frau zusammen war. Seit Kelly war er nicht mehr verliebt gewesen und er ahnte, dass er ganz kurz davor stand, erneut sein Herz zu verlieren. Nicht nur an Avery, sondern auch an Seth. Die beiden gab es nur im Doppelpack und anders hätte er es auch gar nicht gewollt.

Er war noch immer in seine Gedanken vertieft, als es ein paar Minuten später an seiner Tür klingelte. Ein Blick in seine Wohnung sagte ihm, dass nichts so aussah, als würde hier ein Berserker hausen.

Also öffnete er die Tür und ließ Avery hinein, die ihm ein vorsichtiges Lächeln schenkte.

„Hi."

„Hi!“ Er schloss die Tür hinter ihr und beugte sich hinab, um ihr einen kurzen Kuss auf die Lippen zu geben.

Ihr leichtes Zittern verriet ihm, dass sie ebenso nervös zu sein schien wie er. Mit einem breiten Grinsen legte Mitch ihr eine Hand auf den Rücken und murmelte an ihren Lippen: „Hast du gut hergefunden?“

Während sie ihr Gesicht an seines schmiegte, nickte sie. Ihre Stimme klang nach einem Lachen. „Alles bestens.“

Die Berührung schickte einen Stromschlag durch seinen Körper und am liebsten hätte er sie gleich mit Haut und Haaren verspeist, doch stattdessen atmete er tief durch und löste sich langsam von ihr.

„Ich hoffe, dass du Hunger mitgebracht hast.“ Vorsichtig führte er sie in seine Wohnung und ließ dabei seine Hand auf ihrem Rücken liegen. Dass sie ihr Haar offen trug, gefiel ihm, weil er den Anblick ihrer dunkelblonden zerzausten Locken mochte. Genauso sehr gefiel ihm das hellrote ärmellose Kleid, das sie trug, weil es einen wunderbaren Blick auf ihr Dekolletee und ihre schlanken Waden ermöglichte. So nah neben ihr konnte er den zarten Duft nach Zitrone und Frau riechen, den sie verströmte, und schloss für einen kurzen Moment die Augen.

„Seth wollte heute Mittag unbedingt Quesadillas essen“, plapperte sie mit einem nervösen Unterton in der Stimme und ließ sich von ihm die Handtasche abnehmen, die Mitch an die Garderobe hängte. „Also habe ich ihm welche besorgt, während ich nur einen Salat gegessen habe, weil du ja kochen wolltest.“

„Dann lass uns hoffen, dass es dir schmeckt. Hoffentlich ist es etwas geworden, denn ich fürchte, dass ich das Rezept nicht ganz verstanden habe.“

Ihr zittriges Lächeln ließ sein Herz kurz stolpern. Himmel, sie war einfach bezaubernd, schoss es Mitch durch den Kopf. Er konnte nicht anders, als ihr herzförmiges Gesicht mit der vorwitzigen Nase und den vollen Lippen anzustarren und gleichzeitig seinen kribbelnden Fingern zu befehlen, sie nicht zu überfallen.

„Magst du Pasta?“

Nervös nickte sie und wich rasch seinem Blick aus.

Seine Hand glitt von ihrem Rücken nach vorne und ergriff ihre rechte, die sich in den Falten des Sommerkleides vergraben hatte, um diese zu drücken. „Was macht der kleine Gauner heute Abend?“

Langsam hob sie das Gesicht und knabberte dabei auf ihrer Unterlippe herum. „Eine Babysitterin passt auf ihn auf.“

„Ist sie denn nett?“

Verwirrt hoben sich ihre Augenbrauen an, während ihre grauen Augen blinzelten. „Wer?“

Mit einem heiseren Lachen fragte er nach: „Die Babysitterin?“

„Ach so.“ Wie aufs Stichwort röteten sich ihre Wangen. „Ja, sie ist sehr nett ... Seth mag sie total gerne.“

„Avery“, seine Stimme bebte vor unterdrücktem Lachen. „Keine Sorge, so schlecht kann ich nun auch wieder nicht kochen. Du musst nicht nervös sein.“

Sie stieß einen tiefen Seufzer aus und lächelte schwach. „Du, Komiker.“

„Warum bist du denn sonst so nervös?“ Er zog sie etwas näher und senkte den Kopf.

Ihre Augen schienen seine Kehle zu fixieren. „Ich hatte seit Ewigkeiten kein Date“, erklärte sie mit belegter Stimme. „Ich fürchte, ich bin aus der Übung.“

„Das macht doch nichts“, murmelte er. „Dann sind wir schon zu zweit.“

Ihre Augen blitzten kurz auf, als sie forsch fragte: „Hattest du etwa auch seit sieben Jahren keinen Sex?“

Ungeniert schüttelte er den Kopf. „Nein, bei mir sind es erst drei Jahre.“

Ihrem leicht fassungslosen Gesichtsausdruck begegnete er mit Humor. „Ich bin mir ziemlich sicher, dass uns zusammen wieder einfällt, wie es geht.“

Angesichts ihrer plötzlichen Erheiterung musste er selbst grinsen. „Was ist?“

„Nichts.“ Sie schüttelte den Kopf und umfasste mit beiden Händen sein Poloshirt, während sie die Stirn gegen seine Brust presste und schallend lachte. „Ich musste nur daran denken, dass ich gestern den halben Tag im Einkaufszentrum verbracht habe.“

Er hatte keine Ahnung, was daran so komisch war und schaute hinab auf ihren bebenden Lockenkopf. „Und das ist so komisch, weil ...?“

Mittlerweile gluckste sie, presste sich eine Hand gegen den Mund und schaute ihn amüsiert an. „Um die schönste Unterwäsche auszusuchen, brauchte ich allein drei Stunden.“

„Neue Unterwäsche?“ Mit einem unverschämten Lächeln legte er den Kopf schief und presste seine rechte Hand gegen ihre Hüfte. „Sensationell ...“

„Finger weg“, lachte sie, tat jedoch nichts, um seine Finger davon abzuhalten, auf Wanderschaft zu gehen.

„Und was hast du sonst noch so im Einkaufszentrum getrieben?“

„Was Frauen so tun, wenn sie ein heißes Date haben.“ Ihre Erheiterung schien keine Grenzen zu kennen. „Neue Unterwäsche kaufen, sich nach einem Sexratgeber im Buchhandel umsehen, zum Waxing gehen und ein neues Diaphragma besorgen.“

Mitch blinzelte und wusste einen langen Moment nicht, was er sagen sollte, bis er krächzte: „Ein Sexratgeber?“

Vergnügt prustete sie los. „Ich wusste doch, dass du zuerst auf den Sexratgeber zu sprechen kommen würdest.“

„Keine Sorge.“ Er atmete aus. „Das Waxing und das Diaphragma habe ich nicht überhört.“

„Dann bin ich ja beruhigt.“

„Avery.“ Zwischen Belustigung und Nervosität hin- und hergerissen schob er ein paar Locken hinter ihr Ohr. „Ich will nicht, dass du glaubst, ich hätte dich nur eingeladen, um Sex mit dir zu haben. Wir müssen nicht sofort miteinander schlafen, wenn dir das zu schnell ...“

„Das sagst du mir ausgerechnet jetzt?“ Gespielt enttäuscht verdrehte sie die Augen. „Wenn das so ist, hätte ich mir die ganzen Mühen nicht machen müssen.“

Er schnaubte und wiederholte das, was sie ihm kurz zuvor erwidert hatte. „Du Komikerin.“

„Mitch“, sie schaute ihm wieder ins Gesicht und klang dabei gleich ein wenig ernsthafter, auch wenn ihre Wangen eine dunklere Farbe annahmen. „Das weiß ich doch alles. Es ist nur so ... ich habe mir ziemlich lange keine Gedanken um erste Dates oder Sex machen müssen, daher wollte ich vorbereitet sein. Außerdem ...“

Da sie nach einigen Sekunden immer noch nicht weitergeredet hatte, fragte Mitch: „Außerdem?“

Ungelenk zuckte sie mit der Schulter. „Außerdem habe ich dich bereits nackt gesehen und hielt ... etwas Recherche in Sexratgebern für angebracht.“

Er kniff die Augen zusammen. „Was?“

„Hey“, protestierte sie trocken. „Du musst gar nicht so unschuldig tun.“

Verwirrt schüttelte er den Kopf. „Wozu brauchst du denn einen Sexratgeber? Mit meinem Penis ist alles in bester Ordnung.“

„Sagen wir mal so: Dein Penis ist nicht zu übersehen.“

Ungläubig darüber, dass sie in seinem Wohnungsflur standen und über seinen Penis sprachen, obwohl er ihr nicht einmal etwas zu trinken angeboten hatte, schüttelte er den Kopf. „Können wir die Penis-Diskussion auf später verschieben? Ich fürchte nämlich, dass das Essen sonst kalt wird.“

„Aufgeschoben ist ja nicht aufgehoben“, entgegnete sie pragmatisch.

„Genau“, krächzte er.

„Was gibt es denn?“

„Spaghetti mit Würstchen – auf Empfehlung deines Sohnes.“

Als sie schallend lachte und sich gegen ihn lehnte, begann sein Herz schon wieder einen

Freudentanz aufzuführen, der sicherlich nichts mit der Aussicht auf neue Unterwäsche zu tun hatte.

Vermutlich hatte keines seiner früheren Dates damit geendet, neben einer Frau auf dem Sofa zu sitzen, ihre und seine nackten Füße auf dem Couchtisch abgelegt, und dabei eine Quizsendung im Fernsehen zu sehen. Obwohl sie bis auf ihre Füße vollständig bekleidet waren, konnte er sich nicht erinnern, bei einem ersten offiziellen Date jemals zuvor eine solche Intimität verspürt zu haben.

Es war ganz selbstverständlich, seinen Arm um ihre Schulter zu schlingen und sein Kinn auf ihren Scheitel zu legen, während sie sich an ihn schmiegte.

„Das Schweigen der Lämmer."

„Mhh?"

Avery nickte in Richtung Fernseher. *„Das Schweigen der Lämmer* gewann 1992 den Oscar als bester Film."

„Oh!" Im Gegensatz zu ihr hatte er überhaupt keine Ahnung, was sie da gerade sahen. Es war viel interessanter, mit seinen Fingern über die seidenweiche Haut ihres Oberarms zu streicheln und ihr Gewicht an seiner Seite zu spüren.

„Jodie Foster wurde beste Hauptdarstellerin", ergänzte sie und legte einen Arm um seine Mitte. „Verdient, wenn du mich fragst. Letztens lief der Film abends im Fernsehen. Dummerweise hatte ich Seth erlaubt, länger aufzubleiben. Also musste ich umschalten und einen harmlosen Film heraussuchen."

Mitch gluckste kurz. „Vor der Szene, in der sich Buffalo Bill seinen Penis zwischen die Beine klemmt und ständig stöhnt, dass er sich ficken würde, habe ich noch heute eine Heidenangst. Wie soll man so etwas einem Siebenjährigen erklären?“

„Abgesehen davon, dass Seth vermutlich Alpträume bekommen hätte, weil Anthony Hopkins einem Polizisten das Gesicht abschneidet und es sich als Maske aufsetzt.“

„Das auch.“ Seine rechte Hand verschränkte sich mit ihrer, während die Finger seiner linken Hand weiterhin über ihren Oberarm streiften. „Was habt ihr stattdessen gesehen?“

Stöhnend erwiderte sie: „Irgendeine Comicverfilmung. Ich glaube, es war die hundertste Wiederholung, die ich mir ansehen musste.“

„Hat er nicht erst vor ein paar Tagen erzählt, dass bald ein neuer Kinofilm herauskommt, den er unbedingt sehen möchte?“

„Vermutlich.“ Trocken erklärte sie: „Weißt du, dass ich seit Jahren nicht mehr in einer Abendvorstellung war? Meine Kinobesuche finden immer nachmittags statt und enden mit lautem Kindergekreische.“

„Klingt entzückend“, schmunzelte Mitch.

„Das wäre es auch, wenn ich mir nicht ständig klebriges Popcorn aus den Haaren pulen müsste, weil irgendjemand eine Popcornschlacht veranstaltet hat.“

„Dann weiß ich ja, was wir bei unserem nächsten Date machen. Wir gehen in einen Erwachsenenfilm und besuchen die Abendvorstellung.“

„Herrlich“, stöhnte sie und schnaufte zufrieden gegen sein Shirt.

„Ähm, Avery?“

„Mhh.“

Angelegentlich meinte er: „Lass uns doch noch einmal über den Sexratgeber sprechen, den du erwähnt hattest.“

Sie hob den Kopf ein paar Zentimeter, um ihn anschauen zu können. „Ach ja?“

Mitch nickte ernst. „Abgehalfterte Ex-Footballspieler brauchen in gewissen Dingen vielleicht auch etwas Nachhilfe.“

„Das verzeihst du mir wohl nie, oder?“, wollte sie glucksend wissen.

„Wenn du mir von dem Sexratgeber berichtest, überlege ich es mir“, flachste er.

„Okay.“ Zu seiner Enttäuschung rückte sie von ihm ab, setzte sich auf, drehte sich zu ihm und zog die Beine unter ihren Körper. „Es war nicht wirklich ein Sexratgeber, sondern ... sondern eher ein Erfahrungsbericht.“

„Klingt interessant.“ Seine Mundwinkel zuckten. „Und diesen Erfahrungsbericht brauchtest du wegen ...?“

Avery kniff ihre Augen gespielt finster zusammen. Dass sie nicht wirklich verärgert war, erkannte er nämlich an den sich kräuselnden Mundwinkeln. „Hatte ich das nicht schon angedeutet?“

„Muss mir entfallen sein“, antwortete er amüsiert.

Nachdenklich schwenkte sie das Kinn nach links, nagte an ihrer Unterlippe und schaute suchend an seine Zimmerdecke. Dennoch blieb sie ihm eine Antwort schuldig.

„Worüber denkst du nach?“ Er legte ihr eine Hand aufs nackte Knie, nachdem er sich versichert hatte, dass mit seiner Zimmerdecke alles in Ordnung war.

„Ich denke darüber nach, ob du zu den Männern gehörst, die tatsächlich eine Bestätigung dafür bekommen wollen, dass ihre Geschlechtsteile ziemlich groß geraten sind.“

Obwohl er dem Begriff Geschlechtsteile noch nie etwas hatte abgewinnen können, prustete er dennoch los.

„Das ist nicht besonders komisch, Mitch Cahill.“ Sie schüttelte den Kopf. „Zwar ist es etwas her, dass ich den Penis eines erwachsenen Mannes aus der Nähe betrachten konnte, dennoch bin ich nicht blind. Etwas Vorwarnung wäre nett gewesen.“

„Erstens bist du ohne Vorankündigung in die Dusche gestürmt, als wären alle Höllenhunde und das Finanzamt gleichzeitig hinter dir her, und zweitens ist es zwar sehr schmeichelhaft, was du über meine Ausstattung erzählst, aber völlig übertrieben.“ Um sicher zu sein, dass er sich nicht verhört hatte, fragte er ungläubig nach. „Willst du mir sagen, dass es Erfahrungsberichte von Frauen gibt, die darüber schreiben, wie sie Sex mit Männern mit großen Penissen hatten?“

„Es gibt sogar Ratgeber über Oralverkehr.“

„Hast du die auch gelesen?“

Ihr Blick sagte alles.

Mitch zwinkerte ihr zu. „Ich sollte vielleicht mehr Zeit in Buchhandlungen verbringen.“

„Um ehrlich zu sein, war das keine Buchhandlung“, giggelte sie. „Du glaubst doch nicht ernsthaft, dass ich so etwas in aller Öffentlichkeit lesen würde? Es war ein Online-Buchhändler."

„Aha ... nur mal aus Interesse: Was stand denn da über Sex mit gut ausgestatteten Männern?"

„Ach", sie wedelte mit einer Hand vor ihrem Gesicht hin und her. „Nichts Besonderes. Die Lektüre hätte ich mir sparen sollen."

„Du verarschst mich doch."

Anhand ihrer Miene konnte er sich nicht sicher sein, ob sie tatsächlich die Wahrheit erzählte oder ihn dreist anlog und solche Geschichten einfach erfand.

„Würde ich nie tun."

Abwägend leckte er sich über die Lippen. „Sicher kann ich mir nur sein, wenn ich weiß, ob du mich bei den anderen Themen nicht auch angelogen hast."

„Andere Themen?"

Er lachte diabolisch, schnappte sich ihre Hand und vernahm ihr erschrockenes Quietschen mit einem Gefühl von Befriedigung, als er sie einfach über seine Schulter warf und aufstand.

„Lass mich runter! Ich bin viel zu schwer, Mitch!"

„Zweifelst du schon wieder an meiner Kraft?" Seine Hand landete gutmütig auf ihrem Po, während er sie in aller Seelenruhe aus dem Wohnzimmer trug.

„Ich zweifle nicht an deiner Kraft, sondern mache mir Sorgen um mein Gewicht." Für eine Frau, die über seiner Schulter baumelte, klang sie erstaunt gelassen. „Welche anderen Themen meinst du?"

„Das wirst du gleich schon sehen."

Sobald er sein Schlafzimmer betreten hatte, warf er sie aufs Bett, zog sich das Shirt über den Kopf und legte sich auf sie. Avery stieß zwar einen erschrockenen Laut aus, kam seinem Mund jedoch sofort entgegen. Ihre weichen Hände, die über seine Schultern und seinen Rücken fuhren, nahm er mit einem Stöhnen wahr. Gleichzeitig presste er sich an sie und vergrub seine Hände in ihrer Lockenpracht. Als sie ihr rechtes Knie gegen seine Hüfte presste, schnappte Mitch nach Luft und unterbrach den Kuss für einen Moment.

In seinem Kopf schwirrte es, als sie ihm einen verhangenen Blick schenkte und mit sanften Fingern über seine Brust streichelte.

„Für einen abgehalfterten Footballspieler kannst du das sehr gut", flüsterte sie mit heiserer Stimme.

„*Ex*-Footballspieler", korrigierte Mitch und schob ihr eine Locke aus der Stirn.

Gott, er atmete so schwer, als hätte er einen Marathon hinter sich. Nur mühsam beherrschte er sich, ihr nicht einfach das Kleid vom Körper zu schälen und sich wie ein Rasender auf sie zu werfen. Dabei sah sie einfach zu perfekt in seinem Bett aus. Er konnte sich vorstellen, wie gut sie erst einmal in seinem Bett aussehen würde, wenn sie nackt war.

Behutsam streichelten seine Fingerspitzen ihren Hals entlang und bewegten sich träge über ihr Schlüsselbein. Dass sie heftig schluckte und sich ruhelos unter ihm wand, hielt er für ein verdammt gutes Zeichen.

„Ob Ex-Footballspieler oder Footballspieler", murmelte sie, „ohne Shirt siehst du jedenfalls toll aus."

„Vielen Dank." Er beugte sich amüsiert über sie und ließ seine Hand langsam von ihrer Wade, über ihr Knie und anschließend in Richtung Oberschenkel wandern. Dort ließ er seine Hand liegen und musterte ihr zögerliches Gesicht.

Mitch drückte ihr einen Kuss auf die Lippen und flüsterte: „Seidenglatt. Das mit dem Waxing war also nicht gelogen. Wie sieht es mit der neuen Unterwäsche aus?“

Auch wenn ihre Stimme belegt klang, hörte er den erregten Unterton heraus. „Bei Unterwäsche würde ich nie lügen, aber du darfst das gerne kontrollieren.“

Das ließ er sich nicht zweimal sagen und fand nach einer gefühlten Ewigkeit den Verschluss ihres Kleides, den er langsam hinunterzog, bevor er ihr das Kleid unter einigen Mühen auszog. Er kniete auf seiner Matratze und betrachtete die Frau, die sich darum bemühte, das unsichere Funkeln in ihren Augen zu verbergen.

Sie war unglaublich schön und lag in beinahe transparenter Unterwäsche vor ihm, die ihre wohl proportionierten Kurven kaum verhüllen konnte. Von den schlanken Beinen, über sanft gerundete Hüften, eine schmale Taille und große Brüste bis zu einem bezaubernden Gesicht gab es nichts, was er nicht bildhübsch gefunden hätte. Da seine Hand zitterte, fürchtete er, sie zu berühren und sich wie ein kompletter Idiot zu benehmen, der schon so lange keinen Sex gehabt hatte, dass er sich vermutlich wie ein unreifer Schuljunge blamieren würde.

Das unsichere Funkeln, das absolut grundlos war, verschwand nicht aus ihrem Blick, also lächelte er breit und legte seine große Hand auf ihre Hüfte.

„Die neue Unterwäsche ist der Hammer.“ Er grinste schelmisch und fing im nächsten Moment das

Kissen, das sie nach ihm warf. Mitch ließ es neben sich fallen und legte sich wieder auf sie, wobei er sich auf seine Unterarme stützte, um ihr ins Gesicht schauen zu können.

„Dein Jeansknopf drückt gegen meinen Bauch“, beschwerte sie sich leichthin, schlang ihm gleichzeitig jedoch die Arme um den Hals.

„Moment.“ Mit einem Schnauben senkte er den Kopf und küsste sie rasch auf den Hals. „Du willst mir doch nicht den Moment vermasseln, in dem ich dir sage, wie schön du bist, oder?“

„Erstens ist der Knopf wirklich unangenehm und zweitens: danke.“

„Du klingst nicht wirklich überzeugt.“

„Mitch ...“

Seine Hand glitt von ihrer Hüfte über ihre Rippen zu ihren Brüsten, die er sanft durch den BH berührte. Ihr Stöhnen klang großartig in seinen Ohren, daher schob er sein Gesicht über ihres und küsste sie tief und ausdauernd.

Avery lag mit klopfendem Herzen auf Mitchs Bett und spürte, wie sich eine Gänsehaut über ihren gesamten Körper zog. Sie war erregt, nervös und aufgeregt zugleich. Seinen warmen starken Körper so dicht an ihrem zu fühlen und sich derart lustvoll küssen zu lassen, war beinahe mehr, als sie ertragen konnte. Es reichte ihr nicht, dass sie bloß seinen nackten Oberkörper spüren konnte, sondern wollte ihn ebenso nackt wie sie hier in diesem Bett haben. Auch wenn sie unbestreitbar nervös davor war, nach so langer Zeit wieder mit jemandem zu schlafen, wollte sie Mitch nah sein. Er erregte sie dermaßen, dass sie sich fast wie eine Katze an ihm rieb.

Stattdessen streckte sie ihm die Hüften entgegen und presste beide Knie so stark gegen seine Hüften, dass er zusammenzuckte und sie sanft in die Unterlippe biss. Währenddessen waren ihre Hände nicht untätig und fuhren über seine breite Brust, krallten sich in seine Schultern und ertasteten seine Bauchmuskeln. Die Härte, die sich prall und fordernd durch seine Jeans gegen ihren Schritt presste, und sein Geruch sowie sein Geschmack machten sie schwindelig. Als er den Verschluss ihres BHs fand, protestierte sie nicht, sondern wölbte sich seinen Händen entgegen, die ihre Brüste umfassten und vorsichtig über die harten Brustwarzen rieben.

Nach Luft schnappend sah sie ihn aus glasigen Augen an und bemerkte das zerzauste braune Haar sowie sein gerötetes Gesicht, das nicht weniger erregt wirkte.

„Oh Gott.“ Er stöhnte, senkte den Kopf und umschloss mit seinen Lippen abwechselnd ihre Brustwarzen.

Raketenartig ging sie los, stieß laute Lustschreie aus und vergrub ihre Hände in seinem braunen Wuschelkopf, während sie ihn innerlich verfluchte, weil er immer noch diese bescheuerten Jeans trug. Sein feuchter saugender Mund brachte sie beinahe um den Verstand und verursachte ein heftiges Pulsieren in ihrer Körpermitte. Da sie die fordernde Härte an der Stelle ihres Körpers spürte, die nur von einem winzigen Höschen bedeckt war, fragte sie sich zitternd, wie er sich so ausdauernd mit ihren Brüsten beschäftigen konnte.

Noch bevor sie den Gedanken beenden konnte, kroch sein Mund plötzlich tiefer, fuhr über ihren Nabel und drückte Küsse auf ihren Unterbauch.

Automatisch hielt sie die Luft an, als seine geschickten Finger absolut mühelos ihr Höschen nach unten schoben und sie von dem hindernden Stoff befreiten.

„Mitch ...“

Er beachtete sie kaum, sondern schob ihre Beine sanft auseinander, berührte sie federleicht mit seinen Fingern, ließ diese langsam in sie gleiten und nahm kurz darauf seinen Mund zur Hilfe.

Weil es kaum zu ertragen war, grub sie ihren Kopf in das Kissen, flehte ihn mit heiserer Stimme erst an, aufzuhören, und bat kurz darauf im ekstatischen Stöhnen, dass er weitermachte. Er schien nicht die Absicht zu haben, sondern widmete sich ihr ausdauernd und ambitioniert. Seine Zunge glitt über ihr Fleisch und neckte sie, bis sich ihr Körper aufzulösen schien. Ohne es zu wollen, schrie sie laut auf und grub eine Hand in sein Haar, während Sterne vor ihren Augen explodierten und ein Beben durch ihren ganzen Körper ging.

Erst nach einer Weile öffnete sie wieder ihre Augen und bemerkte, dass er sich über sie gebeugt hatte und sie mit einem wissenden Blick betrachtete. Angesichts seiner männlichen Zufriedenheit, die in einem breiten Grinsen mündete, seufzte sie schwer, hielt jedoch den Mund, weil der großartige Orgasmus sie völlig handzahm gemacht hatte.

Avery legte einen Arm über ihren Kopf und lächelte ihm zu. „Du hast ja noch immer deine Jeans an.“

„Ich befürchte, dass ich mich sonst nicht zurückhalten kann ...“

Sie verschluckte ein Lachen und setzte sich nach einem amüsierten Seufzer auf, um ihre Hände nach seinem Hosenschlitz auszustrecken, unter dem sich eine gewaltige Beule abzeichnete.

„Avery“, erklärte er rau und legte seine Hand auf ihre Hände, bevor sie den ersten Knopf öffnen konnte.

Die Hitze und Härte, die sie selbst durch den Jeansstoff spüren konnte, lenkten sie einen kurzen Augenblick ab, bevor sie sich wieder auf ihn konzentrieren konnte.

Mit einem Blick auf sein dunkles Gesicht, in dem sich absolute Erregung widerspiegelte, erkannte sie, dass er schluckte. „Stimmt etwas nicht?“

„Doch.“ Er seufzte schwer. „Es war mir ernst, ich bin total verrückt nach dir und kann bestimmt nicht aufhören oder langsam sein ...“

„Wenn das deine geringste Sorge ist“, gluckste sie und wischte seine Hand beiseite, um seine Jeans zu öffnen. Mit seiner Hilfe schaffte sie es in Rekordzeit, ihn auszuziehen, und musste anschließend feststellen, dass ihre Erinnerung sie nicht getäuscht hatte. Mitch Cahill im erregten Zustand war ein Anblick, den man nicht so schnell vergaß. Ihre Hand folgte ihrem Blick, was ihn erzittern und leise stöhnen ließ. Behutsam umfasste sie den steinharten Schaft und ertastete seinen Umfang und seine Länge. Die Töne, die er ausstieß, als ihre Hand ihn erst vorsichtig und dann kräftiger massierte, waren wie Musik in ihren Ohren. Dass dieser starke Mann ihretwegen erzitterte und erregt stöhnte, brachte sie dazu, selbst ebenfalls eine neue Welle der Erregung zu verspüren. Als sie mit ihrem Daumen über die gewölbte Spitze fuhr, stöhnte er ihren Namen und wollte sie packen, doch Avery ließ dies nicht zu, sondern senkte den Kopf, um ihn in den Mund zu nehmen.

Während sie an ihm saugte, fuhren seine Hände vorsichtig durch ihr Haar. Sie hörte, wie er fluchte und stöhnte, sie spürte, wie er sich anspannte und wie sich die Muskeln seines Oberschenkels unter ihrer linken Hand verhärteten, und als ihre Zunge über die Spitze seines Penis streichelte, bemerkte sie, wie er sich abrupt von ihr löste und sie zurück in die Kissen warf.

Seine ungestümen Bewegungen hätten sie belustigt, wenn sein Gesicht nicht den harten Stempel der Lust getragen hätte, die ihr durch den ganzen Körper fuhr.

Atemlos ließ sie zu, dass seine Hände ihre umfassten, während er sich zwischen ihre gespreizten Beine legte. Augenblicklich begann sie vor Erregung zu zittern.

Mit einer Stimme so rau wie Sandpapier flüsterte er: „Du hast irgendetwas von einem Diaphragma gesagt. Heißt das, dass wir keine Kondome brauchen?“

Avery schluckte und starrte in seine grünen Augen. „Keine Kondome.“

„Gut.“ Er senkte den Kopf und küsste sie tief. Gleichzeitig spürte sie mit angehaltenem Atem, wie er langsam in sie eindrang. Neben dem unbeschreiblichen Gefühl, das sein tiefes Eindringen und Dehnen in ihr auslöste, war es vor allem die pulsierende Hitze in ihrem Inneren, die Avery beinahe die Besinnung verlieren ließ. Von jetzt auf gleich wusste sie nicht mehr, wo oben oder unten war. Der einzig feste Anker war Mitch, der mit glühenden Augen auf sie nieder sah, seine Hüften langsam bewegte und mit seiner starken Brust über ihre empfindlichen Brüste rieb. Er drückte ihre Hände und ließ diese los, um über ihre Haut zu streicheln, was Avery aufseufzen ließ.

Zitternd glitten ihre Hände über seinen Rücken, unter dem sich Muskeln bewegten, während er tief in sie eindrang, sich langsam zurückzog und anschließend wieder in sie eindrang.

„Alles okay?“ Seine Lippen berührten ihre Wange und wanderten zu ihrem Mund.

Avery nickte und schlang ihm die Arme um den Hals. Vorsichtig hob sie die Beine und verschlang eines mit seinem, was dazu führte, dass er noch tiefer in sie eindringen konnte. Ein tiefes Stöhnen kam über ihre Lippen. Gleichzeitig krallten sich ihre Finger in seinen kräftigen Nacken.

Sie bewegte sich mit ihm, schloss die Augen und küsste Mitch, dessen Erektion bei jedem Stoß neue Wellen der Erregung in ihr auslöste. Keuchend biss sich Avery auf die Unterlippe und zog ihn eng an sich, während sie nun beide Beine um seine Hüften schlang. Ihre Kehle war staubtrocken, ihre Augen brannten und wieder hatte sie das Gefühl, sich in jedem Moment einfach aufzulösen. Die Erregung steigerte sich von Sekunde zu Sekunde und die Hitze breitete sich in jeder Zelle ihres Körpers aus, während er seinen heißen Atem gegen ihre Wange blies und immer wieder ihren Namen flüsterte.

Als seine Bewegungen schneller wurden, bebte Avery heftig und wand sich unkontrolliert unter ihm, bis er ihr Gesicht mit beiden Händen umfasste und sie beinahe grob küsste. Gleichzeitig ging ein Zittern durch seinen Körper, der seinen nahenden Orgasmus ankündigte.

Avery schrie in diesem Moment auf, krallte sich an ihn und kam mit einer solchen Macht zum Höhepunkt, dass sie darüber fast die Besinnung verloren hätte.

Erst sein schwerer Atem und sein noch schwererer Kopf auf ihrer Brust holten sie wieder zurück in die Gegenwart.

Mit letzter Kraft streichelte sie durch sein Haar, schmiegte ihren verschwitzten Körper an seinen und seufzte wohlig auf.

„Gar nicht schlecht für einen abgehalfterten Footballspieler, oder?“

Zufrieden und sogar etwas schläfrig schmunzelte sie. „*Ex*-Footballspieler, Mitch. Aber ja ... gar nicht so schlecht.“

Es war gar nicht so leicht, den verführerischen Mann in dem zerwühlten Bett zu verlassen und sich auf den Weg nach Hause zu machen, wenn man übernächtigt und extrem erschöpft war, aber leider blieb ihr nichts anderes übrig.

Während Avery neben dem Bett stand und ihren BH hinter dem Rücken schloss, betrachtete sie den

Mann, der in schamloser Nacktheit mitten auf dem Bett lag, die Hände hinter dem Kopf verschränkt hielt und sie mit grünen Augen betrachtete.

Oh Gott, wenn sie daran dachte, dass sie einen Großteil der letzten vier Stunden damit verbracht hatte, mit diesem Prachtexemplar von Mann zu schlafen, stiegen Schmetterlinge in ihrem Bauch auf und eine wohlige Taubheit setzte an einigen Stellen ihres Körpers ein. Der Mann war aber auch ein sehr ansehnliches Exemplar seiner Gattung. Eine hochgewachsene Gestalt, beeindruckende Muskeln und weitere männliche Attribute ließen einer Frau das Wasser im Mund zusammenlaufen. Wenn dieser Mann dann auch noch über ein Paar bemerkenswerter Augen, ein lausbubenhaftes Lächeln und einen braunen Wuschelkopf verfügte *und* wusste, wie er seine Ausstattung am wirkungsvollsten einsetzen konnte, ließ er keine Wünsche offen. Gar keine.

„Musst du schon gehen?"

„Ja." Sie lächelte entschuldigend und entschloss sich, noch einmal zurück auf die Matratze zu krabbeln. „Die Babysitterin wird schon eine Vermisstenanzeige geschaltet haben."

„Mhh." Er blieb mit einem genießerischen Seufzer liegen, als sie sich hinabbeugte, um ihn zu küssen. Die Bartstoppeln, die dabei über ihre zarte Haut rieben, waren so verdammt sexy, dass sie mit ihren Fingern über seine Wange fuhr. „Schade. Ich hätte gerne mit dir gefrühstückt, aber ich verstehe, dass du nach Hause musst."

„Es tut mir leid", flüsterte sie gegen seine Lippen. Auch sie wäre gerne länger geblieben und hätte zu ihrer eigenen Verwunderung sogar gerne hier übernachtet. Ein gemeinsames Frühstück klang wie der Himmel auf Erden.

„Das muss es nicht.“ Mit sanften Fingern streichelte er ihren Rücken. „Ich hätte gerne mit dir geschlafen ...“

Glucksend schaute sie ihm in die Augen. „Was haben wir denn in den letzten Stunden getan?“

Mitch umfasste ihre Hand und spielte mit ihren Fingern. „Du verstehst mich falsch. Ich hätte dich heute Nacht einfach gerne hier gehabt. Schlafend. Neben mir. Aber ich weiß, dass du nach Hause musst.“

Sein Geständnis ließ sie glücklich lächeln, während ihre Brust bebte. Mitch Cahill schien ein alter Softie zu sein, der ihr auf sehr süße Art zu sagen versuchte, dass er sie mochte.

„Wer sagt mir denn, dass du nicht schnarchst?“ Liebevoll strich sie über seine Brust und ertastete die krausen Brusthaare.

„Das musst du schon selbst herausfinden.“ Die Hand, die er noch immer umfasst hielt, führte er an seinen Mund und drückte einen Kuss auf ihr Handgelenk. „Du musst mir nur versprechen, dass du anrufst, wenn du zu Hause angekommen bist.“

„Das mache ich.“ Zögernd betrachtete sie sein gutgeschnittenes Gesicht. „Mitch? Ich ... ich weiß nicht, wie ich es ansprechen soll. Aber was ist das hier zwischen uns?“

Aus seinem Blick sprach absolute Ruhe. „Ich denke, dass wir zwei erwachsene Menschen sind, die sich mögen und auf dem besten Weg sind, eine Beziehung einzugehen. Es sei denn, du willst mich nur für phänomenalen Sex.“

Avery verdrehte kurz die Augen und gab ihm einen tadelnden Klaps gegen den Bauch. „Sei bitte ernst."

„Das bin ich doch."

„Ich muss an Seth denken, Mitch." Sie schluckte. „Er kennt es nicht, dass ich ausgehe oder ... oder einen Freund habe."

„Aber er kennt mich", erwiderte er fest. „Wenn er jemanden als Freund seiner Mom akzeptieren wird, kann ich guten Gewissens behaupten, dass ich das bin."

Nachdenklich schürzte sie die Lippen. „Vermutlich ..."

„Hör zu, Avery." Er setzte sich nun auf und legte beide Hände auf ihre Schultern. „Wir müssen nichts überstürzen, also musst du dir auch keine Sorgen machen. Wenn wir der Meinung sind, dass Seth erfahren sollte, dass wir zusammen sind, werden wir es ihm sagen. Okay? Niemand muss mit der Tür ins Haus fallen."

„Okay", murmelte sie erleichtert und enttäuscht zugleich. Sie wusste nicht, was sie erwartet hatte, und hätte über so viel Verständnis eigentlich hocherfreut sein sollen, aber dennoch fühlte sie sich bedrückt.

„Soll ich dir noch einen Kaffee machen, bevor du dich ins Auto setzt?"

Lächelnd schüttelte sie den Kopf. „Ich hätte lieber noch einen Kuss."

Er lachte heiser und hatte kein Problem damit, ihr diesen Wunsch zu erfüllen.

13. Kapitel

„Wenn ich zuhause bleiben würde, könnte ich Mitch beim Baumhaus helfen."

Avery schluckte und hörte aus Seths Stimme heraus, dass er nervös war, was sie verstehen konnte. Trotzdem bemühte sie sich um einen leichten und fröhlichen Tonfall, als sie ihm antwortete. „Du weißt doch, dass Mitch heute den ganzen Tag eine Besprechung hat, mein Schatz. Er wird also gar keine Zeit haben, um weiter am Baumhaus zu arbeiten. Ich bin mir sicher, dass du viel Spaß haben wirst."

„Mom?"

„Ja?" Sie drehte den Kopf nach hinten und betrachtete ihren Sohn, der in seinem Autokindersitz saß und ein hübsch verpacktes Geschenk auf dem Schoß hielt. Er sah ganz und gar nicht glücklich aus.

„Was ist, wenn die anderen Kinder nicht mit mir spielen wollen?"

„Warum sollten sie denn nicht mit dir spielen wollen?"

Er zuckte mit der Schulter. „Es sind nicht meine Freunde. Vielleicht mag ich sie nicht oder sie mögen mich nicht. Warum muss ich zu dieser Party?"

„Seth, dein Bruder hat dich zu seiner Party eingeladen, und das finde ich sehr nett von ihm." Sie schenkte ihm ein aufmunterndes Lächeln. „Er wird sich total über dein Geschenk freuen und ihr werdet viel Spaß haben."

„Meinst du?"

Sie nickte ernst. Wegen Matts Übernachtungsparty hatte sie sogar mit Jane telefoniert, die ihr erzählt hatte, was sie zur Kinderbespaßung alles geplant hatte. Auch wenn sie die Blondine mit dem strahlenden Lächeln nicht wirklich leiden konnte, musste sie zugeben, dass die Party sicherlich ein Knaller sein würde. Seth könnte viel Spaß haben und etwas Zeit mit Matt verbringen, der nun einmal sein Bruder war. Avery fand es wichtig, dass die beiden sich verstanden, auch wenn die Beziehung ihrer Elternteile untereinander nicht konfliktlos war. Matt war ein netter Junge, der seinem um drei Monate älteren Bruder mit ebensolcher Vorsicht begegnete, wie es auch Seth tat. Wenn die beiden sich vielleicht etwas anfreunden würden, wäre das nicht das Schlechteste.

„Nach allem, was ich gehört habe, wartet sogar eine Überraschung auf euch. Außerdem darfst du ausnahmsweise so viel Schokolade essen, wie du willst."

Natürlich hob er sofort den Kopf und grinste breit. „Wirklich?"

„Ja", entgegnete sie. Sollte er wegen des Süßkrams aufdrehen, war es nicht ihr Problem, dachte sie ganz pragmatisch und ein wenig diabolisch.

Leider schien ihr Bestechungsversuch nicht lange zu halten, da Seth einen Moment später den Kopf senkte. „Trotzdem werde ich da niemanden kennen …"

„Schatz." Sie atmete aus. „Dein Bruder feiert eine Party im Haus deines Dads. Wäre es da nicht schön, dabei zu sein?"

„Doch, Mom."

Als er nicht weitersprach, musterte sie seinen Scheitel und streckte die Hand aus, um sein knubbeliges Knie zu streicheln. „Es tut mir leid, Baby.“

„Was tut dir leid, Mom?“

Der Kloß in ihrer Kehle wollte einfach nicht verschwinden, dennoch schaffte sie es, einen halbwegs normalen Tonfall hinzubekommen. „Es tut mir leid, dass du keine Eltern hast, die zusammenwohnen – so wie andere Kinder. Ich weiß, dass es schöner für dich wäre, wenn du eine ganz normale Familie hättest, aber Dad und ich haben dich lieb, Seth, auch wenn wir geschieden sind.“

Seine Antwort bestand aus einem Murmeln. „Bin ich schuld, dass du und Dad nicht zusammen wohnt?“

Erschrocken holte sie Luft und drückte sein Knie. „Nein, mein Schatz. Das hat nichts mit dir zu tun.“

„Aber ich bin nicht gut in Sport, Mom. Und Matt und Dad machen so viel ... und ...“

„Seth“, unterbrach sie ihn eindringlich. „Dein Dad und ich haben uns scheiden lassen, weil wir uns viel gestritten haben. Wir hatten uns nicht mehr lieb, aber das hatte rein gar nichts mit dir zu tun. Dich haben wir beide über alles lieb.“

„Ich glaube, dass Dad Matt lieber hat als mich.“

Magensäure stieg in ihr hoch. Siebenjährige mochten vielleicht noch an den Weihnachtsmann glauben, aber deshalb waren sie noch lange nicht für blöd zu verkaufen. Sie wollte ihren Sohn nicht anlügen, aber sie wollte ihm auch nicht weh tun. Zärtlich streichelte sie sein Knie. „Dad hat dich lieb, Seth, nur kann er das manchmal nicht so gut zeigen.“

Als er noch immer den Kopf gesenkt hielt, räusperte sie sich leise: „Seth, schau mich bitte an.“

Sehr langsam hob er den Blick und sah sie aus zweifelnden Kinderaugen an.

„Du bist toll, Liebling. Hast du verstanden? An dir ist alles perfekt und du musst nichts ändern, um anderen Menschen zu gefallen.“

Er schluckte. „Dad möchte, dass ich gut im Sport bin.“

„Ich verrate dir jetzt mal ein Geheimnis.“ Sie fuhr sich rasch über die trockenen Lippen. „Es kommt nicht darauf an, ob jemand gut im Sport, in der Schule oder im Zeichnen ist. Wichtig ist nur, dass er ein guter Mensch ist, und ich kenne niemanden, der so toll und lieb ist wie du.“

„Aber ...“

„Wenn dein Dad das anders sieht als ich, dann ist er ein Idiot“, unterbrach sie ihn leise. „Ich weiß, dass er dich lieb hat, mein Schatz. Aber wenn er dir das nicht so gut zeigen kann, dann ist das seine Schuld. Du hast nichts falsch gemacht. Okay?“

„Okay“, flüsterte er, während eine einsame Träne über seine Kinderwange rollte.

Sie hätte ihm gerne noch so viel gesagt, aber ihr versagte die Stimme, außerdem musste sie sich zusammenreißen, um nicht vor den Augen ihres Sohnes in Tränen auszubrechen. Daher tätschelte sie aufmunternd sein Knie und startete anschließend den Wagen. Kaum fuhren sie los und hörten Radio, wurde Seth etwas fröhlicher und begann über den neuesten Kinofilm zu reden, den er unbedingt schauen wollte. Wie es aussah, musste sie sich in nächster Zeit wieder eine Nachmittagsvorstellung mit Popcornschlachten und kreischenden Kindern antun. Na, wunderbar!

Einige Minuten später hielt sie vor dem Haus ihres Exmannes an und beobachtete erleichtert, wie er ihnen mit einem Lächeln entgegenkam. Ein lächelnder Dad war für Seths derzeitigen Gemütszustand sicherlich besser als ein schweigsamer Keith, der an seinem Sohn kein Interesse zeigte. Er half Seth aus dem Auto, drückte ihn ungelenk an sich und nahm ihm seinen Rucksack ab.

Avery stand neben dem Auto und verabschiedete sich von ihrem Sohn, der beide Arme um ihre Taille schlang. Lächelnd fuhr sie ihm durchs Haar. „Viel Spaß, mein Schatz."

„Danke, Mom."

„Willst du nicht schon in den Garten gehen, Seth?" Keith deutete in Richtung Haus. „Ein paar der anderen Kinder sind auch schon da und Matt wartet auf dich."

„Okay." Er sah ihr ein letztes Mal ins Gesicht und lief dann ins Haus, während er das Geschenk vorsichtig in beiden Händen hielt.

Sobald er verschwunden war, sah sie ihrem Exmann ins Gesicht und rang sich ein Lächeln ab. „Es war sehr nett, dass ihr ihn eingeladen habt."

Er verzog den Mund und lächelte schief, was sie an den Mann erinnerte, der er vor langer Zeit einmal war, bevor er sich in einen egoistischen Mistkerl verwandelt hatte.

„Natürlich ist Seth eingeladen, Avery. Er ist Matts Bruder und mein Sohn."

Schmerzhaft zog sich ihre Kehle zusammen, wenn sie an das Gespräch dachte, das sie ein paar Minuten zuvor mit Seth geführt hatte, jedoch wollte sie keinen Streit verursachen und erwiderte daher leichthin: „Wenn sich Matt und Seth verstehen, ist das toll.“

Keith nickte und schob die Hände in die Taschen seiner Bermudas. „Meine Mom hat mir erzählt, dass du einen neuen Job hast.“

„Das stimmt.“

Es schien, als wartete er auf eine ausführlichere Antwort, doch Avery dachte gar nicht daran, ihm mehr zu erzählen.

„Jedenfalls freut es mich, wenn dir der neue Job Spaß macht.“

„Danke.“ Avery öffnete die Autotür und rang sich ein kurzes Lächeln ab. „Seth war schon ein paar Mal mit mir im Verein und hat die Spieler kennengelernt. Er würde dir sicher gerne darüber erzählen, wenn du ihn fragst.“

Ihr Exmann nickte. „Okay.“

Mit einem niedergeschlagenen Gefühl fuhr sie wieder nach Hause. Den restlichen Tag verbrachte sie damit, das Haus zu putzen, den Rasen zu mähen und sich früh ins Bett zu legen. Das emotionale Gespräch mit Seth hatte sie erschöpft und ausgelaugt. Daher war es kein Wunder, dass sie irgendeinen Mist träumte, aus dem sie jedoch geweckt wurde, als um halb zwölf Uhr nachts das Handy klingelte. Verschlafen tastete sie nach dem Unruhestifter und sah blinzelnd auf das Display.

Mitch.

„Hey“, murmelte sie verschlafen in den Hörer und legte sich auf den Rücken, während sie lächelte.

„Hey, habe ich dich geweckt?“

Gähnend erwiderte sie: „Nur halb. Alles okay bei dir?“

„Ja, wir haben es endlich geschafft. Jetzt bin ich hundemüde.“

„Das kann ich verstehen.“

Seine Stimme ließ ihr einen Schauer über den Körper fahren. „Hast du Seth zur Party seines Bruders gefahren?“

„Mhh“, bestätigte sie. „Er wird sicherlich seinen Spaß haben.“

„Das denke ich auch.“ Er klang zutiefst zufrieden. „Wenn Seth nicht zuhause ist, könnte ich doch vorbeikommen, oder?“

Ein Lächeln breitete sich auf ihrem Gesicht aus, während sie an ihre dunkle Zimmerdecke starrte und mit der Fußsohle über das Bettlaken strich. „Ja, das könntest du.“

„Machst du mir die Tür auf?“

Verwirrt setzte sich Avery auf. „Was?“

Sein Lachen drang durch den Telefonhörer an ihr Ohr. „Ich stehe in deiner Einfahrt.“ Dann legte er einfach auf.

Mit klopfendem Herzen fuhr sie sich durch das zerzauste Haar und schluckte schwer. Wenn er in zwanzig Minuten da gewesen wäre, hätte sie sich wenigstens die Haare kämmen können! Sie musste wie eine Schreckschraube aussehen. Alles, was sie tun konnte, war, sich ein Haargummi zu nehmen und ihre Locken zu einem Pferdeschwanz zu binden, während sie auf nackten Füßen die Treppen hinunterlief und ihm die Tür öffnete.

Geduldig schien er vor der Tür gewartet zu haben, grinste sie nun an und küsste sie zur Begrüßung auf den Mund.

Mit Inbrunst erwiderte sie seinen Kuss und entspannte sich vollends, als er seine Arme um sie schlang. Es war einfach tröstlich, sich an jemanden anlehnen zu können, nachdem man einen Tag hinter sich hatte, an dem man ein derart aufreibendes Gespräch mit seinem Sohn geführt hatte. Dass er jetzt hier war, sie hielt und küsste, ließ sie ihre Sorgen für einige Zeit vergessen.

Dieser Moment hätte perfekt sein können, wenn sein Magen nicht laut und vernehmlich geknurrt hätte. Amüsiert löste sie ihre Lippen von seinen und starrte in grüne Augen, die lächelten.

„Hunger?"

Mitch seufzte, tätschelte ihren Hintern und schob sie anschließend ins Haus, während er die Tür schloss. „Zum Lunch hatte ich eine Banane und zum Abendessen ein paar Haferkekse, die ich Marcy gemopst habe."

„Dann komm." Sie verschränkte ihre Hand mit seiner und zog ihn hinter sich her in Richtung Küche. „Ich mache dir mein Spezial-Sandwich und morgen Früh bekommst du French Toast."

„Morgen Früh?"

In der Küche blieb sie stehen und schaute ihn errötend an. „Das heißt ... wenn du über Nacht bleiben möchtest."

„Darf ich denn?“ Mitch stellte sich dicht vor sie hin und streichelte mit den Knöcheln seiner freien Hand über ihre Wange.

Nach ihrer gemeinsamen Nacht vor fast zwei Wochen hatten sie sich zwar gesehen, schließlich kam er oft vorbei, um mit Seth am Baumhaus zu arbeiten, und zu dritt hatten sie einen Ausflug in den Park unternommen, aber seitdem hatten sie nicht mehr miteinander geschlafen. Sobald Seth im Bett war, küssten sie sich und fummelten sogar ein wenig, aber sie hatte ihn nie mit in ihr Schlafzimmer genommen. Zu Averys Erleichterung hatte Mitch auch nie Anstalten gemacht, sie danach zu fragen – aus Rücksicht auf Seth.

„Ja, gerne“, erwiderte sie und drückte seine Hand.

„Dann hätte ich jetzt am liebsten ein Sandwich, anschließend eine heiße Dusche und morgen Früh French Toast.“

Lachend ließ sie ihn los und wandte sich zum Kühlschrank. „Sonst noch irgendwelche Wünsche, der Herr?“

„Oh ja“, ertönte seine fröhliche Stimme. „Eine Massage wäre auch nicht schlecht. Außerdem könntest du mir diese Sexratgeber zeigen, von denen du schon so viel erzählt hast.“

Sie zeigte ihm über die Schulter einen Vogel, machte ihm jedoch brav ein riesiges Sandwich mit Truthahn, Chester, Tomaten und Senf, während er ihr gut gelaunt von der Besprechung erzählte, die seinen halben Tag in Anspruch genommen hatte.

Da es schon ewig her war, dass sie einen Mann mit Essen versorgt hatte, bevor sie zusammen ins Bett gingen, beobachtete sie versonnen, wie er am Küchentisch saß und das Sandwich verspeiste. Sobald er aufgegessen hatte, fasste er nach ihrer Hand und zog sie auf seinen Schoß. Das schien mittlerweile schon Gewohnheit bei ihm zu werden, aber Avery protestierte nicht, sondern lehnte sich gemütlich an ihn.

„Gab es Streit mit Seth, weil er nicht zu der Party wollte?“

„Überhaupt nicht“, erwiderte sie und schmiegte ihre Wange gegen seine Schulter.

Warm legte sich seine Hand auf ihren Rücken und rieb sie dort behutsam. „Trotzdem wirkst du bedrückt. Hast du dich mit deinem Exmann gestritten?“

„Nein.“ Sie schluckte. Vermutlich hätte ihr jeder Ratgeber für Single-Moms geraten, den neuen Freund nicht gleich mit solchen Problemen zu verprellen, sondern ihm eine heile Welt vorzuspielen, aber Mitch schien ehrlich an ihr interessiert zu sein, also seufzte sie schwer und erzählte ihm mit belegter Stimme: „Seth hat mir im Auto gesagt, dass er glaubt, dass sein Dad Matt lieber hat als ihn. Er ... er hat mich gefragt, ob sein Dad wegen ihm ausgezogen sei.“

„Scheiße“, flüsterte er an ihrer Stirn und drückte ihr einen Kuss auf den Scheitel.

„Ich hätte heulen können, Mitch. Er soll sich um so etwas keine Gedanken machen müssen.“

„Das finde ich auch“, murmelte er tröstend. „Aber er ist ein cleveres Kerlchen und nicht auf den Kopf gefallen, Avery. Er wird schon noch begreifen, dass ihn keine Schuld trifft.“

Schon wieder war da dieser Kloß in ihrem Hals, der nicht verschwinden wollte. Seit Ewigkeiten hatte sie vor niemandem mehr geweint und sie wollte bei Mitch nicht damit anfangen, trotzdem brannten Tränen in ihren Augen.

„Entschuldige", murmelte sie, als sie ein Schluchzen nicht unterdrücken konnte, und presste ihr tränennasses Gesicht gegen seinen Hals. „Ich will ja gar nicht heulen!"

Seine Stimme drang an ihr Ohr. „Bei mir darfst du das sehr gerne tun."

„Seth soll sich geliebt fühlen ..."

„Das tut er", erwiderte er ruhig. „Dein Sohn ist ein glücklicher Junge, der weiß, dass seine Mom ihn über alles liebt. Mach dir keine Sorgen."

Sie wischte sich die Tränen weg und löste sich ein wenig von ihm, um in sein Gesicht schauen zu können, das sich in eine bedauernde Miene verwandelt hatte. „Es tut mir leid. Ich habe uns den Abend ruiniert."

„Unsinn!" Seine Finger beschrieben kleine Kreise auf ihrem Rücken. „Ich habe gerade gemerkt, wie schlimm ich es finde, wenn du unglücklich bist."

Zaghafte Schmetterlinge machten sich wieder in ihrem Bauch bemerkbar. „Aber ich bin gar nicht unglücklich, Mitch. Mein Sohn ist gesund, ich liebe meinen Job und ..."

„Und?"

Zögernd und unsicher rieb sie ihre Lippen aufeinander. „Und ich habe dich ... irgendwie."

„Das Irgendwie hat es jetzt ruiniert", flüsterte er gespielt vorwurfsvoll, auch wenn seine glühenden Augen etwas ganz anderes sagten.

Zum Glück verschwand ihre schlechte Stimmung sofort, also knöpfte sie ihm das hellblaue Hemd auf, legte ihre Hände auf seine muskulöse Brust und beugte sich vor, um ihn auf den Hals zu küssen.

„Wird das Sex in der Küche?“ Angesichts seines Stöhnens und der mühsam beherrschten Stimme setzte ein Kribbeln in ihrem ganzen Körper ein.

„Ich wollte mich für das Irgendwie entschuldigen“, murmelte sie gegen die warme Haut seiner Kehle, die sich unter ihren Lippen hektisch bewegte.

„O-okay.“

Langsam glitt sie von seinem Schoß und hielt ihm die Hand hin. „Lass uns nach oben gehen. Ich schulde dir noch eine Massage.“

Er sprang so schnell von seinem Stuhl auf, dass sie beinahe gelacht hätte. Beinahe.

Mitch erwachte mit einem absolut zufriedenen Gefühl, weil sein Gesicht in einem Schwall dunkelblonder Locken vergraben war. Schnaufend wandte er sich dem warmen Körper zu, der neben ihm lag, und kuschelte sich an die samtweichen Kurven der Frau, die ihm gestern nicht nur ein herzhaftes Sandwich zubereitet, sondern ihm die versprochene Massage gegeben und anschließend stöhnend unter ihm gelegen hatte. Als sie seinen Namen geschrien hatte, war er sich wie der beste Liebhaber der Welt vorgekommen.

Alles in allem hatte er vermutlich die schönste Nacht seines Lebens verbracht, auch wenn er Truthahn-Sandwiches eigentlich nicht mochte. Dafür hatte Avery ihn jedoch mit ihrem Geständnis versöhnt und die Tatsache, dass sie neben ihm eingeschlafen war, während sein Herz vor Aufregung beinahe zersprungen wäre, hatte ihn permanent lächeln lassen.

Nachdem er gegen die Morgensonne angeblinzelt hatte, schob er vorsichtig einige ihrer Locken beiseite, küsste sie auf die Wange und schlang seinen Arm um sie, während er sich an ihren Rücken schmiegte und eine Hand auf ihren Bauch legte.

„Guten Morgen“, murmelte sie und tastete nach seiner Hand, die sie im Halbschlaf streichelte, bevor sie ein kleines Gähnen ausstieß und mit müden Augenlidern blinzelte.

„Guten Morgen.“

„Hast du gut geschlafen?“

„Sehr gut.“ Mitch knabberte an ihrem Ohrläppchen herum und fragte: „Hast du auch gut geschlafen?“

„Und wie“, seufzte sie behaglich. „Du machst ganz entzückende Töne, wenn du schläfst.“

„Was denn für Töne?“, wollte er überrascht wissen.

„Töne wie ein Welpe, der um Streicheleinheiten bettelt.“

Er lachte trocken auf und streichelte die zarte Haut ihres Bauches. „Erst nennst du mich einen abgehalfterten Ex-Footballspieler und jetzt bin ich ein fiepender Welpe. Das ist ein schwerer Schlag für mein männliches Selbstbewusstsein.“

„Du hast genug männliches Selbstbewusstsein.“ Mit einem trägen Blick sah sie ihn über die Schulter an.

„Trotzdem brauchen mein männliches Selbstbewusstsein und ich etwas Zuwendung“, erwiderte Mitch und presste seinen Unterkörper gegen ihren, um ihr zu demonstrieren, dass die letzte Nacht es nicht geschafft hatte, ihn zu erschöpfen. Gleichzeitig wanderte seine Hand aufwärts, um über ihre Brüste zu streicheln.

Ein heiseres Stöhnen war seine Belohnung. „Mitch ...“

„Ich liebe dieses Stöhnen“, flüsterte er und nahm eine aufgerichtete Brustwarze zwischen Daumen und Zeigefinger.

Avery presste ihren Po gegen seine Erektion und fragte überflüssigerweise: „Willst du keinen French Toast?“

Lachend verneinte er, senkte seinen Mund, um ihren Nacken zu küssen, und drang langsam in sie ein.

Als sie wieder seinen Namen stöhnte, dachte er am Rande einer Bewusstlosigkeit, dass ein Morgen nicht besser anfangen konnte.

Nach diesem markerschütternden Ereignis dauerte es eine Weile, bis sie beide wieder zu Atem kamen und die Kraft fanden, aufzustehen. Eine gemeinsame Dusche später hüllte sich Avery in einen Bademantel, während Mitch in ihrem Schlafzimmer nach seinen Boxershorts suchte, sie jedoch nirgends finden konnte. Da er kein eitler Mensch war und das gemütliche Frühstück sicher nicht in seiner Anzughose genießen wollte, zog er die alberne Sporthose an, die Avery ihm mit einem Kichern aufs

Bett warf. Kritisch musterte er die pinken weiten Shorts, zog sie über und musste im Spiegel mit ansehen, wie aus den eigentlich weiten Frauenshorts ein Paar Männerhotpants wurden, auf deren Rückseite zu allem Überfluss das Wort *Juicy* stand.

„Das steht dir."

Er schnaubte und drehte sich, um einen Blick über die Schulter zu werfen und seinen eigenen Hintern zu betrachten, der laut Aussage der schrillen Shorts *saftig* war. Nur mit diesen peinlichen Shorts bekleidet sah er aus wie ein Pornodarsteller aus den Achtzigern – wie ein *schwuler* Pornodarsteller wohl bemerkt. Avery musste seinen Blick richtig gedeutet haben, weil sie ihm glucksend ein T-Shirt zuwarf. Zwar handelte es sich dabei um ein Schlafshirt, dennoch war es so eng, dass es das peinliche Outfit vervollständigte. Dass Winnie Pooh auf dem Shirt abgedruckt war, machte es nur schlimmer. Dennoch legte er der Urheberin seines Katastrophen-Outfits einen Arm um die Schulter und küsste sie auf die Schläfe, als sie sich auf den Weg in die Küche machten.

„Winnie Pooh?"

„Keine Scherze über Honigtöpfe", warnte sie ihn. „Seth hat es mir gekauft."

„Ich sag ja gar nichts." Unschuldig hob er seine linke Hand.

„Das will ich dir auch geraten haben, sonst mache ich ein Foto von dir in diesem Outfit und plakatiere damit die Umkleide des Teams."

Vor lauter Schreck hustete er los. „Damit würde ich vermutlich Blake als Schwulen-Pin-up ablösen."

„Was habt ihr bloß immer mit dem Schwulsein?"

„Gar nichts!“ Er grinste breit. „Wir foppen uns nur gegenseitig.“

„Für Typen, die sich gegenseitig vermutlich öfter nackt sehen als ihre eigenen Frauen, seid ihr ganz schön panisch, wenn es um das Thema geht.“

Er lachte schallend und stieg seelenruhig die Treppe hinunter.

In der Küche bereitete sie die French Toasts zu, während Mitch Orangen auspresste und Kaffee aufsetzte. Es fühlte sich verdammt gut an, in friedlicher Eintracht mit ihr in der Küche zu stehen und Essen zuzubereiten, während sie sich unterhielten. Allein die Hose zwickte ihn, weswegen er schon daran dachte, einige seiner Klamotten bei ihr zu platzieren, als ihm einfiel, dass er sich das vorerst abschminken konnte, weil sie Rücksicht auf Seth nehmen wollten. Mochte er auch manchmal ein unsensibles Arschloch sein, verstand er Averys Besorgnis und hätte ihr in diese Sache niemals hineingeredet. Es war gut, dass sie eine rücksichtsvolle Mom war. Daher geduldete er sich liebend gern und nahm peinliche Hosen oder Winnie Poohs mit einem Lächeln in Kauf.

Kaum hatten sie sich hingesetzt und mit ihrem Frühstück begonnen, klopfte es an die Hintertür.

Verwirrt sah Avery auf, erhob sich und lief zur Hintertür. Er drehte sich ein wenig zur Seite, um sie beobachten zu können, und kaute vergnügt auf seinem French Toast herum, als er sie sagen hörte: „Laura ... was ... was machst du denn hier?“

„Ich dachte, dass ich dich zum Brunch abhole, mein Schatz. Seth kommt doch erst später wieder nach Hause, oder?“

„Ja, aber ..."

Eine zierliche Frau mit einem hellblonden Kurzhaarschnitt erschien in seinem Blickfeld, die ihn erst verwundert und dann außergewöhnlich begeistert musterte. Da er in seinem Outfit wie ein schräger Vogel aussah, hatte er keine Ahnung, weshalb die Frau ein dermaßen begeistertes Gesicht machte.

„Also hast du auf mich gehört und dir ein heißes Frühstücksdate mit einem Footballspieler besorgt?"

„Laura!" Avery wurde feuerrot und umklammerte den Kragen ihres Bademantels.

Ihre Empörung war so erheiternd, dass er breit grinste und den neugierigen Blick der Frau mit einem Nicken erwiderte. Er legte seine Gabel beiseite, erhob sich geflissentlich und reichte ihr die Hand. „Mitch Cahill, Ma'am."

„Ma'am?" Sie stieß Avery in die Seite und flüsterte überdeutlich: „Höflich ist er auch noch. Den solltest du im Auge behalten, Schätzchen. Außerdem steht ihm deine Unterwäsche."

Glucksend musterte er Avery, der die Begegnung sehr peinlich zu sein schien, auch wenn er nicht wusste, ob es an ihm oder an ihrer morgendlichen Besucherin lag. Salopp deutete sie auf die Frau, die kleiner als sie und sicherlich einige Jahre älter war. „Mitch, darf ich dir Laura vorstellen? Sie ist meine frühere Schwiegermutter."

„Sehr erfreut, Mitch ... Moment mal." Sie zog beide Augenbrauen in die Höhe. „Jetzt fällt bei mir endlich der Groschen. Sind Sie etwa der Mitch, von dem mein Enkelsohn seit Wochen schwärmt?"

„Das denke ich schon, es sei denn, Avery kennt einen weiteren Mitch, der mit Seth ein Baumhaus baut."

Die ältere Frau lachte entzückt auf. „Also kümmern Sie sich nicht nur rührend um Seth, sondern auch um Avery? Das finde ich sehr nett von Ihnen."

„Laura." Tadelnd schüttelte Avery den Kopf. „Du bringst mich in Verlegenheit."

„Ach was! Wir sind doch erwachsen. Mitch, mein Guter, Sie müssen mir versprechen, sich ganz besonders gut um Avery zu kümmern. Wenn es jemand verdient hat, dann sie."

Er nickte ernst. „Ich werde mir die größte Mühe geben."

„Das ist überhaupt nicht komisch!" Avery schüttelte fassungslos den Kopf, während ihre frühere Schwiegermutter und er sich verständigend angrinsten. Wie es schien, hatte die gute Frau nicht nur Humor, sondern ihr schien an Avery tatsächlich viel zu liegen.

„Ach, Schätzchen. Ein bisschen Spaß muss doch sein." Laura musterte die jüngere Frau, die unentschlossen mitten in der Küche stand, mit einem nachsichtigen Blick. „Jetzt, da ich weiß, dass du nicht allein frühstücken musst, kann ich wieder beruhigt gehen." Sie zwinkerte Mitch zu. „Ich hoffe, wir sehen uns nun öfter."

„Davon können Sie ausgehen."

Obwohl Avery ihre frühere Schwiegermutter zum Bleiben überreden wollte, blieb diese hartnäckig und ließ sich bis zur Hintertür begleiten.

„Das ist also deine frühere Schwiegermutter?", fragte er, als sie wieder die Küche betrat.

„Ja.“ Sie trank einen Schluck Orangensaft. „Entschuldige den Überfall.“

„Hey.“ Er schlang seine Arme um sie und legte sein Kinn auf ihrer Schulter ab. „Ich bin kein One-Night-Stand, für den du dich schämen musst.“

„Das tue ich auch nicht“, erwiderte sie und legte eine Hand auf seinen Unterarm. „Ich dachte nur, dass ... dass es dir vielleicht zu viel werden könnte.“

Überrascht zuckten seine Augenbrauen in die Höhe. „Inwiefern denn das?“

„Na ja“, murmelte Avery verlegen. „Es ist nicht gerade leicht, sich mit einer Frau zu treffen, die ein Kind hat. Wenn dann auch noch ihre frühere Schwiegermutter hereinplatzt ...“

„Spinnerin!“ Er schnaubte leicht. „Das ist so albern, dass ich es gar nicht beantworte. Stattdessen könntest du dich wieder hinsetzen, damit wir weiter frühstücken können. Bevor du Seth abholst, könnten wir nämlich die Gunst der Stunde nutzen und für ein paar Minuten ins Baumhaus verschwinden.“ Mitch wackelte mit den Augenbrauen.

„Gerne“, erwiderte sie zuckersüß. „Aber nur, wenn du am Montag in diesem Outfit bei der Arbeit auftauchst.“

„Bei dem richtigen Anreiz bin ich zu allem bereit.“

14. Kapitel

Normalerweise telefonierte er gerne mit Kelly und freute sich, wenn er ihre Stimme hörte, aber ausgerechnet jetzt hätte er gut auf ein Gespräch verzichten können, da er eigentlich auf dem Weg zur Wohnungstür gewesen war, als sie angerufen hatte.

Er wollte nicht zu spät zu seiner Verabredung mit Avery und Seth kommen, aber gleichzeitig konnte er seine Exfrau auch schlecht abwürgen, während sie ihm ihr Leid klagte. Also saß er wie auf brennenden Kohlen, starrte auf seine Armbanduhr und überlegte, wie lange er bis zu Avery brauchen würde, wenn er statt der Queensboro Bridge die Interstate 495 nehmen würde.

„Mason und Mary rauben mir momentan wirklich den letzten Nerv. Ich habe das Gefühl, bald durchzudrehen, wenn sie nicht aufhören, den ganzen Tag zu bocken, zu streiten und zu schreien. Und Jason ist mir auch keine Hilfe. Weil er befördert werden will, arbeitet er Tag und Nacht. Die Kinder sehen ihn kaum noch."

„Mhh", erwiderte er geistesabwesend und nahm sich einen kurzen Moment später wieder zusammen. „Das ist sicherlich nur eine Phase."

„Ich weiß, ich weiß, aber wie soll das erst sein, wenn das Baby da ist? Bereits jetzt stehe ich kurz vor einem Nervenzusammenbruch."

Nervös verfolgte er, wie die Zeiger der Uhr sich unaufhörlich bewegten, und fuhr sich durch sein Haar. Vor zwei Tagen hatte er Seth mit Karten für den Kinofilm überrascht, den der Kleine nach eigener Aussage *unbedingt, unbedingt, unbedingt* sehen musste. Da es sich um eine Exklusivvorstellung handelte, die zwei Wochen vor dem eigentlichen Kinostart lief, hatte er nicht nur dem Jungen einen Riesengefallen getan, sondern auch Avery hatte ihn angesehen, als hätte er es geschafft, mindestens einen Stern vom Himmel zu pflücken. Ob ihre glänzenden Augen daran gelegen hatten, dass er ihrem Sohn eine solche Freude gemacht hatte, oder weil es in der Exklusivvorstellung sicher keine Popcornschlachten geben würde, wusste er nicht, aber Mitch war sich sicher, dass es eine Mischung aus beiden Gründen war.

Jedenfalls wollte er nicht zu spät kommen.

„Habt ihr über eine Haushaltshilfe nachgedacht?“

„Ach ... eine fremde Person hier im Haus? Das würde mich nervös machen.“ Kelly seufzte schwer. „Wenn sich Jason wenigstens etwas mehr Mühe mit den Kindern geben würde. Ich kann ihn ja verstehen, dass er müde ist, wenn er nach Hause kommt, weil er meistens noch einen Haufen Arbeit aus dem Büro mitbringt, aber trotzdem sollte er sich etwas Zeit für seine Kinder nehmen, wenn er da ist. Oder sehe ich das falsch?“

Ehrlich gesagt hatte Mitch wenig bis gar keine Lust, ausgerechnet über Jasons Vaterqualitäten nachzudenken – vor allem nicht, wenn er unter Zeitdruck war.

„Kelly, ich bin vermutlich nicht die richtige Person, um da etwas sagen zu können.“

„Sag mal, Mitch, ist bei dir alles okay? Du klingst so verändert.“

„Verändert?“

„Ja, total aufgedreht.“ Ihre Stimme klang nach einem Lächeln. „Hast du etwa ein Date?“

Wenn er ihr jetzt von Avery erzählt hätte, würde sie nicht eher locker lassen, bis er ihr alles bis ins kleinste Detail erzählt hatte, also entschied er sich dafür, seine Exfrau anzulügen. „Nein, ich bin nur etwas im Stress. Die Saison beginnt doch übernächste Woche und es gibt noch so viel zu tun. Deshalb muss ich auch gleich wieder weg.“

„An einem Samstag?“

„Das Geschäft ruht nicht“, erklärte er ausweichend. Natürlich hätte er Kelly gerne erzählt, dass er sich wieder verliebt hatte, schließlich waren sie befreundet und nahmen am Leben des anderen teil, aber dafür blieb einfach keine Zeit, denn er wollte ihr dies nicht zwischen Tür und Angel erzählen. Komischerweise empfand er den Gedanken, dass Kelly erfahren würde, dass er sich wieder verliebt hatte, weder merkwürdig noch unangenehm. Vor einiger Zeit war er der festen Ansicht gewesen, dass er solche Gefühle, wie er sie früher für Kelly empfunden hatte, für keine andere Frau empfinden könnte. Doch er hatte sich getäuscht. Dass er nicht zögern würde, seiner Exfrau davon zu berichten, sagte ihm, dass er über ihre Scheidung hinweg war.

Was für eine Erleichterung das war, konnte er kaum in Worte fassen.

„Dann will ich dich nicht länger stören“, erwiderte sie, bevor im Hintergrund lautes Kindergeschrei ertönte. „Ruf mich doch einfach an, wenn du etwas Zeit hast.“

„Klar, das mache ich“, entgegnete Mitch rasch, verabschiedete sich eilig und legte auf, bevor er ins Auto sprang und nach Queens düste.

Dort angekommen ging ihm das Herz auf, als er Avery und Seth abholte. Der Junge war in seiner Begeisterung für den Kinofilm kaum zu bremsen und hätte vermutlich gar nicht mitbekommen, wenn Mitch seine Mom mit einem Kuss auf den Mund begrüßt hätte, dennoch verkniff Mitch sich dies und begnügte sich mit einem Lächeln, das sie erwiderte. Während Seth aufgeregt plappernd ins Auto stieg, tauschte Mitch mit Avery geheimen Blickkontakt über das Autodach aus, bevor sie ebenfalls einstiegen und in Richtung Kino fuhren.

„Du, Mitch? Am nächsten Wochenende gehen wir doch auf das Sommerfest, oder?“

„Natürlich machen wir das, Kumpel. Ich habe gehört, dass Dupree seine beiden Hunde mitbringt. Außerdem kommen auch noch andere Kinder“, antwortete er nach hinten.

„Cool! Können wir vorher noch ein bisschen Softball üben?“

„Klar.“ Er lächelte durch den Rückspiegel und freute sich über den glücklichen Ausdruck im pausbäckigen Gesicht des Siebenjährigen, der beim Lachen eine breite Zahnlücke präsentierte. Genauso sehr wie dessen Mutter war ihm auch Seth ans Herz gewachsen. Mit beiden fühlte es sich so an, als hätte er ... als hätte er eine Familie. Scheiße, da saß er mit seinen siebenunddreißig Jahren in seinem Auto und musste mit Schrecken feststellen, dass ihm die Stimme versagte, weil eine Frau neben ihm saß, die ihn bei ihrer ersten Begegnung einen abgehalfterten

Ex-Footballspieler genannt hatte und die ihm nun mehr bedeutete, als er sagen konnte, und weil ein kleiner Junge ihn fragte, ob er mit ihm Softball spielen würde.

„Du, Mitch? Darf ich meine Comiczeichnungen im Baumhaus aufhängen?“

Verwundert warf er Avery einen Seitenblick zu, die belustigt nach vorne schaute und sich anscheinend bemühte, nicht in lautes Lachen auszubrechen.

„Äh ... das wirst du deine Mom fragen müssen ...“

„Schon gut“, winkte diese fröhlich ab. „Er hat schließlich dich gefragt.“

Mitch schluckte und erkannte an dem erwartungsvollen Gesicht des Jungen, dass er auf seine Antwort wartete. „Natürlich darfst du das. Es ist doch dein Baumhaus.“

„Gestern Abend wollte ich im Baumhaus schlafen, aber Mom sagte, dass es regnen könnte. Deshalb musste ich wieder ins Haus. Dann hat es aber doch nicht geregnet!“

Avery gluckste. „Ich bin kein Wetterfrosch, mein Schatz. Vielleicht wärst du krank geworden und hättest heute nicht mitkommen können.“

„Okay“, seufzte Seth schwer. „Darf ich denn heute?“

„Mal sehen“, erwiderte sie ausweichend und fügte vergnügt hinzu: „Vielleicht hat ja Mitch Lust, heute dort mit dir zu übernachten.“

„Echt?“ Seth zappelte aufgeregt auf seinem Sitz herum. „Das wäre supercool!“

Mit Grauen dachte er an das kleine Baumhaus, das er in mühevoller Arbeit zusammengezimmert hatte. Am nächsten Tag würde ihn sein Rücken umbringen, wenn er dort auf dem Boden schlafen müsste! Dennoch antwortete er: „Wenn deine Mom auch mit uns im Baumhaus übernachtet, können wir dort eine kleine Pyjamaparty veranstalten."

„Ja, Mom! Wir können doch ein Lagerfeuer machen und Marshmallows rösten."

Voller Befriedigung sah er, wie sie zusammenzuckte und ihm einen scharfen Blick schenkte. „Danke, Mitch", flüsterte sie sarkastisch.

„Nichts zu danken", gab er ebenfalls flüsternd zurück.

„Du, Mitch? Darf ich denn beim Softball in deinem Team sein?"

„Natürlich."

„Du, Mitch? Können wir im Kino Popcorn essen?"

„Aber sicher."

„Du, Mitch? Ich habe im Fernsehen ..." Der Junge plapperte weiter und schien nicht aufzuhalten zu sein. Mitch antwortete ihm die ganze Zeit geduldig und musste es sich gefallen lassen, dass Avery auf ihrem Sitz ein wenig zusammengesunken war und vor sich hin kicherte. Was sie dermaßen komisch fand, wusste er nicht, aber er ahnte, dass es etwas mit Seths Fixierung auf ihn zu tun hatte.

Sobald er im Parkhaus eine Lücke gefunden hatte und sie ausgestiegen waren, kannte Seth kein Halten mehr. Auf dem Weg zum Kino hüpfte er aufgeregt neben Mitch und Avery auf und ab und stellte unentwegt Fragen.

Nach einigen Metern räusperte sich Mitch. „Du, Seth?"

„Ja.“ Die kindlichen grauen Augen strahlten, als er zu ihm aufsah.

„Hättest du etwas dagegen, wenn ich mit deiner Mom Händchen halte?“

„Nö“, erwiderte der Junge prompt und schien der Frage keine große Beachtung beizumessen.

Also nahm Mitch Averys Hand in seine und ignorierte ihren erstaunten Blick. Sehr zufrieden mit sich und der Welt schlenderte er gemütlich mit den beiden ins Kino, hielt dabei ihre Hand ununterbrochen in seiner, zeigte am Eingang die Karten vor und kaufte Seth eine Tüte Popcorn sowie eine Limonade. Obwohl sie protestierte, kaufte er auch für Avery die Gummibärchen, auf die sie so stand, und ein Ginger Ale. Als sie Anstalten machte, nach ihrem Portemonnaie zu greifen, schüttelte er den Kopf und bezahlte. Vor dem Kinosaal warteten sie geduldig, während auf Großbildschirmen bereits Szenen der Comicverfilmung vorgeführt wurden. Seth schaute von rechts nach links und schien alles gleichzeitig in sich aufsaugen zu wollen.

Amüsiert betrachtete Mitch den Jungen und hielt währenddessen Averys Hand in seiner. Als sie sich vertrauensvoll an ihn lehnte und seine Hand drückte, setzte sein Herz für einen kurzen Moment aus.

„Du, Seth? Ist es okay für dich, wenn ich deine Mom küsse?“

Der Kleine schüttelte lediglich den Kopf, starrte auf einen der Bildschirme und meinte einfach nur: „Nö.“

Relativ belustigt senkte Mitch daraufhin den Kopf und küsste Avery, die ebenfalls ein Lachen unterdrücken musste. Seth schien davon kaum etwas mitzubekommen. Wenig später saßen sie auf ihren Sitzplätzen, Seth in der Mitte, und sahen sich die Comicverfilmung an. Da der Junge bis an den Rand des Sessels gerückt war, konnten Mitch und Avery die Köpfe zusammenstecken und zwischendurch wie Teenager im Dunkeln des Kinos knutschen.

Avery wusste nicht, wie es gekommen war, dass ihr jemand gleich nach ihrer Ankunft beim alljährlichen Sommerfest der New York Titans ein Baby in den Arm gedrückt hatte, doch nun beschäftigte sie sich damit, den kleinen Scott zu bespaßen, dessen sonniges Gemüt unübersehbar war, während sie zwischen den schwatzenden Footballspielern und deren Familien saß und auf Mitch wartete.

Ein Blick nach hinten sagte ihr, dass Seth zusammen mit Dupree und der süßen Tochter von Tom auf dem Rasen des Countryclubs saß und die kleinen Bulldoggen streichelte, die auf sein nigelnagelneues Batman-Shirt sabberten. Doch der Anblick ihres Sohnes, der zusammen mit der fünfjährigen Zoey wie verrückt kicherte, ließ sie alle Gedanken an Sabberflecken vergessen.

„Eddie, wenn du so weiterisst, nehme ich dich nicht in mein Team auf“, ächzte Brian und warf einen überdeutlichen Blick auf den voll beladenen Teller seines Kumpels.

Avery drehte ihren Kopf wieder der Tafel zu, auf denen sich unzählige Schüsseln und Platten mit allerlei Köstlichkeiten tummelten, während auf dem überdimensionalen Grill Fleisch gegrillt wurde. Der Runningback Blake O'Neill schien nicht einmal darauf warten zu können, dass das gegrillte Fleisch an den Tisch gebracht wurde, da er mit seinem Teller in der Hand neben dem Grill stand und gleich an Ort und Stelle etwas in Empfang nehmen wollte.

Da sie ihren Status als Mannschaftsärztin nicht vergessen konnte, machte sie sich gleich einmal eine Notiz im Kopf, ihnen bei nächster Gelegenheit eine Ernährungsberaterin zur Seite zu stellen. Schaden konnte es nicht, wenn ihnen jemand beibrachte, dass sie mit Mitte vierzig an einem Herzinfarkt sterben konnten, sollten sie weiterhin Fett in sich hineinpumpen wie manche High-Society-Kühe Botox benutzten.

„Es ist doch nur ein Softballspiel, Rabbit", maulte Eddie schmatzend und langte gleichzeitig nach der Schüssel mit Sauerrahm.

„Spiel ist Spiel", erklärte der Quarterback kategorisch, während er den zweiten Zwilling auf seinem Schoß umschlungen hielt. Dieser sah aus, als hätte er sich mit seinem Gesicht voran durch ein Schlammloch gewühlt. Wie der stolze Vater zuvor berichtet hatte, bekamen die Zwillinge mit ihren sechs Monaten seit einigen Tagen Brei, was man allzu deutlich an den verschmierten Gesichtern der beiden erkennen konnte. Doch das hielt Avery nicht ab, dem glucksenden Scott einen Kuss auf die runden Pausbäckchen zu geben, während er konzentriert mit dem Kragen ihres Shirts spielte.

„Avery, ich hoffe, er wird dir nicht zu viel?" Teddy deutete auf den schnaufenden Scott, der mit seinen Patschehändchen an ihrem Ausschnitt zerrte.

„Überhaupt nicht." Lächelnd schüttelte sie den Kopf.

„Er kann furchtbar anstrengend sein", urteilte nun auch Brian.

Julian lachte und schenkte seiner Tochter gleichzeitig etwas Apfelsaft nach. „Wie es aussieht, will mein Namensvetter dir an die Wäsche, Doc."

„Ganz der Vater", urteilte Mitch, der plötzlich hinter ihr stand und seine Hände auf ihre Schultern legte. Da sie ihn nicht hatte kommen hören, hob sie erstaunt den Blick und sah ihm in die Augen. Erst dann realisierte sie, dass er sie vor den Augen aller Anwesenden berührte.

Etwas erschrocken zuckte Avery zusammen, als Mitch ihr nun auch noch einen Kuss auf den Kopf drückte und dem Baby mit amüsierter Stimme erklärte: „Freundchen, lass die Finger von meiner Freundin."

Die kurzzeitige Stille sagte genug. Mitch hatte wie ein Elefant im Porzellanladen verkündet, dass er, der GM des Vereins, und sie, die Teamärztin, ein Paar waren. Wunderbar. Mit brennenden Wangen und trockener Kehle suchte sie verstohlen den Blick ihrer eigentlichen Chefin, die ihr ein vergnügtes Zwinkern schenkte.

Ihr Mann dagegen hielt mit seiner Meinung nicht lange hinter dem Berg, sondern erklärte in typisch selbstherrlicher Quarterback-Manier mit vollem Mund: „Das hat aber auch lange genug gedauert."

„Was soll das denn heißen?", wollte Mitch wissen, als er sich neben Avery auf einen freien Stuhl setzte.

„Das soll heißen, dass Teddy und ich darum gewettet haben, wann ihr ...“ Mit einem zögerlichen Blick auf die anwesenden Kinder wackelte er anzüglich mit den Augenbrauen. „Ihr wisst schon.“

Das Einzige, was Eddie zu interessieren schien, war: „Wer hat gewonnen?“

Brian seufzte. „Teddy.“

Avery klappte die Kinnlade herunter, bevor sie verwirrt fragte. „Was? Wie seid ihr denn bitte auf einen solchen Gedanken gekommen?“

„Duschszene“, antwortete Blake einsilbig, als er sich mit einem voll beladenen Teller ebenfalls an den Tisch setzte und sich in das Gespräch einmischte.

Julian schenkte Avery ein entschuldigendes Lachen und hob unschuldig die Hände. „Es tut mir leid, aber es war einfach zu vorhersehbar mit euch. So wie ihr euch angegiftet habt ...“

Vorhersehbar? Wenn sie daran dachte, wie sehr sie sich mit Mitch in den ersten Wochen gefetzt hatte, kam sie zu der Einsicht, dass alle Anwesenden schlichtweg verrückt sein mussten. Anscheinend war niemand sonderlich überrascht darüber, dass sie beide zusammen waren, sondern reagierten völlig gelassen, als hätten sie es bereits gewusst.

„Was für eine Duschszene?“, fragte Duprees Freundin Sarah verwirrt.

Ausgerechnet Hanna Brennan, die Frau des Cheftrainers, erklärte gutmütig: „Avery hat Mitch zur Rede gestellt, als er nackt unter der Dusche stand.“

Im Gegensatz zu Avery schien Mitch es amüsant zu finden, dass ihr Liebesleben von der ganzen Meute besprochen wurde. „Und woher weißt du das, Hanna?“

„Liv hat es mir erzählt."

„Danke, Liv." Er schüttelte den Kopf und legte Avery einen Arm um die Schulter. „Dich muss ich sicherlich nicht fragen, wer dir das erzählt hat, oder?"

„Als Julian mir davon berichtete, wusste ich es längst von Teddy."

„Aha." Er fixierte den schwarzhaarigen Quarterback. „War klar, dass du mal wieder deine Klappe nicht halten konntest."

Dieser zuckte feixend mit der Schulter. „Ich habe nun einmal ein großes Mitteilungsbedürfnis."

Avery musste ein paar Sekunden lang verdauen, mit welcher Offenheit und Sorglosigkeit über ihre Beziehung zu Mitch geplaudert wurde, während sie dem Baby auf den Rücken klopfte. Anschließend räusperte sie sich und fragte trocken: „Hoffentlich ging es bei der Wette wieder um eine Tätowierung, die bald deinen Allerwertesten zieren wird, Brian."

Mitch neben ihr lachte fröhlich auf. „Ich fürchte, du wirst der erste Footballspieler der Liga sein, der sich einen Teddybären in den Hintern stechen lässt, Rabbit."

„Da wird die Presseabteilung wieder viel zu tun bekommen", stöhnte Teddy auf und streichelte tröstend über die Wange ihres Mannes, der ein ungläubiges Gesicht machte.

„Teddy ..."

„Was denn, Liebling?"

Seine Wangen wurden tiefrot. „Komm schon ... das war doch nur Spaß. Von mir aus lasse ich mir deinen Namen stechen, ins Handgelenk oder so, aber ein Teddybär auf den Hintern? Das kannst du mir nicht antun."

Großzügig tätschelte sie ihm den Kopf. „Es muss ja kein sonderlich großer Teddybär sein."

Erschrocken musterte er sie. „Aber ..."

„Wettschulden sind Ehrenschulden, Rabbit." Liv erstickte vor Erheiterung beinahe an ihrem Eistee.

„Davon möchte ich unbedingt ein Foto sehen", verlangte nun auch Erin lautstark, woraufhin ihr Mann mit der Zunge schnalzte.

„Was willst du denn mit einem Foto von Brians Hintern?"

Brian schien noch immer leicht entsetzt von der Vorstellung, dass sein Hintern bald ein Teddybär zieren könnte, weshalb er seine Frau flehend ansah. „Ich werde die Witzfigur des Teams sein!"

„Keine Sorge", erwiderte Blake schnaubend. „Das bist du längst."

„Halt die Klappe, Lady Blake!"

Avery beugte sich zu Mitch und fragte flüsternd: „Lady Blake?"

Er grinste breit und erwiderte murmelnd: „Ein Schwulenclub wurde nach Blake benannt."

„Oje", kicherte sie lautlos und erlebte mit, wie Blakes gut geschnittenes Gesicht rot vor Wut wurde.

„Nennst du mich eine Schwuchtel, Palmer?"

„Nein", erwiderte dieser, während Teddy ihm eilig den kleinen George aus dem Arm nahm, weil er sich genauso wie Blake erhoben hatte. Die zwei Footballspieler standen sich nun auf beiden Seiten des Tisches wutschnaubend gegenüber und schienen kurz davorzustehen, eine Prügelei zu beginnen.

„Wie nennst du mich dann?"

„Ich nenne dich einen Arsch, der die Klappe halten sollte."

„Jungs ...“ Teddy seufzte. „Hört auf, so einen Wind zu machen, sonst verdonnere ich euch zum Spülen!“

Interessanterweise herrschte Ruhe, sobald der Cheftrainer mit seiner Tochter auf den Schultern an den Tisch trat und grimmig fragte: „Was geht denn jetzt schon wieder mit euch ab?“

Teddy tätschelte ihrem Mann den Hintern und verdrehte gleichzeitig die Augen. „Den beiden hat die lange Zwangspause aufs Gemüt geschlagen. Ich glaube, sie müssen unbedingt etwas Dampf ablassen.“

„Wenn ihr euch prügeln wollt, dann macht das bitte nicht hier, wo wir essen.“ John setzte seine Tochter ab und fragte genervt: „Worum ging es denn dieses Mal?“

Seine Frau reichte ihm ihren Teller und erzählte erheitert: „Es fing damit an, dass Mitch und Avery ein Paar sind, dann ging es um eine Wette zwischen Teddy und Brian, anschließend nannte Blake Brian eine Witzfigur und Brian spielte auf Blakes Status als Pin-up der Schwulenbewegung an.“

„Also alles beim Alten“, erwiderte John grimmig.

Ian Carlisle, der Neuzugang der Titans, der sich teilweise noch grobschlächtiger als Blake benahm und vor allem durch einen harten Akzent auffiel, grabschte nach einem Maiskolben und präsentierte der Runde ein hübsches Veilchen, das er sich bei einer Kneipenprügelei eingehandelt hatte. „Bist du schwul, Blake?“

„Nein, verdammt. Ich bin nicht schwul!“

Der dunkelblonde Wide Receiver, der Gerüchten zufolge dank seiner Affinität zu solchen Prügeleien mehr Geld für zerstörtes Barinventar als für seinen exklusiven Hummer ausgegeben hatte, zuckte gleichgültig mit der Schulter. „Ey, Mann! Selbst wenn du auf Schwänze stehen würdest, wäre mir das ziemlich egal.“

„Ian“, zischte Liv dem gemeingefährlich wirkenden Mann unerschrocken zu. „Ich finde es ja toll, wie liberal du bist, aber könntest du wenigstens *Penisse* sagen?“

Dieser seufzte schwer und beugte sich über Eddie, um sich eine Bratwurst von der Platte zu nehmen, in die er im Stehen herzhaft hineinbiss. „Von mir aus. Ich sage auch gerne Bratwurst, wenn euch das lieber ist.“

„Vielen Dank für dein Verständnis“, ätzte Liv naserümpfend.

Kaum war Liv verstummt, wedelte er mit der halben Bratwurst herum. „Also, Blake. Stehst du auf Brötchen oder lieber auf Bratwürste?“

„Irgendwie ist mir der Appetit vergangen.“ Eddie schob seinen Teller von sich.

Blake trompetete los: „Ich steh auf Brötchen! Nur auf Brötchen!“

„Hey, jedem das Seine“, erklärte der Spieler mit den schottischen Wurzeln, die man allzu deutlich an ihm erkennen konnte. „Einer meiner alten Teamkollegen stand auf Brötchen und auf Bratwürste. Was soll das Theater?“

Neben ihr gluckste Mitch los. „Nennt man das dann nicht ein Würstchen im Schlafrock?“

„Eigentlich würde ich es *beidseitig einsetzbar* nennen, aber aus Rücksicht auf euch können wir auch gerne Würstchen im Schlafrock sagen.“

Ein kollektives Stöhnen ging über den Tisch.

Avery war plötzlich sehr froh, dass Seth immer noch neben Zoey im Gras saß und mit den Bulldoggen spielte. Vermutlich hätte er sie an jedem Hotdog-Stand gefragt, was ein Würstchen im Schlafrock sei, wenn er diese Unterhaltung verfolgt hätte. Ihr schauderte und sie vermutete, dass sie sehr lange Zeit die Finger von Würsten in Teigwaren lassen würde.

Brian dagegen schien sehr schnell vergessen zu haben, dass ihm eine Sitzung beim Tätowierer bevorstand, da er Ian neugierig fragte: „Welcher deiner Teamkollegen war bi?"

„Brian!" Hanna schüttelte tadelnd den Kopf. „Das geht uns gar nichts an."

„Das meine ich auch." Teddy runzelte strafend die Stirn. „Sei nicht immer so neugierig."

Ian zuckte entschuldigend mit der Schulter. „Das ist seine Sache, Palmer. Wenn er wollte, dass alle Welt das weiß, würde er etwas sagen."

„Bevor die Diskussion weiter abdriftet, würde ich vorschlagen, dass wir endlich mit dem Softballspiel beginnen", erklärte John eilig.

Glücklicherweise setzte seine Ansage einen Strich unter die Diskussion zu Bratwürsten, Brötchen oder anderen Wurstwaren.

Da Avery ihrem Sohn lieber zuschauen wollte, schlug sie Johns Einladung aus, sich ebenfalls für das Spiel aufstellen zu lassen, und beobachtete zusammen mit Hanna, Liv und Duprees Freundin Sarah, wie sich zwei Teams formierten. Lächelnd verfolgte sie die ersten Minuten des Spiels, in denen Mitch Seth Tipps gab, wie er den Ball zu werfen hatte, während der Schläger absichtlich daneben schlug, bis er beim letzten Versuch den Ball abtropfen ließ, damit Seth ihn schnell wieder aufheben und zurück zum Catcher werfen konnte. Da auch Toms kleine Tochter von fünf Jahren mitspielte, verlief das Spiel absolut zivilisiert. Im Grunde diente es wirklich nur der Bespaßung der Kleinen.

Als sich Mitch hinter Seth stellte und ihm den perfekten Schlag beibrachte, ging ihr das Herz auf.

„Was sagt Seth denn dazu, dass Mitch und du ein Paar seid?“

Hanna Brennan riss sie aus ihren Gedanken heraus, weshalb Avery im ersten Moment verwirrt blinzelte. Sie schaute zu der gutmütigen Frau, die den Kinderwagen, in dem ihr kleiner Sohn schlief, sanft anstieß, und schluckte unmerklich.

„Seth mag Mitch sehr gerne“, antwortete sie.

„Das sieht man.“

„Und Mitch scheint den Kleinen auch sehr gerne zu haben“, fügte Liv hinzu.

Avery verschränkte die Hände in ihrem Schoß. „Die beiden sind ein Herz und eine Seele. Besser könnten sie sich nicht verstehen.“

Hanna seufzte zufrieden und zuckte beinahe entschuldigend mit der Schulter. „Das freut mich für dich, aber auch für Mitch. Als ich ihn kennengelernt habe, war er grad seit einem Jahr geschieden und gar nicht glücklich, musst du wissen.“

„Kennst du ihn noch aus seiner aktiven Zeit?“, wollte sie erstaunt wissen.

„Ich kann mich sogar noch an das Spiel erinnern, bei dem er verletzt wurde.“ Hanna verzog den Mund. „Es war das erste Footballspiel, das ich live gesehen habe. Ein paar Monate später hat Mitch John dazu gebracht, wieder als Trainer der Titans zu arbeiten. Damals kam er gerade aus der Reha und humpelte noch."

Die Narben auf seinem Knie war sie erst vor ein paar Tagen mit dem Finger nachgefahren und hatte ihn zu seiner Verletzung ausgefragt. Der Gedanke an die Schmerzen, die ihm sein kaputtes Knie zugefügt haben mussten, waren ihr unerträglich gewesen. Zu ihrem Erstaunen schien er sein Ausscheiden aus dem Profisport nie betrauert zu haben, da er ihr offen und ohne Bedauern davon erzählt hatte. Natürlich war sie nun neugierig, was Hanna ihr dazu erzählen konnte. Die Erwähnung seiner Scheidung blendete sie lieber aus.

„Ihm scheint sein Karriereende heute nicht viel auszumachen. Wie war das denn direkt nach seiner Verletzung?"

Hanna legte den Kopf schief. „Durch John weiß ich, dass er damals einiges mitgemacht hat, aber nicht wegen seines Knies." Sie lächelte ihr entschuldigend zu. „Seine Verletzung war ihm angeblich ziemlich egal, weil er sowieso ein Jahr später seine Karriere beenden wollte. Nein, soviel ich weiß, war er auf dem besten Weg, sich mit seiner Exfrau zu versöhnen, als sie einen anderen Mann kennenlernte und ihn heiratete."

„Oh." Avery zog die Augenbrauen in die Höhe und lehnte sich in ihrem Stuhl zurück. Zwar hatte Mitch ihr erzählt, dass er weiterhin mit seiner Exfrau befreundet war, aber dass die beiden sich nach ihrer Scheidung wieder hatten versöhnen wollen, hatte er nicht erwähnt. Nach einem kurzen Moment lächelte sie schwach, weil Hanna sie alarmiert beobachtete, und zuckte mit der Schulter. Immerhin war das schon einige Jahre her und hatte mit ihrer Beziehung zu Mitch rein gar nichts zu tun.

Sehr gefasst erwiderte sie daher: „Ich weiß, dass die beiden noch befreundet sind, daher schätze ich, dass er mittlerweile darüber hinweg ist.“

Hanna schnitt eine Grimasse. „Hätte ich mal lieber den Mund gehalten.“

„Ach, Hanna“, lachte Liv beruhigend. „Mitch ist siebenunddreißig, daher wird sich Avery bestimmt schon gedacht haben, dass er vor ihr Beziehungen hatte. Mach dir nicht immer so einen Kopf.“

„Alles okay“, erklärte auch Avery. „Wir sind erwachsen und können auf Eifersuchtsszenen verzichten, schließlich rastet er auch nicht aus, wenn ich Seth zu meinem Exmann bringe.“ Scherzhaft fügte sie hinzu: „Auch wenn ich mich im Gegensatz zu ihm mit meinem Expartner nicht sehr gut verstehe.“

„Mom!“ Seths markerschütternder Schrei hallte über den kompletten Garten des Country Clubs und erschreckte sie im ersten Moment kolossal, bis sie die Freude aus der Stimme ihres Sohnes heraushörte. „Ich habe einen Homerun geschlagen!“

Sobald sie sah, wie Seth in Mitchs ausgestreckte Hand schlug, von dem großen Mann herzlich gedrückt wurde und sie freudestrahlend anlachte, vergaß sie sofort jeden Zweifel, den sie vielleicht gehegt hatte. Es war so deutlich, dass die beiden ineinander vernarrt waren, dass sie sich keine Sorgen um seine Gefühle machen musste. Er gehörte zu ihnen, so wie sie zu ihm gehörten.

15. Kapitel

Mitch lief den Flur der Krankenhausstation entlang und sah Avery bereits in ein Gespräch mit einem älteren Arzt vertieft, der auf sie einredete, während sie mit gerunzelter Stirn lauschte, die Arme vor der Brust verschränkt hielt und zwischenzeitlich nickte. Das sah gar nicht gut aus, musste sich Mitch eingestehen.

Das erste Spiel der Saison hatte immer etwas Aufregendes an sich, aber wenn der beste Runningback des Teams vom Feld getragen wurde, um anschließend mit dem Krankenwagen und der Mannschaftsärztin abtransportiert zu werden, wurde aus der positiven Aufregung eine sorgenvolle Anspannung.

Dabei war das Tackling völlig unnötig gewesen. Es war das dritte Down des letzten Viertels gewesen und die Titans hatten uneinholbar vorn gelegen, als Blake O'Neill nach gerade einmal fünf Yards Laufspielzug von einem Strong Safety des gegnerischen Teams so hart getackelt worden war, dass er für einige Momente bewegungslos am Boden liegen geblieben war. Der gleiche Strong Safety hatte bereits im zweiten Viertel Blake durch eine Facemask zu Boden gerissen, was der Schiedsrichter jedoch nicht geahndet hatte. Jetzt war das Spiel vorbei, die Titans hatten gewonnen und ihr talentiertester sowie großmäuligster Runningback war verletzt. Die Saison hatte wirklich beschissen begonnen.

Während er auf Avery und den älteren Arzt zulief, schaltete Mitch sein Handy aus und begann, sich Sorgen um Blake zu machen. Verletzungen gehörten zum Leben eines Profifootballspielers wie Werbespots für Energydrinks und ewige Fahrten im Mannschaftsbus, dennoch zog sich sein Magen zusammen, wenn er nur den sterilen Krankenhausgeruch in der Nase hatte. Manche Spieler kamen nach einem Foul oder einem unglücklichen Zusammenprall ins Krankenhaus und betraten danach nie wieder das Spielfeld. Als er sich die Knieverletzung zugezogen hatte, die seine Karriere beendet hatte, war er relativ gelassen geblieben, da er alles erreicht hatte, was er hatte erreichen wollen. Damals hatte er sich auf einen neuen Lebensabschnitt gefreut, auch wenn etwas Wehmut mit im Spiel gewesen war, doch bei Blake lagen die Dinge ganz anders.

Der Runningback lebte für den Football. Daher hoffte Mitch, dass seine heutige Verletzung keinen Schaden angerichtet hatte.

Sobald er bei den beiden Ärzten angekommen war, die in ihr Gespräch vertieft waren, nickte er ihnen zu und fragte Avery, als sie ihn anschaute: „Wie geht es ihm?“

„Er muss operiert werden.“ Sie hob eine Hand. „Dr. Morton, das ist Mitch Cahill, der Generalmanager der Titans. Mitch, Dr. Morton ist der orthopädische Chirurg, der Blake operieren wird. Er hat sich die Schulter ausgerenkt.“

Eine ausgerenkte Schulter klang schmerzhaft, doch weniger gefährlich für Blakes sportliche Karriere. Nichtsdestotrotz atmete er tief durch und gab dem anderen Arzt die Hand. „Hallo, Dr. Morton. Wieso muss er operiert werden?“

Avery seufzte schwer. „Die Luxation ist bedauerlicherweise etwas schwerwiegender als angenommen. Außerdem ist es nicht seine erste. Ich hatte bereits bei der Erstuntersuchung die Befürchtung, dass eine Reposition nicht so ohne weiteres möglich wäre, weil ich den Arm nicht stabilisieren konnte. Das Röntgenbild zeigt eine Bankart-Läsion ...“

„Avery“, unterbrach er sie ungeduldig. „Ich verstehe nur Bahnhof.“

„Er hat eine Fraktur der unteren Gelenkpfanne und muss operiert werden. Wir warten noch das MRT ab, aber das Röntgenbild zeigt es sehr deutlich.“

Dr. Morton nickte bestätigend. „Wir befürchten keine Schädigung von Nerven oder Gefäßen, was ein gutes Zeichen ist. Glücklicherweise wurde nicht an Ort und Stelle versucht, das Gelenk wieder einzurenken, denn das hätte in diesem Fall folgenschwere Auswirkungen auf die Schulter haben können.“

Tief durchatmend nickte er und wagte nicht zu fragen, wann Blake wieder einsatzbereit war, schließlich musste der Runningback erst einmal die Operation überstehen und wieder fit werden.

„Ich schaue nach, was die Untersuchungsergebnisse machen, und komme gleich wieder.“ Dr. Morton nickte ihnen zu, bevor er eilig verschwand.

Mit einem Stöhnen lehnte Avery für einen kurzen Moment den Kopf gegen seinen Oberarm, bevor sie sich wieder aufrichtete. „Wunderbar. Mein allererstes

Spiel und dann passiert das. Blake hat Zeter und Mordio geschrien, als ihm Schmerzmittel verabreicht werden sollten. Der arme Kerl.“ Mitfühlend seufzte sie. „Das muss schmerzen wie die Hölle.“

„Und wie.“ Er legte ihr tröstend eine Hand auf den Rücken und drückte einen federleichten Kuss auf ihren Kopf. „Du hast alles gemacht, was du konntest.“

„Ich weiß.“ Sie schnitt eine Grimasse. „Er tut mir nur richtig leid. Da lässt er ständig die Hosen vor mir runter, ziert sich jedoch, wenn er im Krankenhaus untersucht werden soll und ich dabei bin.“

Mitch unterdrückte ein Lächeln und fragte anschließend mit ernster Stimme: „Wie sieht seine Prognose aus?“

„Wenn wir die Ergebnisse des MRTs haben, entscheidet Dr. Morton, ob er eine offene OP oder eine Arthroskopie durchführt, aber ich rechne mit zwei bis drei Monaten.“

„Scheiße“, murmelte er und stieß anschließend ein Seufzen aus. „Wo ist er denn jetzt?“

„Zimmer 23.“ Avery deutete mit dem Kinn nach links. „Ich warte noch auf Dr. Morton und komme dann auch.“

„Mach das“, murmelte Mitch, gab ihr einen Kuss auf den Mund und betrat anschließend das Zimmer, in dem Blake auf einem Bett lag.

Der Runningback trug noch seine weiße Footballhose, die mit Grasflecken und Schmutz übersät war, lag mit schweißbedecktem, nacktem Oberkörper auf dem Krankenhausbett und hatte den unverletzten Arm über sein bleiches Gesicht gelegt, während seine linke Schulter bandagiert war.

„Hey!“ Mitch trat an das Bett und blickte in trübe Augen, die ihn schmerzverzerrt anblinzelten, als Blake seinen Arm senkte. „Wie geht's dir, O'Neill?“

„Wunderbar“, murmelte er heiser. „Sieht man das nicht?“

„Na ja.“ Er zog sich einen Stuhl heran und ließ sich darauf nieder. „Du sahst schon mal besser aus. Was macht deine Schulter?“

„Wenn ich nicht atme, ist es erträglich.“ Sein kräftiger Hals bewegte sich, als er schluckte. „Deine Freundin wollte mir Schmerzmittel verabreichen lassen. Kannst du sie nicht mit nach Hause nehmen, damit sie mich hier nicht traktiert?“

Gutmütig reagierte er auf das Grummeln seines Kumpels. „Avery würde mir einen husten, wenn ich sie davon abhalte, sich um dich zu kümmern. Tut mir leid, da musst du durch.“

„Wie lange falle ich aus?“

Die plötzlich ernstgemeinte Frage des Runningbacks überraschte ihn nicht. „Nach der OP? Zwei bis drei Monate sagen die Ärzte.“

„Scheiße“, fluchte Blake und verstummte.

Aufmunternd grinste Mitch auf den liegenden Blake nieder. „Ich bin mir sicher, dass es dir nicht an Krankenpflegerinnen mangeln wird. Falls es dich tröstet, würde Liv sich sicherlich bereiterklären, dich mit Essen zu versorgen.“

„Noch ein Wort und ich schneide mir die Pulsadern auf“, grollte Blake, um dann zu erklären: „Mitch, die Saison wird hart. Da kann ich nicht fehlen.“

„Jetzt warte erst einmal ab und konzentriere dich darauf, wieder fit zu werden. Das ist am wichtigsten für das Team.“

Ob Blake nun schwieg, weil er nichts mehr zu sagen hatte oder weil die Schmerzen zu groß waren, wusste Mitch nicht. Er blieb stumm neben seinem Kumpel sitzen und wartete darauf, dass Avery und Dr. Morton erschienen. Sobald diese den Raum betraten, stieg Blakes Nervosität sichtbar an. Mitch schob seinen Stuhl beiseite und stellte sich an die Wand, während der Arzt Blake den Operationsverlauf beschrieb und Avery die Nase in einem Stapel Papiere vergraben hatte.

Frustriert legte Blake den Kopf in den Nacken und zuckte unmerklich zusammen. „Wunderbar. Aufgeschnitten zu werden, hat mir jetzt noch gefehlt.“

„Frauen stehen auf Narben, Blake“, erklärte Avery, legte die Papiere beiseite und stellte sich neben den missmutigen Patienten, um ihm die Hand auf die gesunde Schulter zu legen. „Du kannst so viel zetern, wie du willst, mein Lieber, aber jetzt kriegst du erst einmal etwas gegen die Schmerzen.“

„Doc ...“

„Keine Widerworte“, unterbrach sie ihn kategorisch, was Mitch ein Lächeln abrang. „Da lasse ich nicht mit mir reden. Außerdem hast du bewiesen, was für ein harter Kerl du bist. Für die OP musst du dich und deine Muskeln entspannen, was nicht funktioniert, wenn du solche Schmerzen hast. Außerdem bleibe ich hier, bis du operiert wurdest ...“

„Mitch, sprich ein Machtwort“, bettelte Blake.

Doch er hatte nicht einmal die Gelegenheit, auch nur zum Sprechen anzusetzen, weil Avery antwortete.

„Da hat er nichts zu sagen. Dr. Morton und ich sind uns einig. Soll ich jemanden für dich anrufen? Deine Familie? Eine Freundin?“

„Nein“, stöhnte Blake genervt. „Gib mir schon eine Spritze und lass mich in Ruhe.“

„Sehr gut.“ Sie nickte ihrem Kollegen zu. „Er ist bereits wieder ganz der Alte.“

Der Chirurg verrückte die Brille auf seiner Nase. „Gut zu hören, dann kann ich ja den Operationssaal bestellen.“

Mitch räusperte sich und stieß sich von der Wand ab. „Ich verschwinde und informiere den Verein. Blake, kann ich noch etwas für dich tun?“

„Ein Bier wäre gut.“

„Vielleicht später“, schnaubte Avery und nickte Mitch zu. „Ich begleite dich raus.“

Vor der Tür schnitt sie eine Grimasse. „Was für ein bezaubernder Patient. Fährst du zurück in den Verein? Ich bleibe hier, bis Blake aus der Narkose aufwacht.“

Er legte den Arm um sie und führte sie einige Schritte abseits. „Soll ich hierbleiben und mit dir warten?“

Avery schüttelte den Kopf und sah zu ihm auf, während sie schwach lächelte. „Du würdest mir einen riesigen Gefallen tun, wenn du Seth später bei seinem Freund abholen und auf ihn aufpassen könntest, bis ich wieder zuhause bin. Sonst rufe ich Laura an und ...“

„Nein, nein. Ich hole Seth ab und bleibe bei euch zuhause. Mach dir um ihn keine Sorgen.“

„Danke.“ Sie trat einen Schritt näher, stellte sich auf die Zehenspitzen und gab ihm einen süßen Kuss auf den Mund, bei dem sein Herz in einen wilden Stakkato-Rhythmus verfiel. „Das ist sehr lieb von dir.“

„Ich mache es gerne“, murmelte er an ihre Lippen. „Und übernimm dich nicht, Liebling. Du siehst selbst etwas mitgenommen aus.“

Verlegen strich sich Avery das Haar aus der Stirn. Die letzten Stunden hatten sie aufgewühlt, immerhin hatte sich ein Spieler gleich bei dem ersten Spiel, das sie offiziell als Mannschaftsärztin betreute, verletzt und war ins Krankenhaus eingeliefert worden. Von der Aufregung der letzten Tage ganz zu schweigen. Dennoch war sie nicht so mitgenommen, dass sie nicht vernommen hätte, wie er sie genannt hatte.

Mit glühenden Wangen versicherte sie ihm, dass es ihr gut ging und er sich keine Sorgen um sie machen musste, bevor er sich wenige Minuten später verabschiedete. Avery sah ihm hinterher, nahm ihr Handy und setzte sich auf einen der Besucherstühle, während sie ihren Kollegen anrief, um eine Zweitmeinung zu Blakes Verletzung einzuholen. Zwar hatte Dr. Morton ein exzellentes Renommee und sie stimmte mit seiner Diagnose überein, jedoch wollte sie bei einem derart erfolgreichen Sportler wie Blake O’Neill nichts falsch machen. Während sie einige Telefonate führte und auch Teddy über Blakes Zustand informierte, fiel ihr Blick auf die gegenüberliegende Wand, an der einige medizinische Plakate hingen.

Die Stimme ihres Kollegen drang an ihr Ohr, doch Avery konnte sich plötzlich nicht mehr auf die Komplikationen einer Schulteroperation konzentrieren, sondern musterte das Plakat, auf dem für eine regelmäßige Schwangerschaftsvorsorge geworben wurde. Sie wusste selbst nicht, wieso sie dermaßen gebannt auf das Plakat starrte und an nichts anderes mehr denken konnte, immerhin konnte sie nicht schwanger sein, schließlich verhüteten sie und Mitch. Mit trockener Kehle begann sie zu rechnen und merkte mit beginnendem Erschrecken, dass sie zum ersten Mal seit ihrer Schwangerschaft mit Seth überfällig war.

Avery blickte durch das Fenster der Küche in den Garten hinaus und sah, wie Seth mit seinem Freund Dylan fröhlich im Baumhaus saß und lachte. Gleichzeitig rührte sie in der Tasse Tee herum, den sie für sich und ihre Ex-Schwiegermutter gemacht hatte, die geduldig am Küchentisch saß und auf ihren Bericht wartete.

„Was hat die Ärztin gesagt?"

Sie holte tief Luft, wandte den Blick von ihrem Sohn ab und drehte sich zu Laura um, die sie erwartungsvoll ansah. „Sie hat gesagt, dass ich schwanger bin. In der achten Woche."

Augenblicklich begann die andere Frau zu strahlen. „Wirklich?"

Nickend führte sie die Tasse an ihre Lippen und trank einen winzigen Schluck, um sich und ihren nervösen Magen zu beruhigen. Während der Schwangerschaft mit Seth war ihr nie übel gewesen, daher schob sie die Schuld für ihren momentanen

Zustand einfach der Aufregung zu. Seit sie im Krankenhausflur das Plakat gesehen hatte, auf dem für eine verantwortungsvolle Schwangerschaftsvorsorge geworben worden war, spielte ihr Magen verrückt. Nachdem sich der Schwangerschaftstest, den sie noch in aller Eile am gleichen Abend gekauft hatte, verfärbt hatte, war es ihr kaum gelungen, mehr als ein paar Bissen zu sich zu nehmen.

Komischerweise war sie nun, da ihre Ärztin ihren Verdacht bestätigt hatte, beruhigt und merkte, dass sie sich langsam entspannte.

„Freust du dich gar nicht?“

Doch, das tat sie. Das tat sie wirklich. Der Gedanke an ein Baby versetzte sie sogar in Hochstimmung, wenn sie sich nicht darum Sorgen machen müsste, wie Mitch reagieren würde. Sie waren erst seit kurzer Zeit ein Paar, seit fast drei Monaten, um genau zu sein, und schon stellte sich ein Baby ein. Sie wohnten nicht einmal zusammen und würden in sieben Monaten Eltern werden. Bei dieser Überlegung war es doch kein Wunder, wenn ihr die Knie weich wurden.

„Doch, Laura. Ich freue mich wirklich, aber ...“

„Aber?“

Wieder musste sie kurz schlucken und stieß sich von der Spüle ab, um sich ebenfalls an den Küchentisch zu setzen und durchzuatmen. „Das geht alles so schnell. Ich meine ... wir sind noch nicht lange zusammen, wir wohnen nicht zusammen und was soll ich Seth sagen?“

Laura schenkte ihr einen weichen Blick. „Du machst dir viel zu viele Sorgen, Avery. Vermutlich wird Seth außer sich sein vor Freude, wenn er einen kleinen Bruder oder eine kleine Schwester bekommt, und deine anderen Bedenken werden sich ebenfalls in Luft auflösen.“

„Mitch ist toll, aber ... aber ich weiß nicht, ob er ein eigenes Kind haben möchte.“

„So wie ich das sehe, mein Schatz, kümmert er sich großartig um Seth, und das ist nicht unbedingt selbstverständlich in der heutigen Zeit.“ Sie streckte die Hand aus und tätschelte ihren Arm. „Weshalb sollte er bei diesen deutlich sichtbaren Vaterqualitäten kein eigenes Kind haben wollen?“

Avery war so verwirrt, dass sie ihre Tasse abstellte und sich mit der rechten Hand über die Stirn fuhr. Lauras tröstende Streicheleinheiten beruhigten sie vielleicht, dennoch konnte sie ihre nervösen Gedankengänge nicht einfach abstellen.

Vorsichtig blickte sie in die Augen ihrer früheren Schwiegermutter und murmelte: „Ich weiß, dass er sich rührend um Seth kümmert. Entschuldige, wenn ich das so sage, immerhin ist Keith dein Sohn, aber Mitch zeigt mehr Interesse an Seth als sein eigener Vater. Diese Aufmerksamkeit tut ihm sehr gut ...“

„Du musst dich nicht dafür entschuldigen, dass du die Wahrheit sagst“, seufzte Laura. „Was Keith betrifft, weißt du, wie ich zu der ganzen Geschichte stehe. Versteh mich nicht falsch, Avery. Ich liebe Seth und Matt gleich, schließlich sind sie beide meine Enkelsöhne, aber mein eigener Sohn ist ein Dummkopf und seine Frau ist das dümmste Geschöpf, das mir je unter die Augen getreten ist.“

Eigentlich wollte Avery nicht schon wieder diese Diskussion führen. Was Keith und Jane taten, war ihr völlig egal. Es kümmerte sie nicht mehr, ob Keith und Jane eine gute Ehe führten oder ob Keith auch seine zweite Ehefrau mit einer seiner Exfreundinnen betrog. Als sie im fünften Monat schwanger gewesen war und ihr damaliger Mann ihr von jetzt auf gleich mitgeteilt hatte, dass er sie wegen Jane verlassen würde, die ebenfalls von ihm schwanger gewesen war, hatte sie gedacht, dass eine Welt für sie zusammenbräche. Heute musste sie beschämenderweise zugeben, dass sie Keith angefleht hatte, bei ihr zu bleiben. Vor lauter Entsetzen und Angst hatte sie gehofft, dass er seine Meinung ändern und bei ihr bleiben würde. Mittlerweile fragte sie sich, wie sie derart wenig Selbstachtung besessen haben konnte, um Keith auch noch zu bitten, dass er sie nicht verließ. Sie hätte ihn hochkant rauswerfen sollen, als sie die Gelegenheit dazu bekommen hatte. Ein untreuer Ehemann war schlimm genug, aber einer, der die schwangere Frau gegen die schwangere Exfreundin austauschte, war es nicht wert, auch noch Tränen um ihn zu vergießen. In ihrem Groll hatte sie während Seths erstem Lebensjahr gehofft, dass deren Ehe unglücklich werden würde.

Inzwischen konnte sie guten Gewissens sagen, dass sie weder Keith noch Jane etwas Böses wünschte. Dafür waren sie ihr einfach zu unwichtig. Avery wünschte sich einfach, dass Seth glücklich war und ein gutes Verhältnis zu seinem Dad hatte.

„Keith hätte dich niemals für diese Pute verlassen dürfen."

Avery war sich nicht sicher, was sie darauf antworten sollte, denn sie war froh, dass es so gekommen war. Momentan hätte sie nicht glücklicher und zufriedener sein können, wenn nicht diese Unsicherheit gewesen wäre, was Mitch und das Baby betraf. Sie wollte, dass er sich freute, dass er ausflippte vor Glück und dass er nicht mehr ohne sie sein wollte, aber was passierte, wenn er all das nicht täte?

„Laura, wenn ich ehrlich sein darf ... ich bin mit Mitch glücklich. Glücklicher, als ich es mit Keith war. So wie es jetzt ist, ist es am besten für uns alle."

„Das weiß ich doch", entgegnete sie begütigend. „Du glaubst nicht, wie sehr ich mich für dich freue. Und für mich, denn ich werde bald ein neues Enkelchen bekommen."

Sie hätte nichts Schöneres sagen können, gestand sich Avery unter Tränen ein. „Das ist sehr lieb von dir. Ich hoffe, dass Mitch sich freut ..."

„Warum sollte er sich denn nicht freuen?"

Mit all dem Humor, zu dem sie in einer solchen Situation fähig war, scherzte sie: „Zum Dreimonatsjubiläum bekommt man normalerweise eine Karte oder eine Schachtel Pralinen geschenkt, aber kein Ultraschallfoto, Laura."

Ihre ehemalige Schwiegermutter rümpfte amüsiert die Nase. „Das klingt für mich, als hätten eure Verhütungsmethoden nicht besonders gut funktioniert."

Avery schnitt eine Grimasse und verlor den Kampf, ihre Hand nicht auf ihren noch flachen Bauch zu legen. „Meine Ärztin meinte, dass ich nach Seths Geburt die Passgenauigkeit des Diaphragmas hätte kontrollieren lassen müssen. Da ich nie irgendeine Veranlassung dazu gehabt hätte, war dies vorher nicht nötig."

„Du meinst, es war vor Mitch nie nötig“, kicherte Laura.

Sie murmelte eine Zustimmung.

„Wie dem auch sei, mein Schatz.“ Laura erhob sich und drückte ihr einen Kuss auf den Kopf. „Mitch scheint mir nicht der Mann zu sein, der sich über einen kleinen Betriebsunfall nicht freuen würde.“

Sie hoffte es, aber sicher konnte sie sich erst sein, wenn sie es ihm gesagt hatte.

16. Kapitel

Averys Gefühlslage wechselte von Sekunde zu Sekunde. Besorgt schaute sie auf das Handy in ihrer Hand, um im nächsten Moment beinahe vor Wut auszuflippen, weil sie versetzt worden war. Dann dachte sie wieder daran, dass Mitch etwas passiert sein könnte, und stand kurz davor, in Tränen auszubrechen.

Sie saß in dem schönsten Kleid, das sie besaß, am Esstisch ihres Hauses, betrachtete das bereits kalte Menü, das sie zur Feier des Tages gekocht hatte, und hielt ihr Handy in der schweißnassen Hand, während sie auf das Display starrte und merkte, wie sich ihr übernervöser Magen bemerkbar machte. Mitch war seit fast drei Stunden überfällig und das machte ihr große Sorgen, weil er auch nicht an sein Handy ging. Es sah ihm nicht ähnlich, sie zu versetzen oder sein Handy zu ignorieren. Da er äußerst gewissenhaft war, konnte sie sich auch nicht vorstellen, dass er es irgendwo vergessen hatte. Irgendetwas musste passiert sein, entschied sie zitternd und mit rasendem Herzen. Nicht auszudenken, dass er einen Unfall gehabt haben könnte, während sie in der Küche gestanden und Rinderfiletspitzen mit Rahmsauce gekocht hatte! Bei dem Gedanken, dass er verletzt sein könnte, wurden ihre Beine schwach und Avery war froh, dass sie bereits saß.

Ein Blick auf den liebevoll gedeckten Tisch und die Kerzen, die bereits zur Hälfte hinuntergebrannt gewesen waren, bevor sie diese ausgeblasen hatte, ließen Tränen in ihr aufsteigen. Sie hatte Seth zu Laura ausquartiert, ein romantisches Dinner vorbereitet und sich in ein wunderbares Outfit geworfen, um ihn damit zu überraschen. Sogar ihre wilden Locken hatte sie offen gelassen, weil er diese katastrophale Frisur so sehr mochte. Obwohl sie zuhause meistens barfuß war, hatte sie sich hochhackige Schuhe angezogen, die perfekt zu dem tief ausgeschnittenen schwarzen Kleid passten und nun unter dem Tisch lagen, weil sie längst aus ihnen herausgeschlüpft war. Der Abend war minutiös geplant gewesen und hätte eine Überraschung für ihn sein sollen. Die größte Überraschung des Abends hätte das Ultraschallfoto sein sollen, das in einem Kuvert über dem Kamin stand und das sie ihm nach dem Dessert, einem Schokoladensoufflé, hatte überreichen wollen.

Mittlerweile war das Essen kalt, ihr war der Appetit vergangen und ihr Outfit war ebenfalls hinüber, weil sie sich eine Strickjacke übergeworfen und die schweren Ohrringe entfernt hatte. Außerdem stand sie kurz davor, auch noch ihr Make-up zu ruinieren, da die aufsteigenden Tränen so locker saßen, dass sie ihr jeden Moment über die Wangen rinnen konnten.

Es musste einfach irgendetwas passiert sein, weil Mitch sie niemals ohne ein Wort versetzt hätte. Er rief immer an, wenn es später wurde, damit sie sich keine Sorgen machen musste. Außerdem ging er immer an sein Handy, wenn sie anrief.

Nervös, panisch und kurz vor einem Nervenzusammenbruch hielt sie sich das Handy direkt vor das Gesicht, starrte auf das dunkle Display und überprüfte zum gefühlt tausendsten Mal, dass es nicht auf stumm geschaltet war und dass der Akku funktionierte. Anschließend brach sie in Tränen aus und legte den Kopf auf die glänzend polierte Tischplatte, um hemmungslos zu weinen. Vor vier Tagen hatte sie herausgefunden, dass sie schwanger war, und heute hätte es auch Mitch erfahren sollen. Bisher wusste es lediglich Laura, die sie in ihrer Unsicherheit eingeweiht hatte. Avery hatte es kaum ausgehalten, dieses kleine Geheimnis noch vor Mitch geheim zu halten, doch kein Wort war über ihre Lippen gekommen, weil sie es ihm auf eine besondere Art hatte sagen wollen – bei romantischem Kerzenlicht und mit einem schönen Essen. Sie hatte es ihm weder übers Telefon noch zwischen Tür und Angel sagen wollen. Dieser Moment hätte etwas Besonderes sein sollen.

Nach Blakes Verletzung und seiner Operation hatte es keinen gemeinsamen freien Abend für Mitch und sie gegeben, daher war der heutige Abend die erste Möglichkeit, ihm im privaten Rahmen zu berichten, dass er Vater wurde.

Der Gedanke, dass sie zu lange gewartet haben könnte, löste eine neue Welle Übelkeit in ihr aus, die sie hart schlucken ließ. Sie liebte ihn und konnte den Gedanken nicht ertragen, dass ihm etwas passiert sein könnte. In ihrer Sorge malte sie sich alle möglichen Horrorszenarien aus, bei denen ihr noch schlechter wurde.

Als plötzlich das Handy in ihrer Hand klingelte, schoss sie nach oben und nahm mit zittrigen Fingern das Gespräch an.

„Mitch!“

„Hallo“, ertönte seine gestresste Stimme an ihrem Ohr. „Ich habe unsere Verabredung verschwitzt. Es tut mir leid ...“

„Was?!“ Fassungslos starrte sie ins Leere und nahm am Rande den Geruch des bereits erkalteten Essens wahr.

„Hör zu, Avery. Hier war die Hölle los. Es tut mir schrecklich leid, dass ich vergessen habe, dass du mich zum Essen eingeladen hast.“

Erst nach einer halben Ewigkeit war sie wieder in der Lage, ihm zu antworten. Als sie es tat, krächzte ihre Stimme. „Du hast es vergessen?“

„Ja ...“

„Du hast vergessen, dass wir verabredet waren?“

Sein Seufzen klang leicht genervt. „Es tut mir leid. Normalerweise passiert mir so etwas nicht. Das weißt du doch.“

Normalerweise machte sie auch nicht ein solches Brimborium oder wollte ihm das erste Ultraschallbild ihres Babys zeigen. Brodelnde Wut stieg in ihr auf, die sie nur mühsam beherrschen konnte. „Du bist nicht an dein Handy gegangen!“

„Ja, aber es ...“

Wütend schrie sie in den Hörer: „Ich habe gedacht, dass du einen Unfall hattest! In meiner Vorstellung warst du tot, verdammt noch mal!“

„Avery ...“

Auf seinen leicht überheblichen sowie amüsierten Tonfall konnte sie gut verzichten. Er sollte nicht glauben, dass er sich ungestraft über sie lustig machen konnte. „Mitch Cahill, halt deine Klappe! Ich habe Todesängste wegen dir ausgestanden und sitze seit drei Stunden hier, weil ich auf dich warte! Du hättest anrufen oder mir wenigstens eine Nachricht schreiben können ..."

„Es tut mir leid", wiederholte er schon zum vierten Mal. „Mir geht's gut. Mach dir keine Sorgen."

„Das Essen ist ruiniert", klagte sie. „Und ich stand kurz vor einem Herzinfarkt."

Sie war so erleichtert darüber, dass ihm nichts passiert war, dass wieder ein paar Tränen in ihr aufstiegen, die sie mit zitternder Hand beiseite wischte. Solange es ihm gut ging, war es ihr sogar egal, dass ihr Make-up verschmiert war und sie grauenvoll aussah. Sollte er das Dinner eben aufgewärmt essen und von ihr in einer Strickjacke empfangen werden. Auf diese Kleinigkeiten kam es nicht an, solange er endlich zu ihr nach Hause kam und sich über das Baby freute.

„Das wollte ich nicht, Avery. Mach dir keine Sorgen ..."

„Okay", erwiderte sie mit belegter Stimme. „Ich hatte nur solche Angst, dass dir etwas passiert sein könnte, Mitch. Versprich mir, dass du vorsichtig fährst, wenn du gleich nach Queens kommst."

„Hör zu, Avery. Ich kann hier nicht weg." Seine Stimme war kaum zu verstehen, weil im Hintergrund das schrille Kreischen eines Kleinkindes ertönte, woraufhin eine gestresste Frauenstimme laut wurde.

„Mason, lass deine Schwester in Ruhe!"

Avery lauschte verwirrt der fremden Stimme und dem rhythmischen Kreischen des Kindes, bevor sie das Zuschlagen einer Tür wahrnahm. Zwar war das Kreischen noch zu hören, doch es klang nun sehr viel gedämpfter.

„Avery? Bist du noch dran?"

„Ja", entgegnete sie irritiert. „Ich bin noch dran."

„Das wollte ich dir gerade sagen, Liebling. Ich habe unsere Verabredung vergessen, weil Kelly mit den Kindern am Nachmittag vor meiner Tür stand. Ihr Mann und sie haben anscheinend Eheprobleme ..."

„Deine Exfrau ist bei dir?"

„Mit den Kindern", bejahte er geduldig. „Die beiden sind außer Rand und Band, während Kelly am Boden zerstört ist. Sie weint die ganze Zeit. Ich glaube, sie will sich von ihrem Mann scheiden lassen. Weil sie schwanger ist, mache ich mir Sorgen, dass es für sie zu viel ist, und habe ihr deshalb angeboten, dass sie erst einmal hier bei mir bleiben soll, damit ihr und dem Baby nichts passiert. Vielleicht ..."

Avery hatte genug gehört und legte auf.

Wenige Sekunden später klingelte wieder das Telefon. Obwohl sie sich eine Idiotin schimpfte, nahm sie den Anruf an und spürte zur selben Zeit, dass sich eine unglaubliche Wut in ihrem Inneren ausbreitete.

„Hey, Schatz. Wir wurden gerade getrennt ..."

„Das wurden wir nicht", fuhr sie ihn an. „Ich habe aufgelegt!"

„Was? Warum das denn?"

„Das fragst du auch noch? Deine Exfrau zieht bei dir ein und du fragst mich, warum ich auflege?"

„Himmel, Avery", erwiderte er deutlich verärgert. „Kelly ist meine Freundin! Ihr geht es schlecht und sie braucht Unterstützung. Was hätte ich denn deiner Meinung nach tun sollen?"

„Du hättest mich anrufen müssen!"

Seine Stimme klang nun aufgebracht. „Kelly stand weinend mit ein paar Koffern im Schlepptau und mit zwei Kleinkindern an den Händen vor meiner Tür. Es hat mich eine Stunde gekostet, von ihr überhaupt zu erfahren, was los ist, während ich mich darum bemüht habe, die Kinder davon abzuhalten, meine Wohnung zu zerlegen. Gleichzeitig musste ich mit ihrem Mann telefonieren, der mich beschuldigte, ihm Frau und Kinder zu stehlen. Entschuldige, wenn ich da die Zeit vergessen habe!"

„Du hast nicht die Zeit vergessen, sondern mich – deine Freundin!" In ihrer grenzenlosen Panik ballte sie beide Hände zu Fäusten und hätte sich nicht gewundert, wenn das Handy, das sie mit der rechten Hand festhielt, zerbrochen wäre. „Kaum ist deine Exfrau wieder zurück, bin ich dir völlig egal ..."

„Verdammt, Avery", unterbrach er sie unwirsch. „Das ist kompletter Unsinn!"

„Nein, ist es nicht!" Mühsam schöpfte sie Luft, während ihr schwindelig wurde. Das überwältigende Gefühl, diese Situation schon einmal erlebt zu haben, ließ sich nicht unterdrücken. „Du liebst sie noch. Gib es zu! Du bist froh, dass sie zurück ist ..."

„Verdammte Scheiße, was redest du denn da? Kelly ist nicht zurück, sondern braucht etwas Abstand zu ihrem Mann, Avery! Was ist nur in dich gefahren?"

Sie wollte nicht vor ihm schluchzen, aber es war kaum zu verhindern, wie sie verzweifelt bemerkte. „Ihr Mann hat Recht, oder? Du willst sie wiederhaben, nicht wahr?"

Sein Stöhnen wirkte genervt, was sie ihm nicht eine Sekunde lang abnahm. Für Avery fühlte es sich an, als würden sich Krallen um ihr Herz schließen und zudrücken. Was stimmte mit ihr nicht, dass die

Männer, in die sie sich verliebte, lieber zu ihren Exfrauen zurückkehrten, als bei ihr zu bleiben? Erst hatte sich Keith von ihr wegen seiner Exfreundin getrennt und nun stand Mitch ebenfalls kurz davor, sie wegen seiner Exfrau zu verlassen. Und beide Male war Avery schwanger, wenn dies passierte. Sie krümmte sich zusammen und biss die Zähne zusammen, obwohl ihr Kinn unkontrolliert zitterte.

„Ich bin mit Kelly seit ewigen Zeiten befreundet, Avery, und will mich um sie kümmern, wenn es ihr schlecht geht", entgegnete er deutlich ruhiger, doch sie hatte die Nase voll davon, sich für blöd verkaufen zu lassen. Erst hieß es, dass er sich lediglich freundschaftlich um seine Exfrau kümmern wollte, bis sie beide wieder Gefühle füreinander empfinden und zueinander finden würden. Avery wusste, dass Mitch nach seiner Scheidung gehofft hatte, wieder mit Kelly zusammenzukommen und eine Familie zu gründen. Wie es schien, hatte sich für ihn endlich eine Gelegenheit ergeben, dies nachzuholen.

„Dann tu das", schrie sie ihn an und hätte bei dem Anblick des schneeweißen Kuverts, in dem sich das Ultraschallbild des Babys befand, beinahe ihre restliche Beherrschung verloren. „Aber ich bin nicht bereit, den Lückenbüßer zu spielen, Mitch! Wenn du mit Kelly zusammen sein willst, kannst du nicht verlangen, dass ich auf dich warte."

„Hörst du dir eigentlich selbst zu? Niemand spricht davon, dass Kelly und ich wieder zusammen sind, Avery! Ich bin mit dir zusammen und nicht mit ihr ..."

„Noch“, würgte sie hervor. „Ich weiß, dass du dich mit ihr nach eurer Scheidung versöhnen wolltest, aber dass sie da bereits wieder verheiratet war ...“

„Was hat das denn mit uns zu tun, verflucht noch mal?!“

Der Kloß in ihrem Hals war so groß, dass sie kaum atmen konnte. „Ganz einfach ... ich war ... war dein Lückenbüßer. Aber jetzt ist Kelly wieder da und ... und du brauchst mich nicht mehr.“

„Du bist kein Lückenbüßer, Avery. Herrgott nochmal ...“ Er klang absolut ratlos, was sie nur am Rande mitbekam, weil sich in ihrem Kopf ein Film abspielte, der damit begann, dass sie sich verliebte und am Ende verlassen wurde.

„Wenn du das so haben willst, Mitch, dann ...“

Nun brüllte er ebenfalls los. „Du willst mir gar nicht zuhören! Seit wann reagierst du dermaßen übertrieben und setzt mir die Pistole auf die Brust?“

„Seit du wegen deiner Exfrau Schluss machen willst!“

„Ich will überhaupt nicht Schluss machen, Avery! Ich will einfach etwas Verständnis von meiner Freundin bekommen, wenn ich mich um meine Exfrau und deren Kinder kümmere, weil es ihr schlecht geht! Was ist daran so falsch? Du benimmst dich gerade wie eine Furie und merkst es nicht einmal!“

„Wie eine Furie?“

„Himmel, Schatz, ich will mich nicht streiten“, erwiderte er mit einem verzweifelten Stöhnen. „Und es tut mir wirklich, wirklich leid, dass ich das Abendessen vermasselt habe, aber ...“

Da er plötzlich innehielt, fragte sie misstrauisch: „Aber?"

Wieder seufzte er auf. „Aber kannst du nicht verstehen, dass Kelly und die beiden Kinder gerade wichtiger sind als das Abendessen?"

„Mit anderen Worten sind sie wichtiger als ich."

„Nein ... das habe ich nicht gesagt. Verdammt, wenn dir das Abendessen so wichtig ist, lasse ich die drei allein und komme jetzt vorbei. Bist du zufrieden?"

„Nein." Avery schüttelte den Kopf. Sie hatte sich nach der Episode mit Keith geschworen, nie wieder einen Mann anzuflehen, zu ihr zurückzukommen. Wenn Mitch meinte, dass er bei Kelly und den Kindern bleiben musste, sollte er dies tun. Was nützte es ihr, wenn er widerwillig zu ihr fuhr, obwohl er gar nicht bei ihr sein wollte?

Wie betäubt starrte sie auf den Boden und schluckte hart. Wenn er gewusst hätte, dass sie sein Baby erwartete, wäre dies vermutlich anders gewesen, aber wollte sie einen Mann, der nur zu ihr zurückkam, weil sie von ihm schwanger war? Ganz sicher nicht! Eine solche Frau war sie nicht, also hielt sie die Klappe und würde es ihm ein anderes Mal sagen. Wenn es das überhaupt geben würde.

Selbst sie hörte durch die Telefonleitung, wie das Geschrei in seiner Wohnung wieder lauter wurde und das Weinen einer Frau zu hören war. Mitch klang völlig überfordert, als er sich über das Geschrei der Kleinkinder Gehör verschaffen wollte. „Hör zu, Avery. Warum sprechen wir in den nächsten Tagen nicht in Ruhe darüber? Du hörst ja, was hier los ist. Okay, Liebling?"

„Okay“, murmelte sie und legte auf, bevor sie so etwas Dummes tun konnte, wie ihm zu sagen, dass sie ihn nicht verlieren wollte. Stattdessen nahm sie das Handy und schmetterte es mit einem gezielten Wurf gegen den Kamin, woraufhin das Kuvert zu Boden segelte und auf dem Teppich liegenblieb, der dank Seths ersten Malversuchen hoffnungslos mit bunten Klecksen verziert war.

Seth.

Bei dem Gedanken an ihren Sohn, der Mitch abgöttisch liebte, brach sie völlig zusammen und fragte sich, wie sie das Seth beibringen sollte.

Seth wusste, dass irgendetwas nicht stimmte. Er war zwar erst sieben, aber wenn seine Mom seit Tagen mit verheulten Augen durch die Gegend rannte und sich kaum ein Lächeln abringen konnte, musste etwas los sein.

Da sich Mitch auch schon seit ein paar Tagen nicht mehr hatte blicken lassen, zählte Seth eins und eins zusammen. Mom und Mitch mussten sich gestritten haben. Deshalb war Mom traurig und Mitch kam nicht mehr vorbei.

Bei dem Gedanken, dass er Mitch nicht wiedersehen würde, wurde ihm total schlecht und er bekam Angst. Wer sollte mit ihm Softball spielen? Wer sollte sich seine Comics ansehen und wer sollte sich mit ihm heimlich einen Schokoriegel teilen, wenn Mom nicht hinsah? Viel wichtiger war aber die Frage, ob er wieder etwas falsch gemacht hatte. Seth wusste, dass sein Dad von ihm enttäuscht war. Auf Matts Party vor ein paar Wochen hatte er mit den anderen Jungs im Garten Basketball gespielt, aber nie einen Punkt gemacht. Das war nicht schlimm gewesen, weil sie alle zusammen Spaß gehabt hatten, doch Seth hatte genau gesehen, dass ihn sein Dad enttäuscht angesehen hatte, auch wenn er kein Wort zu ihm gesagt hatte. Kam Mitch nicht mehr vorbei, weil auch er enttäuscht von Seth war?

Mitch und Mom hatten zusammen immer viel gelacht und sich sogar geküsst, was Seth ehrlicherweise ziemlich eklig gefunden hatte, aber weil er nicht unhöflich sein wollte, hatte er nie etwas dazu gesagt. Außerdem war es richtig schön gewesen, wenn Mitch bei ihnen gewesen war. Oft hatten sie zu dritt etwas gemacht, waren in den Park gegangen oder ins Kino. Sogar Pizza waren sie zusammen essen gegangen und jedes Mal hatte es sich angefühlt, als wären sie eine richtige Familie.

Seth hatte bei solchen Gelegenheiten immer getan, als wäre Mitch sein Dad. Solange er zurückdenken konnte, war es komisch gewesen, nur mit seiner Mom Sachen zu unternehmen. Wenn sie in einen Freizeitpark gegangen waren, hatten die anderen Kinder ihn manchmal blöd angeschaut, weil er allein mit seiner Mom da gewesen war. Auch in der Schule, wenn sie die Weihnachtsgeschichte aufführten, hatte seine Mom allein oder mit Grandma im Publikum gesessen, während die anderen Kinder ihre Väter dabeigehabt hatten. Sein Dad war nie dabei gewesen, überlegte Seth.

Er hatte seine Mom lieb, aber das doofe Gefühl, niemals einen Dad zu haben und von anderen Kindern angestarrt zu werden, weil er allein mit seiner Mom im Park saß oder ins Kino ging, hatte ihm immer gezeigt, dass er ein Außenseiter war. Mit Mitch war das anders gewesen. Niemand hatte sie schräg angesehen, schließlich waren sie zu dritt gewesen. Mom, Mitch und er – eine Mom, ein Dad und ein Kind.

Jetzt war Mitch weg und es fühlte sich ganz furchtbar an. Es war so, als wären sie keine Familie mehr ... als hätte er keinen Dad mehr.

Sein Blick streifte seine Mom, die mit dem Rücken zu ihm stand und das Geschirr des Frühstücks spülte. Sie sprach seit ein paar Tagen nicht viel, auch wenn sie ihn ständig anlächelte und ihn küsste. Außerdem war sie total blass und aß nicht viel. Das schlimme Gefühl in seinem Bauch verstärkte sich, als er sah, wie sie aus dem Fenster in den Garten starrte und kein Wort sagte.

„Mom?“

„Mhh?“

Er zog die Beine an und fragte mit zittriger Stimme: „Kommt Mitch nicht mehr her?“

Sie lächelte ihn an, doch Seth ließ sich nicht täuschen, da seine Mom aussah, als würde sie gleich weinen. „Mitch muss arbeiten, Schatz. Er hat furchtbar viel zu tun ...“

„Das sagst du bei Dad auch immer, aber es stimmt nie!“ Plötzlich merkte er, wie er wütend wurde. Warum log seine Mom ihn an? Sie sagte auch nie die Wahrheit, was seinen Dad betraf, und erzählte, dass sein Dad einen Haufen Arbeit hatte und deshalb nichts mit ihm unternehmen könne. Genau wie jetzt bei Mitch.

Sein Gesicht verzog sich wütend. „Das stimmt nicht! Du lügst mich an!"

„Seth ..." Sie wollte einen Schritt auf ihn zumachen, aber Seth war schneller und sprang von seinem Stuhl, wobei er fast hingefallen wäre.

„Vorsicht, Liebling ..."

Er schüttelte ihre Hand ab, die nach seinem Arm hatte greifen wollen. „Lass mich! Warum lügst du mich schon wieder an?"

„Liebling, ich lüge dich nicht an. Mitch ... Mitch hat viel Arbeit zu erledigen und ist deshalb nicht vorbeigekommen."

Als sich seine Mom ins Haar fasste und ihn traurig ansah, wären ihm beinahe die Tränen gekommen, aber es war leichter wütend zu werden, also schrie er los: „Er hat mich nicht lieb und kommt deshalb nicht mehr vorbei ... genau wie Dad! Er mag mich nicht."

„Das stimmt doch nicht." Erschrocken schüttelte sie den Kopf. „Mitch mag dich sehr gerne, Seth. In den letzten Tagen hatte er wirklich viel zu tun und ist deshalb nicht vorbeigekommen. Wenn du möchtest, kannst du ihn anrufen und mit ihm reden, Schatz."

„Gelogen! Er kommt nicht mehr her, weil er mich nicht mag!"

Seine Mom holte tief Luft und erklärte mit heiserer Stimme: „Du musst mir glauben, wenn ich dir sage, dass du rein gar nichts damit zu tun hast, dass Mitch nicht vorbeikommt, Seth. Ich ... ich habe mich mit ihm gestritten und jetzt sind wir böse aufeinander. Mit dir hat das nichts zu tun, Liebling. Mitch hat dich sehr lieb, aber ..."

Rasende Wut stieg in ihm hoch und er musterte seine Mom anklagend. „Warum musstest du dich mit ihm streiten? Jetzt kommt er nicht mehr ... und ... und du bist schuld!“

„Seth!“

Das erschrockene Gesicht seiner Mom verschwamm vor seinen Augen, während er gebrochen schluchzte. „Mitch hatte mich lieb ... nur wegen dir hat er mich nicht mehr lieb ... und ... und kommt nicht mehr vorbei!“

Obwohl er sah, dass auch seine Mom gleich weinen würde, schrie er sie weiter an. Er wusste, dass das nicht fair war, aber die Angst, dass Mitch nie wieder etwas mit ihm machen würde, ließ ihn furchtbar wütend auf seine Mom werden. „Warum machst du das kaputt? Endlich war ich wie andere Jungs und hatte ... hatte einen Dad! Warum hast du ihn weggeschickt?“

„Das habe ich nicht ...“

„Doch! Wir waren eine Familie ... und jetzt sind wir das wegen dir nicht mehr ...“

Sobald seine Mom sich weinend auf den Stuhl fallen ließ und das Gesicht in beiden Händen verbarg, verpuffte seine Wut und er fiel in das Weinen seiner Mom ein, das durch die ganze Küche hallte. So hatte er sie noch nie gesehen und nagende Schuldgefühle stiegen in ihm auf. Er hatte sie zum Weinen gebracht. Mom weinte sonst nie.

Die Erkenntnis, dass es seiner Mom seinetwegen so schlecht ging, ließ ihn erst recht weinen.

„Mom ... Mom ... es tut mir so leid.“

Sie wiegte sich hin und her und hörte gar nicht damit auf, laut und deutlich zu weinen, was Seth erschreckte, bis sie eine Hand nach ihm ausstreckte und ihn an sich zog. So stand er neben ihr, schmiegte sein Gesicht an ihre Schulter und weinte sich vor Kummer und Erleichterung die Seele aus dem Leib, während er die Arme fest um sie schlang. Sie hielt ihn genauso fest und drückte salzige Küsse auf seinen Kopf. Beide zitterten fürchterlich und heulten um die Wette.

Erst nach einer Weile drang ihre krächzende Stimme an sein Ohr. „Ich habe dich so lieb, mein Schatz."

Schniefend erwiderte er: „Ich hab dich auch lieb, Mom. Ich ... ich wollte dich nicht zum Weinen bringen, ehrlich."

„Das weiß ich doch." Sie umfasste sein Gesicht mit beiden Händen und sah ihm ins Gesicht. So verquollen und fleckig kannte er seine Mom gar nicht und fragte sich, ob sie wegen Mitch so traurig war. „Du hast nichts falsch gemacht, Liebling. Hörst du?"

„Aber Mitch ..."

Sie schüttelte den Kopf. „Mitch und ich haben Streit, aber ... aber das heißt nicht, dass er dich nicht mehr lieb hat. Sollen wir ihn anrufen, damit du mit ihm reden kannst?"

Stirnrunzelnd sah er seine Mom an. „Aber du hast doch Streit mit ihm."

„Wenn du mit ihm sprechen möchtest, Seth, rufe ich ihn gerne an. Du bist wichtiger als unser Streit."

Er dachte einen Augenblick darüber nach und schüttelte dann den Kopf. Wenn seine Mom wegen Mitch weinen musste, wollte er nicht mit ihm reden. Er wollte nur, dass seine Mom aufhörte, so schrecklich traurig zu sein. Um sie zu trösten, schlang er beide Arme um ihren Hals und ließ zu, dass sie mit ihm kuschelte. Zwar hätte er es niemals zugegeben, aber auch er fühlte sich ein kleines bisschen besser, wenn seine Mom mit ihm kuschelte.

17. Kapitel

„Von wem hast du die ganzen Blumen?“

„Frag lieber nicht“, antwortete Blake missmutig und starrte ihn finster an.

Wenn Mitch besser drauf gewesen wäre, hätte er vermutlich gelacht, so begnügte er sich mit einem schwachen Lächeln und griff nach den Karten, die sich in den riesigen Blumengestecken befanden. Tatsächlich sah Blakes Privatzimmer in der Rehaklinik, in die er nur zwei Tage nach seiner Operation verlegt worden war, wie das Innere eines Floristen aus. Wo man hinsah, entdeckte man Blumensträuße, mit Gas gefüllte Luftballons, die an der Decke schwebten, sowie eine ganze Sammlung Kuscheltiere, die ihm alle eine gute Besserung wünschten. Wenn man Blake ein wenig kannte, wusste man eigentlich, dass er eine halbnackte Krankenschwester, ein paar Flaschen Hochprozentiges sowie eine riesige Glotze mit einer voll ausgerüsteten Spielekonsole sicherlich bevorzugt hätte. Da er jedoch über wenig Entscheidungsgewalt verfügte und mehr oder weniger an sein Bett gefesselt war, auch wenn er sich dies in seinen perversen Träumen sicherlich anders vorgestellt hatte, musste er das Blumenmeer sowie dessen süßlichen Geruch ertragen.

Für Blakes Männlichkeit war dies sicherlich ein herber Rückschlag. Tatsächlich sah der verletzte Runningback ein wenig gemeingefährlich aus, da ein beginnender Bart seine Wangen und das Kinn bedeckte. Wie Mitch von dem teilweise entzückten, teilweise genervten Pflegepersonal erfahren hatte, weigerte er sich, von jemand anderem als von sich selbst rasiert zu werden. Dementsprechend sah er auch aus.

Mitch räusperte sich und las eine Karte vor. „*Schade, dass du nicht verreckt bist, Mindy*."

Sein Kumpel verdrehte die Augen. „Exfreundin. Sie trägt es mir nach, dass ich was mit ihrer Cousine hatte."

„Wie kleinlich von ihr", spottete Mitch und legte die Karte beiseite, bevor er sich die nächste aus einem wunderschönen Strauß pinkfarbener Rosen schnappte. Mit hochgezogenen Augenbrauen zitierte er: „*Für den heißesten Spieler der ganzen Liga. Komm schnell wieder auf die Beine – wir brauchen dich. Die Schwulenvereinigung von Yonkers*."

Der berühmte Patient, der auch noch das Pech hatte, in einer katholischen Rehabilitationsklinik zu liegen und daher von Nonnen umsorgt wurde, trug sein Schicksal relativ gelassen und nickte. „Die Jungs sind auf Scheibe und haben mir eine Packung meiner Lieblingsschokolade zusammen mit den Blumen geschickt. Keine Ahnung, woher sie das wussten."

„Das will ich lieber nicht wissen. Aber es scheint, als würde es sich lohnen, das Pin-up der Schwulenbewegung zu sein." Er nickte den Blumen zu. „Wie viele sind von wütenden Exfreundinnen und welche hast du von Schwulenclubs bekommen?"

„Ungefähr fifty-fifty."

„Trotzdem denken alle an dich." Er verzog den Mund. „Selbst wenn dir manche den Tod wünschen."

„Man kann nicht alles im Leben haben“, seufzte Blake, bevor er seine rechte Hand hob, deren Nägel leuchtend bunt lackiert waren. „Siehst du das?“

„Willst du mir damit sagen, dass die Schwulenvereinigung von Yonkers es geschafft hat, dich ans andere Ufer zu locken?“

„Sei kein Arsch“, schnaubte Blake. „Tom, Erin und Zoey waren vor zwei Stunden hier. Die Kleine wollte mir zur Aufmunterung die Fingernägel lackieren ...“

„Was sie wohl auch geschafft hat.“ Mitch schüttelte glucksend den Kopf. „Davon mache ich ein Foto und bringe es in unserem Vereinsmagazin raus.“

„Dann bist du ein toter Mann.“ Er bewegte sich seufzend hin und her, bis er eine bequemere Position gefunden hatte. „Als die Kleine meinen Verband gesehen hat, dachte ich, dass sie in Tränen ausbrechen könnte, daher habe ich es ihr erlaubt.“

„Sehr nett von dir. Wenn es mit dem Footballspielen nicht mehr klappt, kannst du ja Kindergärtner werden.“

Erschrocken schüttelte der schwarzhaarige Patient rasch den Kopf. „Mal den Teufel mal nicht an die Wand! Ich will in zwei Monaten wieder auf dem Feld stehen.“

„Gemach.“ Mitch ließ sich auf einem Hocker mit Rollen nieder. „Teddy und ich sind der Meinung, dass deine Verletzung erst völlig ausgeheilt sein muss, bevor du wieder eingesetzt wirst.“

„Deine Freundin ist zuversichtlich, dass ich mit entsprechender Physiotherapie in spätestens zehn Wochen wieder einsatzbereit bin.“

Die Erwähnung von Avery ließ Mitch innerlich zusammenzucken und er hoffte, dass der Runinngback nichts davon gemerkt hatte.

Er kam sich etwas schäbig vor, dass er sich in den vergangenen drei Tagen nicht bei ihr gemeldet hatte, und er dachte beinahe stündlich an sie, konnte sich jedoch nicht überwinden, sich das Telefon zu schnappen und sie anzurufen. Erstens war er verletzt über die Dinge, die sie ihm vorgeworfen hatte, und zweitens befürchtete er, dass sie wieder ausrasten würde, wenn sie erfuhr, dass Kelly noch immer mit den Kindern bei ihm in der Wohnung war.

Was hätte er denn tun sollen? Als sie vor drei Tagen bei ihm auf der Matte gestanden hatte, hätte er sie schlecht wegschicken können. Schließlich war sie im sechsten Monat schwanger und hatte zwei Kleinkinder dabei, die ihn seit drei Tagen um den Schlaf brachten und seine Wohnung auseinandernahmen. Die süßen Engelchen, die ihm bei seinen Besuchen in Chicago präsentiert worden waren, konnten wahre Teufel sein, die es geschafft hatten, seinen Fernseher zu demolieren und diverse Pokale zu zerstören, die er während seiner Zeit als Profi gewonnen hatte. Außerdem klebte mehr Essen an seinen Wänden, als er jemals für möglich gehalten hätte. Wie Kelly das jeden Tag aushielt, ohne sich selbst in eine Nervenheilanstalt einzuliefern, wusste er nicht. Er wusste nur, dass sie verrückt war, weil sie ein drittes Baby in die Welt setzen wollte. Nun ja ... sobald Mary und Mason müde wurden und sich auf seinen Schoß kuschelten, konnte er dies nachvollziehen. Sie waren wirklich süß, wenn sie nicht gerade dabei waren, sich gegenseitig die Haare schneiden zu wollen oder sich durch seine Wohnung jagten.

Eines wusste Mitch jedoch ganz genau: Er konnte Kellys Mann, den langweiligen Steuerberater Jason, von Stunde zu Stunde besser verstehen und hatte seiner Exfrau schon mehrmals zu erklären versucht, dass dieser neben dem Stress bei der Arbeit einfach mal eine Pause nötig hatte, wenn ihn ein solches Chaos daheim erwartete. Sobald Mitch Verständnis für ihren Mann gezeigt hatte, war Kelly in Tränen ausgebrochen, bevor sie ihn angebrüllt und ihn damit an ihre früheren Ehezwistigkeiten erinnert hatte. Himmel, er war nicht seit vier Jahren geschieden, um sich das ganze Drama wieder anzutun, während im Hintergrund zwei Kinder wie am Spieß brüllten, weil sie fernsehen wollten.

Dass Kelly ihren beiden Kindern alles durchgehen ließ und keinerlei Strenge zeigte, half in dieser Situation auch nicht. Bei allem, was ihm heilig war, aber sie hatte sich ihr Leben ausgesucht und musste jetzt damit klarkommen. Er war ihr Freund und half ihr, so gut er konnte, aber er wollte sich sein Leben nicht kaputt machen lassen, weil Kelly meinte, ihren Mann durch eine zeitweilige Trennung erpressen zu können. Wenn ihm sein Gewissen kein Problem damit gemacht hätte, wäre er versucht gewesen, sie und die beiden Kinder in ein Hotel abzuschieben, aber das brachte er nicht über sich.

Genauso wenig brachte er es über sich, Avery anzurufen, dabei vermisste er sie schrecklich. Und er vermisste Seth. Teilweise hatte er gehofft, sie heute bei Blake zu treffen. Genauso sehr hatte er sich davor gefürchtet, weil er nicht wusste, was er tun und sagen sollte. Weshalb war sie auch so schrecklich ausgeflippt? Normalerweise war sie der vernünftigste Mensch, den er kannte. Unbegründete Eifersuchtsszenen passten nicht zu ihr. Wie kam sie nur auf die irrige Idee, dass er sie wegen Kelly verlassen würde?

„Hast du irgendetwas angestellt, Mitch?"

Aus seinen Gedanken gerissen blinzelte er Blake zu, der ihn neugierig musterte. „Was meinst du?"

„Ich meine, dass mir der Doc seit drei Tagen erzählt, dass ihre geschwollenen Augen von einer Allergie stammen. Aber irgendwie glaube ich das nicht."

Schuldgefühle schlugen in Wellen über ihm zusammen, während er gleichzeitig das Bedürfnis verspürte, sich verteidigen zu müssen. „Ich habe nichts gemacht! Sie ist wegen nichts völlig durchgedreht."

„Hatte ich also Recht." Das Gesicht des Runningbacks verfinsterte sich. „Da der Doc ziemlich cool ist, wird sie einen Grund haben ..."

Mitch hörte wohl nicht richtig! Empört setzte er sich aufrecht hin. „Mach mal halblang. Seit wann zeigst du denn Mitleid für das weibliche Geschlecht und schwingst dich zum Frauenversteher auf?"

„Einer muss es ja tun, wenn du dich so bescheuert benimmst."

„Darf ich dich daran erinnern, dass du vor Avery ständig die Hosen heruntergelassen hast?"

Blake seufzte schwer. „Das hat doch damit nichts zu tun. Wieso habt ihr euch gezofft?"

„Weil sie irrational ist", erwiderte er nach einer kurzen Weile. „Sie ist eifersüchtig, weil meine Ex mit ihren Kindern bei mir vor der Tür stand und ich sie nicht rausgeworfen habe.“

Mit einem Stirnrunzeln erklärte Blake, während er auf die Blumensträuße deutete: „Mit so etwas kenne ich mich nicht aus. Ich weiß nur, dass Mindy ausgerastet ist, als sie ihre Cousine und mich im Bett erwischte.“

Mitch schnaubte verärgert. „Du bist echt ne Nummer, O’Neill! Aber das hat mit Avery und mir überhaupt nichts zu tun, schließlich hat sie mich bei nichts erwischt! Himmel, Kelly hat zwei Kinder im Schlepptau und ist im sechsten Monat schwanger. Selbst wenn ich wollte, müsste ich der König aller Perversen sein, um diese Situation auszunutzen!“

„Vielleicht geht es ihr gar nicht um den Sex?“

„Welcher Sex? Kelly und ich haben keinen Sex.“

Blake verdrehte die Augen. „Vielleicht denkt sie, dass du deine Ex noch liebst.“

„Unsinn!“ Daran sah man, dass Blake wirklich keine Ahnung von Frauen hatte. Avery war eine erwachsene Frau, die nicht auf den Kopf gefallen war und wissen musste, dass er seine Exfrau schon lange nicht mehr liebte.

Die besagte Frau klopfte nur wenige Augenblicke später an die Tür und steckte ihren Kopf hinein, wie er mit Schrecken bemerkte, als er den Kopf nach hinten drehte.

Sie schien nicht weniger erschrocken zu sein und schaute ihn aus deutlich geschwollenen Augen an. Auch sonst wirkte sie mitgenommen, war außergewöhnlich blass und hatte sich ihr Haar zu einem strengen Dutt gekämmt. Nichtsdestotrotz begann es in all seinen Nervenenden zu kribbeln, als er sie sah.

„Hey, Doc“, polterte Blake gutgelaunt los. „Wir haben gerade von dir geredet.“

Mitch beobachtete, wie sie mit stoischem Gesicht die Tür schloss, das Zimmer betrat und Jacke sowie Tasche auf einen Stuhl warf. „Hallo zusammen. Wie geht’s dir heute, Blake?“

Angesichts der vergnügten Miene des Patienten konnte man nicht davon ausgehen, dass es ihm schlecht ging. Ganz im Gegenteil, schließlich fragte er Avery fröhlich, während er auf Mitch deutete, der sich noch immer nicht gerührt hatte: „Kein Küsschen für den alten Mann da?“

Er hätte Blake am liebsten gewürgt, beobachtete jedoch stattdessen, wie Avery rot anlief und ihn absichtlich ignorierte. „Was macht die Schulter, Blake?“

„Echt jetzt?“ Blake seufzte enttäuscht. „Mir ist sterbenslangweilig, also tragt euren Streit bitte hier aus, damit ich auch etwas davon habe.“

Endlich sah sie ihm ins Gesicht, aber Mitch bemerkte sofort, dass sie wütend war. „Hast du ihm etwa erzählt, was passiert ist?“

Ungelenk zuckte er mit der Schulter. „Er hat mich gefragt, ob du tatsächlich eine Allergie hast. Was hätte ich denn sagen sollen?“

„Du hättest die Klappe halten sollen.“ Unwirsch griff sie nach Blakes Krankenakte, senkte den Blick und schnauzte anschließend ihren Patienten an. „Du verweigerst schon wieder das Schmerzmittel?“

„Ich brauche keins“, protestierte Blake trotzig. „Außerdem hasse ich Nadeln. Bitte, streitet euch lieber weiter, das ist viel interessanter.“

„Männer sind doch das Allerletzte“, wütete sie los und sah aus, als würde sie den armen Blake im nächsten Moment ohrfeigen. Zwar glaubte Mitch nicht, dass es die erste Ohrfeige für den Runningback sein würde, aber der arme Kerl war hilflos ans Bett gekettet. „Du hast den Verstand eines Zwerghamsters, verdammt noch mal! Wenn ich dir Schmerzmittel verschreibe, wirst du die auch nehmen, verstanden?“

„Ich bin kein Weichei!“

„Mir egal!“ Avery warf die Krankenakte auf den Beistelltisch. „Ich spritze es dir selbst. Gnade dir Gott, wenn du dabei auch nur mit der Wimper zuckst!“

„Hey!“ Blake war wie vor den Kopf gestoßen.

Mitch verfolgte ebenfalls etwas sprachlos, wie sich Avery umdrehte und aus dem Zimmer marschierte.

Sein Kumpel warf ihm einen alarmierten Blick zu. „Bring das lieber in Ordnung, bevor sie mit dieser Spritze hier auftaucht! Alles, was sie mir antut, weil sie wütend auf dich ist, kriegst du von mir doppelt zurück – ich schwöre!“

Stöhnend erhob sich Mitch und lief ihr hinterher. Vor dem Schwesternzimmer passte er sie ab und zog sie trotz einiger Proteste in das leere Besucherzimmer hinein. Mit funkelnden Augen sah sie ihn an.

„Lass mich los!“

„Was ist in dich gefahren?“ Mitch schüttelte ratlos den Kopf. „Wenn du wütend auf mich bist, lass es an mir aus, aber Blake hat nichts mit unserem Streit zu tun."

„Auch wenn es dir schwerfällt, aber nicht alles, was ich tue, hat etwas mit dir zu tun", zischte sie und riss sich unbeherrscht von ihm los.

„Soll das heißen, dass du ihn nicht wegen mir angebrüllt hast?" Mit hochgezogener Augenbraue musterte er ihr Gesicht und hätte zu gerne tröstend die Hand ausgestreckt, doch ihr abweisendes Verhalten sagte ihm, dass das vermutlich nicht besonders gut gewesen wäre.

„Ich brülle Blake an, weil er ein Idiot ist, der sich weigert, seine Medikamente zu nehmen."

„Da bin ich ja beruhigt", erwiderte er mit einem ironischen Tonfall.

Avery trat einen Schritt zurück und verschränkte die Arme vor der Brust. „Ich hoffe, das war es dann auch. Blake braucht diese Spritze."

„Lass das bitte eine Pflegerin machen, Schatz." Versöhnlich legte er den Kopf schief. „Wir müssen uns unterhalten."

Als sie die Augen zusammenkniff, ahnte er Schlimmes. „Du willst dich mit mir unterhalten? Hättest du das nicht in den letzten Tagen machen können?"

„Komm schon, Avery." Seufzend hob er eine Hand und ließ diese wieder sinken. „Ich hätte dich anrufen müssen, das weiß ich, aber ..."

„Aber du warst zu sehr mit deiner Exfrau beschäftigt, ich weiß."

Angesichts ihres sarkastischen Tonfalls bekam seine Miene einen grimmigen Ausdruck. „Schon wieder dieser Vorwurf?"

„Das ist kein Vorwurf, sondern eine Tatsache. Da ich dir nicht so wichtig bin wie deine Exfrau und ihre Kinder, hast du völlig vergessen, dich bei mir zu melden. Schon okay. Ich habe das verstanden ...“

„Verdammt nochmal!“ Am liebsten hätte er sich die Haare gerauft. „Du machst aus einer Mücke einen Elefanten! Nach dem Streit wollte ich dir Zeit lassen, dich zu beruhigen ...“

„Lüg doch nicht“, unterbrach sie ihn grob. „Du wolltest mir keine Zeit geben, damit ich mich beruhigen konnte, sondern bist mir aus dem Weg gegangen. Und ich weiß auch, warum.“

Mitch holte tief Luft und verschränkte nun seinerseits die Arme vor der Brust. „Warum bin ich dir aus dem Weg gegangen? Das würde ich jetzt zu gerne wissen.“

„Ganz klar“, entgegnete sie mit belegter Stimme und senkte die Augen, was ihn nun doch traf, denn aus seiner rasenden Freundin wurde eine verletzliche Frau, die in ihm den Wunsch auslöste, sie an sich zu drücken und zu trösten. „Ich bin dir nicht wichtig genug. Du liebst deine Exfrau noch immer.“

„Avery, das ist doch kompletter Unsinn!“ Als er einen Schritt auf sie zu machte, schüttelte sie abwehrend den Kopf und trat automatisch einen Schritt zurück.

„Nein ... so geht das nicht. Ich mache das nicht noch einmal mit. Bei Keith habe ich darauf gewartet, dass er sich zwischen Jane und mir entschied, aber ... aber ... das kann ich nicht mehr.“

Ein ungutes Gefühl stieg in ihm hoch. Entsetzt starrte er auf ihr dunkelblondes Haar und blinzelte verwirrt. Was hatte das zu bedeuten? „Avery.“

„Das hat keinen Sinn, Mitch. Du hast noch Gefühle für eine andere Frau ...“

„So ein Scheiß!“ Er umfasste ihre Schultern mit beiden Händen und zog sie näher. „Kelly ist meine Exfrau, die mir gerade tierisch auf die Nerven geht. Sie hat rein gar nichts mit uns zu tun. Hätte ich sie etwa auf die Straße setzen sollen?“

Sie antwortete gar nicht, sondern starrte weiterhin auf ihre Füße und sah ihn nicht an, bevor sie Luft holte und zitternd meinte: „Andere Frauen mögen damit klarkommen, den Lückenbüßer zu spielen, aber ich bin nicht so. Dafür habe ich zu viel Selbstachtung.“

„Avery, du bildest dir da etwas ein, was es gar nicht gibt.“ Seine Finger strichen tröstlich über ihre Schultern. „Möchtest du Kelly kennenlernen, damit du siehst, dass zwischen uns rein gar nichts mehr ist?“

„Das ist doch völlig egal, meinst du nicht?“

Langsam ließ er sie los und fuhr sich mit beiden Händen über das Gesicht. „Bei aller Liebe, aber du reagierst völlig übertrieben und dramatisierst das Ganze.“

Endlich hob sie das Gesicht und sah ihn aus stürmischen grauen Augen an. „In dieser Situation war ich schon einmal, Mitch, aber dieses Mal entscheide ich ...“

„Ich bin nicht wie dieses Arschloch von deinem Exmann!“

„Ach nein?“ Sie wischte sich eine Träne beiseite.

„Nein! Ich würde weder dir noch Seth so etwas antun.“

Mitch beobachtete, wie sie das Kinn nach vorne schob. „Seth ... Seth hat mich heute gefragt, ob er irgendetwas getan hat, weil du nicht mehr vorbeikommst. Er war völlig aufgelöst und hat gedacht, dass du ihm böse bist ..."

Erschrocken riss er seine Augen auf und holte verkrampft Luft. „Scheiße ... scheiße, ich ... ich rufe ihn an. Nein, wir fahren nach Hause. Jetzt, damit ich mit ihm reden kann."

„Keine Sorge." Sie schniefte. „Das habe ich schon getan. Ich habe gesagt, dass du ihn lieb hast, auch wenn wir uns streiten. Vielleicht ... vielleicht könntest du trotz allem ab und zu anrufen und mit ihm reden."

„Das erledige ich jetzt sofort." Er fischte die Autoschlüssel aus seiner Hosentasche.

„Nein", Avery lehnte dies kategorisch ab. „Ich glaube, es ... es ist besser, wenn du in nächster Zeit nicht mehr vorbeikommst. Später vielleicht."

Verwirrt forschte er in ihrem Gesicht. „Wir fahren zusammen nach Hause, Avery, und dann kann er aus meinem Mund hören, dass er nichts falsch gemacht hat und dass unser Streit nichts mit ihm zu tun hatte. Morgen können wir etwas unternehmen, außerdem wollte er, dass ich ihm beibringe, mit einem Jo-Jo zu spielen."

„Gott, Mitch", seufzte sie mit tränenerstickter Stimme. „Mach es mir doch nicht so schwer."

Frustriert schüttelte er den Kopf. „Worum geht es hier überhaupt, Avery?"

„Ich mache Schluss", flüsterte sie unglücklich.

Regungslos stand er vor ihr, bevor er mit heiserer Stimme krächzte: „Sei nicht albern, Avery. Es ist doch nichts passiert."

„Doch. Es ist etwas passiert.“ Sie presste die Lippen aufeinander und sah ihn unglücklich an. „Zuhause habe ich einen Sohn, der kreuzunglücklich wäre, wenn er sich noch mehr an dich gewöhnen würde und irgendwann miterleben müsste, wie du mich ... wie du uns verlässt. Ich muss an Seth denken, Mitch, und darf ihm das nicht antun.“

„Aber ...“ Er holte tief Luft und brachte stockend hervor: „Aber Seth braucht einen Dad.“

Nun begann sie zu weinen. „Seth braucht vielleicht wirklich einen Dad, aber das heißt nicht, dass ich zur Lückenbüßerin werde. Solange du eine andere Frau liebst, kann ich nicht ...“

„Ich liebe keine andere Frau, Herrgott noch mal! Kelly ist verheiratet und erwartet ihr drittes Kind und ...“

„Und was wäre, wenn sie geschieden wäre?“, schluchzte sie los. „Soll ich darauf warten, dass du mit fliegenden Fahnen zu ihr zurückeilst, sobald sie nicht mehr verheiratet ist?“

Verzweifelt starrte er an die Decke. Betont ruhig versuchte er ihr klarzumachen, dass sie völlig auf dem Holzweg war. „Avery, ich bin mit dir zusammen und nicht mit Kelly. So wird es auch bleiben, wenn du endlich etwas Vernunft annimmst.“

„Es tut mir leid“, weinte sie nun. „Es ... es war ein Fehler. Ich kann das nicht noch einmal mitmachen. Mein Mann soll mich lieben ... und nicht seine Exfrau.“

Er wollte ihr sagen, dass er sie liebte, doch er war wie gelähmt, sah in ihr tränennasses Gesicht und musste miterleben, wie sie ihm den Rücken zudrehte und den Raum verließ. So beschissen hatte er sich noch niemals zuvor gefühlt. Niemals.

18. Kapitel

Mitch wartete seit einer geschlagenen halben Stunde, dass es an seiner Tür klingelte. Da war es kein Wunder, dass er sich seiner Belastbarkeitsgrenze in puncto Geduld immer mehr näherte. Vielleicht hatte es auch etwas mit Mary zu tun, die fröhlich und gut gelaunt mit einem Pfannenwender durch seine Wohnung düste und diverse Fettflecken auf Wänden und Möbeln hinterließ, während Mason in der Küche auf dem Boden saß und wie am Spieß schrie, weil seine Schwester ihm dieses heiß begehrte Spielzeug aus den pummeligen Händen gerissen hatte. Stattdessen kloppte der Kleine wild strampelnd auf dem Abfalleimer herum, der bereits dreimal in den vergangenen zwei Stunden umgefallen war und seinen kompletten Inhalt auf dem Boden entleert hatte. Beim ersten Mal hatte Mitch, der seit der Ankunft dieser Rasselbande unter höllischen Kopfschmerzen litt, den Inhalt eingesammelt und den Abfalleimer in die Spüle gestellt, damit Mason nicht noch einmal auf die Idee kam, das Ding umzuwerfen. Daraufhin hatte der Kleine einen solchen Zirkus gemacht, bis der Abfalleimer wieder in der Küche gestanden hatte.

Zwar war das nicht die beste Erziehungsmethode, aber Mitch war es mittlerweile egal. Da er sich die klügste Lösung hatte einfallen lassen, Kelly und die beiden Kinder aus seiner Wohnung zu scheuchen, sollten die Kinder in den letzten Minuten, in denen sie hier waren, ruhig machen, was sie wollten. Ihrer

Mutter schien es sowieso egal zu sein, da sie wie ein sterbender Schwan auf seinem Sofa lag und lustlos irgendwelche Talkshows sah. Dass ihre Sprösslinge seine Wohnung auseinandernahmen und diese unbewohnbar machten, interessierte sie jedenfalls wenig.

Gerade schaute er auf seine Uhr, als es endlich an der Tür klingelte.

Seine Erleichterung war grenzenlos, als sein Retter in Form eines winzigen Steuerberaters seine Wohnung betrat und ihm einen vorsichtigen Blick schenkte. Er konnte es Jason nicht einmal verübeln, schließlich hatte er ihm vor ungefähr vier Jahren gedroht, ihm den Kiefer zu brechen, wenn er Kelly jemals schlecht behandeln sollte. Heute tat ihm der arme Tropf sogar richtig leid.

„Wer ist das?“ Kellys leicht wehleidige Stimme, die ihm von Minute zu Minute auf den Sack ging, ertönte aus dem Wohnzimmer.

Mitch hatte keine Skrupel, ihr durch die Wohnung zuzubrüllen: „Dein Mann! Beweg deinen Hintern her, Kelly!“

Ein Blick auf Jason sagte ihm, dass der Mann ihn verwundert ansah.

„Hast du wirklich gesagt, dass sie ihren Hintern herbewegen soll?“

Er zuckte mit der Schulter. „Wenn keine Kinder hier wären, hätte ich noch etwas ganz anderes gesagt.“

„Ich könnte das nie“, hauchte der Steuerberater geradezu ehrfürchtig. „Sie fängt immer gleich an zu weinen, wenn ich zu ihr sage, dass sie ordentlicher sein soll ...“

„Jason ...“ Er klopfte dem bedeutend kleineren Mann auf die Schulter und zog ihn in die Wohnung, ohne das verzückte Kreischen der kleinen Furie Mary zu beachten, die sich wie ein Äffchen an das Bein ihres Vaters krallte, oder Mason Beachtung zu schenken, dessen Brüllen eine Lautstärke angenommen hatte, bei der man annehmen musste, dass Mitch in seiner Wohnung verschiedene Arten von Exorzismus betrieb. „Wenn es nicht so verdammt antiquiert und ohnehin verboten wäre, würde ich ja vorschlagen, dass du deiner Frau ab und zu den Hintern versohlen solltest, aber vielleicht könntest du dir ja wenigstens angewöhnen, sie einfach mal anzuschreien, wenn dir etwas nicht passt?“

„Aber ...“ Der Steuerberater, der zu den Geheimratsecken nun auch noch eine Halbglatze zu bekommen schien, stotterte verwirrt: „Ich ... ich kann doch nicht ...“

„Doch, du kannst! Du musst sogar.“ Er machte eine ausholende Bewegung auf den Boden, auf dem Mary und Mason sich kreischend um den Pfannenwender stritten. „Wenn das dritte dazukommt, herrschen bei euch Anarchie und Chaos.“

„Meinst du, das wüsste ich nicht?“ Die Schultern des Mannes, der einen grauen Anzug trug und bemitleidenswert wirkte, sackten hinunter. „Was denkst du, weshalb ich wie ein Tier schufte? Ich will, dass wir uns eine Haushälterin und ein Kindermädchen leisten können ...“

„Schwachsinn“, entfuhr es ihm. „Kelly soll das selbst machen.“

„Was soll Kelly selbst machen?“ Seine Exfrau betrat die Küche und würdigte ihren Mann keines

Blickes, stattdessen sah sie ihren Exmann wütend an. „Hast du ihn etwa angerufen?"

„Ja!" Ihr wütender Blick mochte vielleicht den Steuerberater einschüchtern, aber er war ganz andere Kaliber gewöhnt, also verschränkte er die Arme vor der Brust und nickte ihr zu. „Jetzt ist Schluss mit dem beleidigten Schmollen. Klär mit deinem Mann, was du zu klären hast, aber lass mich da bitte raus. Sobald ihr fertig seid, zieht einfach die Tür hinter euch zu. Ich bin weg."

„Aber ..." Sie sah ihn fassungslos an. „Du kannst mich doch nicht hier mit ihm allein lassen!"

„Und wie ich das kann." Er schüttelte den Kopf und wurde verdammt ernst. „Wir sind geschieden, Kelly, und das ist gut so. Vielleicht habe ich vor vier Jahren gehofft, dass aus uns wieder etwas wird, aber heute ist alles anders."

Als hätte sie vergessen, dass der Tropf von einem Ehemann direkt hinter ihm stand, schniefte sie: „Es ist anders, weil ich schon Kinder habe, richtig?"

„Falsch", entgegnete er ruhig. „Vor vier Jahren war ich noch verliebt in dich, aber heute bin ich das nicht mehr."

„Mitch ..."

„Du bist meine Freundin, und das wirst du auch immer bleiben, aber ich bin nicht dein Notnagel, der im Hintergrund darauf wartet, dass du dich von deinem Mann trennst. Und ich bin auch nicht der Typ, der immer einspringt, um deinen Mann eifersüchtig zu machen, sobald dir etwas nicht passt."

„Das bist du doch gar nicht", protestierte sie sofort, schlug jedoch die Augen nieder, was bei ihr ein untrügliches Zeichen dafür war, dass sie log.

„Kelly, ich bin nicht blöd. Aber ich war so dämlich, das mitzumachen, also trifft nicht nur dich die Schuld."

Ihre Augen schwammen in Tränen. „Heißt das, dass wir nicht mehr telefonieren können? Dass wir uns nicht mehr sehen?"

Er schüttelte den Kopf und erwiderte entschlossen: „Es heißt, dass du eine Familie hast und dass ich eine Familie habe, die ich nicht vernachlässigen darf, weil ich mir einbilde, mich um dich kümmern zu müssen. Das muss dein Mann tun, nicht ich."

Um weiteren Diskussionen aus dem Weg zu gehen, bückte er sich, um Mary und Mason jeweils einen Kuss zu geben, bevor er Jason auf den Rücken schlug. Dann verließ er seine Wohnung und hörte den Steuerberater laut brüllen, was verdammt witzig war.

Seth schlurfte zur Haustür, als es klingelte, und runzelte die Stirn, sobald er Mitch erkannte. Eigentlich hatte er keine Lust, ihm die Tür aufzumachen, vor allem nicht, weil er seine Mom schon wieder nachts weinen gehört hatte, trotzdem öffnete er die Tür und starrte den großen Mann feindselig an.

„Hallo."

„Hallo, Kumpel. Darf ich reinkommen?"

„Von mir aus." Er ließ die Tür offen und ging zurück ins Wohnzimmer, um sich dort auf die Couch zu setzen und weiter Comics im Fernsehen zu schauen.

Mitch, der hinter ihm das Wohnzimmer betrat, beachtete er gar nicht, sondern starrte in den Fernseher, wo sich Comicfiguren mit Superwaffen bekriegten. Ein wenig unbehaglich nestelte er an seinem Pyjama herum und fragte sich, was Mitch hier wollte. Erst gestern hatten Mom und er zusammen in der Küche geweint, bevor er sich noch einmal bei ihr für seine bösen Worte entschuldigt hatte. Anschließend war Mom zur Arbeit gefahren und noch trauriger nach Hause gekommen, als sie es morgens bereits gewesen war.

„Wo ist deine Mom?“

Er zuckte mit der Schulter. „Im Baumhaus.“

„Was macht sie denn im Baumhaus?“ Mitch kam um das Sofa herum und setzte sich zu ihm, was Seth irgendwie komisch fand.

Auf seine Frage antwortete er nicht, weil er wollte, dass Mitch verstand, wie wütend er auf ihn war. Er hatte seine Mom zum Weinen gebracht! Seine Mom sollte nicht weinen müssen. Eigentlich hatte er gedacht, dass Mitch ein netter Mann war, schließlich hatte Mom ihn ständig angelächelt, und er hatte auch immer viel Spaß mit ihm gehabt. Aber irgendetwas musste er doch getan haben, wenn Mom so viel weinte.

Mitch seufzte schwer und nahm die Fernbedienung in die Hand, um den Ton auszuschalten. „Seth, du bist doch nicht stumm. Könnte ich bitte mit dir reden?“

„Ich weiß nicht, warum Mom im Baumhaus ist“, gab er ruppig von sich, ohne Mitch anzusehen. „Mom weint die ganze Zeit. Sie ist sehr traurig – wegen dir.“

„Und das tut mir sehr leid“, erklärte Mitch leise. „Ich wollte deine Mom nie zum Weinen bringen, Seth. Ich mag deine Mom sehr gerne ... Ich habe sie sehr lieb und möchte, dass sie glücklich ist.“

„Warum weint sie dann?“

„Weil Erwachsene manchmal richtig viel Mist bauen, ohne es zu wollen. Zwar wollte ich es nicht, aber ich habe deiner Mom leider wehgetan.“

Seth runzelte angestrengt die Stirn und blickte nun in Mitchs ernstes Gesicht. „Das solltest du nicht.“

„Ich weiß.“ Er verzog kurz den Mund. „Dir habe ich auch wehgetan und das wollte ich auch nicht.“

„Schon gut“, murmelte Seth und senkte den Blick.

„Nein, das ist nicht gut.“ Mitch legte ihm eine Hand auf den Kopf, was sich unglaublich gut anfühlte. „Wenn deine Mom und ich uns streiten, dann bist du daran nicht schuld, Seth. Du wirst nie irgendetwas tun, was mich so böse oder wütend machen würde, dass ich dich deswegen verlassen könnte. Wir sind doch beste Kumpels.“

Er wollte keine Heulsuse sein, trotzdem musste er gegen ein paar Tränen anblinzeln, die ihm in die Augen stiegen. „Mom und ich waren immer allein“, brach es aus ihm heraus. „Dann warst du auf einmal hier und es war so toll! Ich wollte, dass du zu meinen Schulaufführungen kommst, dir die Softballspiele meiner Schule ansiehst und zum Vatertag meiner Pfadfindergruppe mitkommst, auch wenn du nicht mein Dad bist. Aber wenn du dich mit Mom streitest, dann geht das nicht!“

Tröstend bewegte sich Mitchs Hand auf seinem Kopf hin und her. „Seth, ich komme überall mit hin, wo du mich haben willst. Ich verspreche dir hoch und heilig, dass ich nie eine Schulaufführung, ein Softballspiel oder einen Ausflug deiner Pfadfindergruppe verpassen werde, okay?“

Auch sein Dad hatte ihm viel versprochen, es aber nie eingehalten, doch bei Mitch war es anders. Er sah in dessen grüne Augen und wusste, dass er nicht gelogen hatte. „Okay.“

„Wenn du mich brauchst, werde ich immer für dich da sein, egal was passiert.“

„Auch für Mom?“

„Auch für deine Mom.“ Er lächelte kurz und klopfte ihm väterlich auf den Rücken. „Weißt du noch, wie ich dich gefragt habe, ob ich die Hand deiner Mom halten und sie küssen darf?“

Natürlich wusste er das noch. Damals waren sie zusammen ins Kino gegangen und es hatte sich zum ersten Mal wie bei einer richtigen Familie angefühlt. „Ja, das weiß ich noch.“

„Deshalb wollte ich dich fragen, ob es okay für dich wäre, wenn ich hier mit euch wohnen würde.“

Seth starrte ihn an und spürte, wie sein Herz aufgeregt zu klopfen anfing. Er nickte hastig. „Ehrlich? Du willst hier mit uns wohnen?“

„Wenn deine Mom ja sagt, würde ich das sehr gerne tun, Kumpel.“

Mit beängstigend hoher Stimme, die seine Aufregung nicht verstecken konnte, erklärte Seth rasch: „Mom sagt bestimmt ja! Du musst es nur ernst meinen, wenn du dich entschuldigst. Wenn du es nicht ernst meinst, merkt sie es sofort.“

Mitch nickte ernst. „Danke für den Tipp. Ich werde es mir merken.“

In eine Decke gehüllt saß Avery in Seths Baumhaus und starrte an die Holzwände, die mit Zeichnungen ihres Sohnes beklebt waren. Zwar war es draußen schon etwas kühler geworden, immerhin war es Mitte September und an den Abenden konnte man schnell ein wenig frieren, dennoch genoss sie die Ruhe hier draußen, die nur ab und zu durch die Geräusche von Autos gestört wurden, die durch die Straße fuhren. Seth saß im Wohnzimmer und durfte ausnahmsweise ein paar Trickserien im Fernsehen schauen, was bedeutete, dass der Krach der Sendungen durch das ganze Haus hallte und sie beim Nachdenken störte.

Seit Tagen dachte sie über die verzwickte Situation nach, kam jedoch zu keiner Lösung, daher saß sie hier in Seths schnuckeligem, wenn auch ungemütlichem Baumhaus, zerbrach sich den Kopf und konnte an nichts anderes denken als daran, dass sie mehr Gefühle in ihre Beziehung zu Mitch investiert hatte, als er es getan hatte. Das Gefühl, ein Lückenbüßer für eine andere Frau zu sein, war grauenvoll. Keith hatte sie für eine andere Frau verlassen und bei Mitch wäre es nur eine Frage der Zeit gewesen. Irgendetwas stimmte mit ihr einfach nicht.

Ein Klopfen am Gerüst des Baumhauses unterbrach ihre Gedanken. Stirnrunzelnd wollte sie schon den Kopf nach draußen stecken, als plötzlich eine Gestalt am Eingang erschien, die sie im Abendlicht sehr gut erkennen konnte. Behände kletterte er in das Innere und sah sie aus grünen Augen fragend an.

„Darf ich reinkommen?“

Mit trockener Kehle erwiderte sie: „Du bist doch schon drin.“

„Ich musste ja wenigstens fragen.“

Avery hatte kaum die Möglichkeit, etwas zu sagen oder ihn zu mustern, als er schon neben ihr saß, sie auf seinen Schoß zog und die Decke um sie beide schlang.

„Mitch ...“

„Pst“, unterbrach er sie einfach und drückte sie eng an seinen Körper. „Bevor du wieder zu schimpfen anfängst, würde ich gerne ein paar Dinge loswerden, wenn es recht ist.“

„Nur zu“, murmelte sie und kämpfte gegen das Bedürfnis an, ihre Nase gegen seine Kehle zu schmiegen und seinen Geruch einzuatmen. Eigentlich hätte sie ihn sofort rausschmeißen müssen, aber sie war es leid. Tagelange Heulerei hatte sie völlig erschöpft und die Tatsache, dass sie ein Baby von ihm erwartete und keine Ahnung hatte, wie sie es ihm sagen sollte, ohne wie eine verzweifelte Frau zu erscheinen, ließ sie nachts keinen Schlaf finden. Sie wollte nicht ein weiteres Mal ein Baby bekommen, ohne einen Mann an ihrer Seite zu haben. Sie wollte genau wie alle anderen Mütter den Vater ihres Babys bei Geburtsvorbereitungskursen bei sich haben, wollte mit ihm einen Kinderwagen kaufen gehen und sich mit ihm über Namen streiten, anstatt allein zu sein.

Avery wollte eine Familie haben – eine Familie für sie, Seth und das Baby.

Räuspernd erklärte Mitch: „Gut. Erstens habe ich Kellys Mann angerufen, damit er nach New York kommt, um Kelly und seine Kinder abzuholen. Bei dieser Gelegenheit habe ich meiner Exfrau auch gesagt, dass ich zwar weiterhin ihr Freund sein werde, aber nicht mehr als ihr Notnagel diene."

Seufzend öffnete sie den Mund. „Mitch ..."

„Ich bin noch nicht fertig", unterbrach er sie. „Du hattest Unrecht, Avery, denn ich habe nicht die Absicht, zurück zu Kelly zu gehen, selbst wenn sie sich von ihrem Mann scheiden ließe. Aus zwei ganz einfachen Gründen: Zum einen liebe ich sie nicht mehr, sondern dich, und zum anderen habe ich bereits eine Familie, nämlich Seth und dich."

Sie verlor den Kampf, lehnte sich mit einem lautlosen Schluchzen gegen ihn und vergrub ihre Nase an seiner Kehle.

„Bitte, weine nicht. Ich habe Seth versprochen, dass ich dich nie wieder zum Weinen bringe", murmelte er gegen ihr Ohr und drückte sie kräftig gegen seinen Körper. „Willst du, dass ich so schnell wortbrüchig werde?"

Das brachte sie wieder halbwegs zur Besinnung. Behutsam lehnte sie sich zurück, wischte sich die Tränen vom Gesicht und schaute in seine Augen. „Was hast du mit Seth besprochen?"

„Ich habe ihm gesagt, dass ich immer für ihn da sein werde, egal was passiert. Wir haben uns geeinigt, dass ich zu allen Schulaufführungen, allen Elterntagen, allen Softballspielen und Pfadfinderausflügen mitkomme. Außerdem habe ich ihm versprochen, dass ich dich nie wieder zum Weinen bringen werde. Das war ein Versprechen, das ich ihm zu gerne gegeben habe.“

Beinahe wäre sie wieder in Tränen ausgebrochen. „Wirklich?“

„Wirklich“, entgegnete er sanft. „Ihr seid keine Lückenbüßer, Avery. Du und Seth seid mir so unglaublich wichtig, dass ich es nicht in Worte fassen kann. Ich möchte keinen Tag mehr ohne euch verbringen, sondern will mit euch eine richtige Familie sein.“

„Das möchte ich auch“, flüsterte sie in die Dunkelheit des Baumhauses hinein.

„Dann wirst du sicherlich nichts dagegen haben, wenn ich baldmöglichst zu euch ziehe, oder? Seth und ich haben schon darüber geredet und brauchen nur noch dein Okay.“

Ein trockenes Lachen kam aus ihrem Mund, während sie ihm eine Hand auf die Wange legte. „Konspirierst du mit meinem Sohn gegen mich?“

Er antwortete nicht sofort, doch als er es tat, klang seine Stimme so rau wie Schmirgelpapier. „Ich bin nicht Seths biologischer Vater, aber ich wäre gerne sein Stiefvater, Avery. Sein Dad, mit dem er Softball spielt, die Hausaufgaben macht, der ihm das Autofahren beibringt und ihm zeigt, wie er mit Mädchen flirten muss. Ich liebe den Jungen, wie ich meinen eigenen lieben würde, und möchte sein Dad sein, wenn ihr mich lasst.“

Ihr versagte für einen Moment die Stimme. In der Angst, jeden Moment ohnmächtig zu werden, schloss sie einen kurzen Moment lang die Augen und schluckte schwer. „Wir lieben dich auch und ... und wären sehr gerne eine Familie mit dir. Wir alle vier."

Avery hatte schon gedacht, dass er sie überhört hätte, weil er nicht sofort reagierte, sondern nach beinahe einer halben Minute verwirrt fragte: „Vier?"

„Mhh." Sie nahm seine Hand und streichelte sie zärtlich. „Du, Seth, ich und ... das Baby."

Schwer und tröstlich zugleich lag seine Hand auf ihrem Bauch, während ein Ruck durch seinen Körper ging. „Baby?"

Sie nickte zitternd an seiner Schulter. „Ein Baby. Unser Baby."

„Oh Gott, Avery." Seine Stimme klang verdächtig nach Tränen. „Bist du sicher?"

„Ganz sicher." Sie drückte seine Hand.

Es dauerte ungefähr eine halbe Sekunde, bis er ein entzücktes Lachen von sich gab. „Nicht schlecht, was ein abgehalfterter Footballspieler noch draufhat, oder?"

„*Ex*-Footballspieler", korrigierte sie ihn, setzte sich auf und legte beide Hände auf seine Wangen, um ihn zu küssen.

Ende

Leseprobe aus „Brandheiße Küsse“

(erscheint am 15. August 2014)

Heath Fitzpatrick öffnete mühsam die Augen und bereute dies im gleichen Moment, als gleißendes Tageslicht seine Pupillen zum Explodieren zu bringen schien. Stöhnend vergrub er das Gesicht in seinem Kopfkissen, das nach einer Mischung aus schalem Bier, übelkeitserregendem Tequila und Sangria roch, die ihm, kaum dass er daran gedacht hatte, die Speiseröhre wieder hochzukommen schien.

Während sein Schädel dröhnte und er darum betete, in ein Koma zu fallen, damit er weder diese grauenvolle Übelkeit noch alle anderen Symptome des schlimmsten Katers seines Lebens erdulden musste, klingelte es wieder Sturm an seiner Tür.

Genervt drehte er sich auf den Rücken, stach sich dabei die Fernbedienung in die Nieren und presste sich das Kopfkissen vors Gesicht. Bewegungslos und schnaufend blieb er auf seiner Klappcouch liegen und dachte darüber nach, dass sowohl er als auch das gammelige Sofa eine ordentliche Wäsche gebrauchen konnten. Jedenfalls stanken sie beide zum Himmel und mussten einer wie der andere einen miserablen Eindruck machen.

Da das herrische Klingeln kein Ende zu nehmen schien, warf er das Kissen beiseite und kämpfte sich hoch. Beinahe wäre er auf einer alten Pizzaschachtel ausgerutscht, als er barfuß und unter Schmerzen durch das Ein-Zimmer-Apartment trottete, das glücklicherweise nicht weit entfernt von seinem Arbeitsplatz lag. Unglücklicherweise befand sich das Haus, in dem er mittlerweile wohnte, in der unmittelbaren Nähe der Hauptstraße und der Bahngleise, so dass er neben dem ständigen Geruch von Curry aus dem indischen Restaurant unter seiner Wohnung auch noch permanenten Krach ertragen musste.

Vor allem jetzt hallte die Geräuschkulisse von der Straße unangenehm in seinem Kopf wider, obwohl die Fenster geschlossen waren. Die geschlossenen Fenster waren auch ein Grund für den furchtbaren Gestank in der winzigen Bude, die er seit einigen Wochen bewohnte. Im Vergleich zu dem schönen Haus, das er in den vergangenen zwei Jahren mühsam restauriert hatte, konnte das grauenvolle Apartment nur verlieren. Nicht, dass er sich darum kümmern würde. Ihm war schon seit einiger Zeit alles egal. So war auch der Krach, dem er tagtäglich ausgesetzt war, lediglich ein unbedeutender Störfaktor. Da Heath abends den Fernseher auf volle Lautstärke stellte und sich volllaufen ließ, wenn er am nächsten Morgen keine Schicht hatte, störte ihn das Geräuschchaos überhaupt nicht.

Erschöpft rieb er sich über das Gesicht, entfernte die Türkette und starrte mit finster zusammengezogenen Augenbrauen in besorgte blaue Augen, die er allzu gut kannte.

Zu der Übelkeit, die er seinem Alkoholkonsum zuzuschreiben hatte, kam nun das Gefühl hinzu, dass jemand ihm die Luft abschnürte und ihm einen Faustschlag in den Magen verpasste. Seit drei

Monaten wiederholte sich nun dieses Spiel, sobald sich diese blauen Augen auf ihn richteten.

Mit einer grauenvoll heiseren Stimme fragte er düster: „Was willst du hier?“

„Dumme Frage.“ Die blauen Augen verdrehten sich, bevor die Besitzerin des hübschen Augenpaares sich einfach an ihm vorbei in die Wohnung quetschte. „Himmel! Wie sieht es denn hier aus?“

Heath antwortete nicht, sondern warf die Wohnungstür zu und folgte seinem ungebetenen Besuch in das einzige Zimmer seiner Wohnung. Im Gegensatz zu ihm sah sie frisch, sauber und überhaupt nicht verkommen aus. Adrett wie eh und je hielt sie ihre Tasche vor ein rot-weiß gemustertes Kleid, sah sich in seiner katastrophalen Bude um und schnitt eine Grimasse, die dem hübschen Ausdruck ihres Gesichts jedoch nicht schadete. Er riss sich von ihrem Anblick los, ignorierte das perfekt frisierte blonde Haar und achtete nicht auf das schmerzhafte Ziehen in seiner Brust.

„Willst du ein Bier?“

„Heath, so kann das doch nicht weitergehen.“

„Also kein Bier.“ Er zuckte mit der Schulter und wandte sich der Kochnische zu, um dort die Kühlschranktür zu öffnen und eine Flasche Wasser herauszunehmen, nachdem er bemerkt hatte, dass kein Bier mehr da war. Der letzte Sechserpack hatte er zusammen mit einer halben Flasche Tequila am letzten Abend vernichtet. Die nun leere Tequilaflasche lag nun auf dem fleckigen Teppich neben dem Klappsofa und verströmte einen widerlichen Geruch. Natürlich war ihr nicht entgangen, dass seine Wohnung aussah, als hätte er eine sechsköpfige Rockband zu Gast gehabt, schließlich schüttelte sie unmerklich den Kopf und presste die Lippen aufeinander.

Er lehnte sich gegen die wackelige Spüle, öffnete die Flasche und trank den Inhalt in beinahe einem Zug aus. Die ganze Zeit über war er sich bewusst, dass sie ihn musterte, wie er verkatert, nur in Boxershorts bekleidet und mit zerzaustem Haar vor ihr stand.

Sobald er die Flasche absetzte und sah, wie sie sich bückte, um die leere Pizzaschachtel sowie einen dreckigen Teller aufzuheben, runzelte er finster die Stirn. „Was tust du da, Hayden?“

„Es sieht hier aus wie in einem Schweinestall. Das bist doch nicht du.“

„Ich wüsste nicht, dass ich dich nach deiner Meinung gefragt hätte.“

„Das musst du auch nicht.“ Sie schüttelte unglücklich den Kopf, was in Heath den Wunsch auslöste, beschämt den Kopf zu senken und gleichzeitig mit der Faust gegen die fleckige Wand neben sich zu schlagen. Er wollte Hayden nicht hier haben, er wollte sie nicht sehen, nicht ihre Stimme hören und nicht an sie denken. Er wollte überhaupt nicht mehr denken – an nichts. Seit drei Monaten bemühte er sich darum, alles zu vergessen, was passiert war, aber wie sollte das funktionieren, wenn Hayden bei ihm auftauchte und ihn so verdammt verständnisvoll und mitleidig mit ihren blauen Augen ansah?

Er räusperte sich. „Was tust du eigentlich hier? Müsstest du nicht bei der Arbeit sein?“

„Es ist Sonntag“, erwiderte sie mit einem eindeutigen Blick. „Du warst schon wieder nicht in der Kirche, Heath. Vater Brady hat nach dir gefragt ...“

Dass sich selbst der Pastor ihrer Gemeinde um sein Seelenheil sorgte, rang ihm ein amüsiertes Lächeln ab, auch wenn ihm nicht wirklich zum Lachen zumute war.

Hayden schien dies ganz ähnlich zu sehen. „Das ist nicht komisch, Heath. Deine Mom macht sich furchtbare Sorgen um dich ... *Ich* mache mir furchtbare Sorgen.“

„Mir geht’s blendend. Siehst du das nicht?“

„Nein, das sehe ich nicht“, widersprach sie und legte die Pizzaschachtel sowie den dreckigen Teller auf einen Beistelltisch, auf dem sich Zeitschriften sowie eine leere Essenspackung vom Chinesen tummelten. „Du siehst grauenvoll aus, du lebst in einer Absteige und selbst deine Brüder haben seit Ewigkeiten nichts von dir gehört! Nicht einmal mit Kayleigh sprichst du mehr.“

„Ich habe zu tun.“ Angriffslustig schob er das Kinn nach vorne.

Aufgebracht ließ sie ihre Handtasche auf die schmuddelige Klappcouch fallen, bevor sie hilflos die Hände hob. „Erzähl doch keinen Mist, Heath. Seit Wochen hast du dich weder beim Bowlen noch beim Basketball blicken lassen, stattdessen verbringst du deine Zeit bei O’Rearys und lässt dich dort volllaufen ...“

„Spionierst du mir etwa nach?“

„Wie soll ich dir nachspionieren, wenn deine Freunde auch meine Freunde sind? Alle fragen mich, was mit dir los ist, und erzählen mir, dass sie dich betrunken im Pub gesehen haben. Auch deine Familie ruft mich an, weil sie dich nie erreichen können."

„Hayden, wir sind getrennt", antwortete er mit lahmer Stimme. „Ich brauche weder deine Sorge noch deine Hilfe. Du musst auch nicht den Telefondienst für mich spielen."

„Du verdammter Idiot", brach es aus ihr heraus. „Denkst du etwa, ich wüsste nicht, was du durchmachst? Joseph war auch mein ..."

„Nein, du weißt gar nichts", fiel er ihr wütend ins Wort und ballte beide Hände zu Fäusten. „Könnt ihr mich nicht alle in Ruhe lassen?"

„Deine Familie macht sich Sorgen um dich!"

„Meine Familie erstickt mich. Du erstickst mich, Hayden!" Er biss die Zähne zusammen. „Deshalb brauche ich Abstand, aber das scheint niemand von euch zu verstehen!"

Ihr bleiches Gesicht sprach Bände. „Du machst dich noch kaputt. Sollen wir etwa tatenlos zusehen, wie du dich zugrunde richtest?"

„Ich habe es dir schon vor zwei Monaten gesagt, Hayden", entgegnete er mühsam beherrscht. „Wir sind getrennt und mein Leben geht dich nichts mehr an."

Sie ging nicht einmal auf seinen Kommentar ein. „Du steckst in einer Krise, dafür haben wir alle Verständnis ..."

Mit einem abfälligen Schnauben fragte er: „Auch Shane? Ich habe nicht den Eindruck, dass er für mich Verständnis hätte."

Hayden fasste sich ins Gesicht, während sie unglücklich hervorbrachte: „Deinem Bruder geht es ebenfalls miserabel. Dass er sich neben all dem Kummer auch noch Sorgen um dich machen muss, nimmt ihn mit, Heath. Wieso sprichst du nicht mit ihm?“

„Weil er nicht mit mir sprechen will.“

Sie knirschte mit den Zähnen. „Die Fitzpatricks sind verdammt sture Idioten! Ihr alle miteinander. Ich habe keine Ahnung, wie es deine Mutter geschafft hat, vier derart widerspenstige Söhne und eine nicht weniger sture Tochter zu ertragen.“

„Wenn das alles war, was du mir sagen wolltest ...“

„Ich bin noch lange nicht fertig.“ Ihr Gesicht wirkte entschlossen. „Seit zwei Monaten will ich mit dir sprechen, aber du blockst immer ab.“

Kopfschüttelnd verschränkte er die Arme vor der nackten Brust. „Es gibt auch nichts mehr zu bereden, Hayden.“

„Dann versteh doch wenigstens, welche Sorgen wir uns machen.“

„Niemand von euch muss sich Sorgen um mich machen“, ächzte er erbost.

„Wir sind eine Familie – natürlich machen wir uns Sorgen um dich! Wir würden uns auch um Kayleigh oder die Zwillinge Sorgen machen, Liebling ...“

„Hör auf.“ Grimmig schüttelte er den Kopf und war nahe dran, irgendetwas gegen die Wand zu werfen. „Lass mich endlich in Ruhe und nenn mich nicht Liebling!“

Unbeherrscht machte sie zwei Schritte auf ihn zu und ohrfeigte ihn. „Du bist unglücklich ... das verstehe ich! Ich bin auch unglücklich. Die ganze

Familie ist unglücklich, aber du kannst nicht einfach abhauen und so tun, als wäre es in Ordnung. Weißt du eigentlich, was du uns allen antust?"

Er rieb sich die Wange und sagte sich, dass ihr aufgebrachtes Gesicht, ihre feuchten Augen und ihr lieblicher Geruch ihn nicht berührten. Er wollte allein sein und sie nicht mehr sehen. „Ich weiß nur, dass ich mich von dir getrennt habe, Hayden."

„Lass mich für dich da sein", flüsterte sie und wollte nach seiner Hand greifen.

Heath schüttelte den Kopf und versteifte sich, während er ihr die Hand entzog. „Es ist vorbei."

„Aber ... aber das meinst du nicht ernst", erklärte sie mit brüchiger Stimme. „Wir sind Heath und Hayden ... seit der ersten Klasse ein Paar. Wir lieben uns doch."

Beinahe hätte er seiner eigenen Stimme nicht getraut, weil seine Kehle plötzlich furchtbar trocken war. Gleichzeitig schmerzte sein Magen, als hätte er Gift zu sich genommen. „Hayden, ich habe meine Sachen gepackt, bin ausgezogen und habe die Hochzeit abgesagt. Wie kannst du da noch glauben, dass wir immer noch ein Paar sind?"

Als sich immer mehr Tränen in ihren Augen bildeten, hätte er sie am liebsten an sich gezogen und getröstet, stattdessen blieb er stumm.

„Ich weiß, dass du es nicht ernst meinst, Heath."

„Doch, das tue ich." Auch wenn er sich lieber die Pulsadern aufgeschnitten hätte, als ihr weh zu tun, hoffte er, dass sie seine Lüge glaubte, und erklärte mit fester Stimme: „Ich liebe dich nicht mehr, Hayden. Seit ich ausgezogen bin, treffe ich mich mit anderen Frauen und habe Sex mit ihnen ..."

Anscheinend konnte er mittlerweile besser lügen als mit zehn Jahren, als er ihr hatte weismachen wollen, dass seine Eltern ihm erlaubt hätten, den *Terminator* im Kino zu sehen, da sie mit einem erstickten Schluchzen ihre Tasche von der Klappcouch riss und aus der Wohnung rannte.

Nun konnte Heath seinem Drang nachgeben und schlug seine Faust gegen die Wand.

„Küss mich, du Vollidiot“ (Band 10)

erscheint am 4. Oktober 2014

Blake O’Neill ist ein Rüpel, ein Macho, ein widerlicher Kerl ... ein Footballspieler! Madison kann ihren Abscheu gegen ihn gar nicht in Worte fassen und versteht nicht, warum der Schwachkopf kein Nein von ihr akzeptiert. Seit er sie vor den Augen unzähliger Menschen zu Tode blamiert hat, wird sie ihn einfach nicht mehr los und fährt schwere Geschütze auf, um ihm klarzumachen, dass sie kein Interesse an einem oberflächlichen, großkotzigen und selbstherrlichen Typen wie ihm hat. Außerdem hat sie ganz andere Sorgen, als ihre Zeit damit zu verschwenden, seinen Flirtversuchen aus dem Weg zu gehen. Selbst als sie erkennt, was hinter seiner Fassade steckt, und sich ein Funke Mitleid in ihr regt, ändert das nicht ihre Meinung über ihn. Oder doch?

Von Poppy J. Anderson sind weitere Romane auf Amazon veröffentlicht worden:

„Verliebt in der Nachspielzeit“ (Band 1)

erschienen im Juli 2013

Hanna Dubois kann es nicht glauben! Ihre erste Woche in New York City hält einige Überraschungen für sie bereit: Sie bekommt das heiß ersehnte Stipendium, wird in einen Autounfall, den Paparazzi verursacht haben, verwickelt und lernt dabei John kennen - das Bild von einem Mann. Sie verliebt sich Hals über Kopf in den berühmten ehemaligen Quarterback, dessen Schritte ständig von Pressevertretern überwacht werden. Eine wahre Hetzjagd auf Hanna beginnt, an der die Beziehung der beiden zu zerbrechen droht ...

Seitenzahl: 393

„Touchdown fürs Glück“ (Band 2)

erschienen im November 2012

Julian Scott ist der talentierte und neue Footballspieler der New York Titans, dessen Leben nicht schöner sein könnte. Er ist auf dem Höhepunkt seiner Footballkarriere, die Frauen laufen ihm scharenweise hinterher und finanziell kann er auch nicht klagen.
Liv Gallagher ist die erfolgreiche und angesehene Architektin einer New Yorker Agentur, deren Leben strikt geordnet ist. Sie lebt für ihren Beruf, macht sich wenig aus den Männern, die ihr nachschauen, und konzentriert sich lieber auf ihre Karriere.
Julian und Liv sind grundverschieden und doch waren sie früher ein glückliches Ehepaar. In New York treffen sie zufällig aufeinander und müssen feststellen, dass immer noch die Funken fliegen, wenn sie sich sehen ... wäre da nicht ein dunkles Geheimnis aus ihrer Vergangenheit.

Seitenzahl: 454

„Make Love und spiel Football“ (Band 3)

erschienen im Januar 2013

Der Footballgott muss sich mit den New York Titans wohl einen Witz erlaubt haben, als er die Tochter des verstorbenen Teambesitzers zur neuen Chefin ernannt hat! Das glaubt jedenfalls Brian Palmer, Quarterback und Kapitän der Titans, als sich die skandalbehaftete Teddy MacLachlan mit Hippiekleidung, Bauchnabelpiercing und Flipflops dem Team vorstellt. Frauen können in der Welt des Footballs nicht bestehen, vor allem nicht wenn sie auf Räucherstäbchen und Meditationen abfahren. Football bedeutet Krieg, da haben Frauen nichts zu suchen – Brian hat keine Skrupel, das seiner neuen Chefin ins Gesicht zu sagen, doch die bricht wider Erwarten nicht in Tränen aus, sondern grinst ihn frech an. Anders als der Rest der Frauenwelt, die sich dem heißen Quarterback an den Hals wirft, legt sich Teddy mit ihm an und schlägt ihn mit den eigenen Waffen.

Seitenzahl: 393

„Verbotene Küsse in der Halbzeit“ (Band 4)

erschienen im September 2013

Erin Hamilton hat klare Zielvorstellungen vor Augen und weiß, wohin ihr Weg gehen wird ... wären da nicht ständig Komplikationen, die ihr das Leben erschweren.
Zum einen gibt es da ihre jüngere Schwester, deren überdimensionale Hochzeit jeden vernünftigen Rahmen zu sprengen droht, dann treibt ihre sexuell orientierungslose Mitbewohnerin sie beinahe in den Wahnsinn und Geldsorgen hat Erin auch noch. Zu allem Überfluss muss sie mit dem verantwortungslosen und arroganten Tom Peacock klarkommen, der sie als Kindermädchen für seine vierjährige Tochter engagiert, damit er sich nicht selbst um die Kleine kümmern muss.
Der berühmte Footballspieler ist es gewöhnt, seinen Willen durchzusetzen und das zu bekommen, was er haben will. Doch bei Erin beißt er auf Granit, denn sie ist alles andere als beeindruckt von ihm und zeigt dies deutlich. Sie zwingt ihn dazu, Zeit mit seiner süßen Tochter zu verbringen. Ob Tom gegen so viel Weiblichkeit um ihn herum eine Chance hat?

Seitenzahl: 394

„Knallharte Schale – zuckersüßer Kerl (Band 5)

erschienen im Dezember 2013

Dupree Williams ist ein knallharter Footballspieler, der bei seinen Gegnern Angst und Schrecken auslöst. Nicht umsonst gilt er als "menschlicher Bulldozer". Doch niemand kann sich vorstellen, dass Dupree unter extremer Schüchternheit leidet und nicht weiß, wie er mit Frauen sprechen soll. Zu sehr nagt ein Erlebnis aus seiner Collegezeit an ihm. Meistens kaschiert er seine Unsicherheit mit einer großmäuligen Art und gerät prompt an Sarah, die ihm mit einem gezielten Tritt zu verstehen gibt, dass sie arrogante, großmäulige und aufdringliche Typen nicht leiden kann. Der Spaß fängt erst an, als Sarah einen Bericht über Dupree schreiben soll, da er das Aushängeschild der New Yorker Brustkrebshilfe ist, für die sie arbeitet. Zwar mag Sarah keine arroganten, großmäuligen und aufdringlichen Typen, aber das ist Dupree ja auch eigentlich gar nicht ...

Seitenzahl: 342

„Kein Mann für die Ersatzbank“ (Band 6)
(Kurzroman)

erschienen im Februar 2014

Bobby O'Connor ist alles, was man sein muss, um erfolgreicher Sportagent zu sein - Kumpeltyp, großmäulig, blitzgescheit und extrem tough! Nur ist Bobby O'Connor kein Typ, sondern eine Frau. Eine Frau, die sich problemlos in dieser Männerdomäne durchsetzt und sogar mit verknallten Footballspielern umgehen kann. Jack Armstrong lernt die coole Sportagentin kennen und wird sehr schnell ihr bester Kumpel. Wenn er mit ihr zusammen ist, vergisst er manchmal sogar, dass sie eine Frau ist. Doch plötzlich kann er gar nicht anders, als daran zu denken, dass sie eine Frau ist - eine süße und extrem anziehende Frau ...

Seitenzahl: 216

„Unverhofft verliebt“ (Band 7)

erschienen im März 2014

Mit den Männern klappt es einfach nicht! Frustriert muss Claire erkennen, dass sie nicht der Typ Frau ist, den Männer heiraten wollen. Schön und gut ... sie haben nichts gegen einen Flirt mit der umwerfenden Rothaarigen einzuwenden und sind auch ganz sicher nicht abgeneigt, ihr das Kleid vom kurvenreichen Körper zu schälen, aber eine langfristige Beziehung scheint in weiter Ferne zu liegen. Doch Claire hat die Nase voll davon, nach Mr. Perfect zu suchen, und beschließt, auch ohne einen Mann an ihrer Seite das Glück zu finden und ein Baby zu bekommen. Wozu gibt es schließlich Samenbanken? Wenn sich Frauen mit Kreditkarten Schuhe und Taschen kaufen können, dann sollte es doch auch möglich sein, diese für den Kinderwunsch zu benutzen! Ihr Entschluss steht fest, doch dann hat ein One-Night-Stand mit dem wortkargen Grant Folgen, die den Einsatz der Kreditkarte unnötig machen ...

Seitenzahl: 307

„Auszeit für die Liebe“ (Band 8)

erschienen 8. Mai 2014

Sieg auf der ganzen Linie! Quinn Atherton hat alles, was ein Mann braucht, um ein verdammt cooler Typ zu sein. Zum einen lebt er den Traum eines jeden Amerikaners – er ist Profi-Footballspieler und kassiert Millionen dafür, dass er mit einem Lederball unter dem Arm über ein Spielfeld rennen darf, während ihm Tausende von begeisterten Zuschauern zujubeln. Zum anderen umschwärmen ihn heiße Groupies, die schneller ihre BHs öffnen können, als er das Wort Touchdown überhaupt über die Lippen bringen kann. Doch Quinn hat ein Problem. Er hat nämlich keine Lust, sich die Zeit mit Groupies zu vertreiben, sondern will seine Frau zurück - seine entzückende und streitlustige Frau Bryce, die ihn vor die Tür gesetzt und die Scheidung eingereicht hat. Eigentlich hat er keine Probleme, das weibliche Geschlecht um den Finger zu wickeln, doch Bryce stellt die Ohren auf Durchzug und ignoriert seine Entschuldigungen rigoros. Aber die Liebe ist wie ein Footballspiel. Wenn man eine Chance sieht, zögert man nicht lange und rennt einfach los.

Seitenzahl: 370

Impressum

Poppy J. Anderson
c/o copywrite Literaturagentur
Georg Simader
Woogstr. 43
60431 Frankfurt

Es werden grundsätzlich keine Pakete angenommen!

3808480R00212

Printed in Germany
by Amazon Distribution
GmbH, Leipzig